Kriegsgold

Jörg
Rönnau

MAXIMUM

Hauptstraße 33
27299 Langwedel
www.maximum-verlag.de

1. Auflage 2020

Lektorat: Dr. Rainer Schöttle
Korrektorat: Manuela Tiller
Satz/Layout: Alin Mattfeldt
Covergestaltung: Alin Mattfeldt
E-Book: Mirjam Hecht

Druck: CPI - Clausen & Bosse, Leck
Made in Germany
ISBN 978-3-948346-12-6

Für Iris,

Annelie und Justus

»Wenn das Gold redet, dann schweigt die Welt.«
Lateinisches Sprichwort

»Oft pflegen im Gold viele Übel zu stecken.«
Tibull, römischer Dichter, 55 v. Chr.–18 v. Chr.

»O fluchwürdiger Hunger nach Gold.«
Vergil, römischer Dichter, 70 v. Chr.–19 v. Chr.

Prolog

Der alte Mann hielt sich am Geländer der Seebrücke fest, die am Schönberger Strand zweihundertfünfzig Meter in die Ostsee hinausragt. Seinen Blick richtete er auf die nächtliche aufgewühlte See. Der starke Wind pfiff aus nordwestlicher Richtung und peitschte die Wellen meterhoch auf. Trotz des stürmischen Wetters glänzten die Sterne in all ihrer Pracht.

Der Greis wandte seinen Blick weiterhin aufs anbrandende Meer. Die Gischt klatschte nur wenige Meter unter ihm gegen die Pfeiler und Dolben der Seebrücke.

Er dachte an all die Jahre seines Lebens. Fast hundert. Sicherlich fühlte er sich noch körperlich fit, ein Wunder, aber jetzt wurde ihm doch alles zu viel. Seine Gedanken kehrten oft zum Krieg zurück. Zu den Männern seines Unterseeboots, die bereits vor unendlich langer Zeit ihr nasses Grab im Meer fanden. Damals, 1945, kurz vor Ende dieser maßlosen Völkerschlacht. Damals, als er noch einen anderen Namen trug, ein anderes Leben führte. Damals. Alles fühlte sich so weit weg an, und doch wiederum so nah. So nah.

Vor über einem halben Jahrhundert hatte er ihn erschlagen, diesen Mann. Mit seinen eigenen Händen. Erschlagen. Sicher, es war Notwehr gewesen, aber diese Tat lastete trotzdem auf seiner Seele. Seit einer Ewigkeit hörte er im Schlaf den Todesschrei des Mannes. Immer wieder gellte dieser Schrei in seinen Ohren, auch wenn er sie zuhielt. Dieser Schrei … dieser grauenhafte Schrei.

Nun kamen sie schon wieder. Immer wieder. Der Traum. Der Schrei. Der Mann.

Er konnte nicht mehr. Genug. Genug. Genug! Wollte der Herrgott denn ewig damit warten, ihn zu holen?

Mühsam kletterte der alte Mann über das Geländer der Seebrücke. Es fiel ihm schwer, aber er schaffte es.

Auf der anderen Seite blickte er nochmals in den Sternenhimmel. Wie schön sie waren. Jedes einzelne Sternbild kannte er. Es gab keinen schöneren Ort, keinen, an dem die Sterne so sehr funkelten wie auf dem Ozean.

Er spürte den Seewind auf seiner alten Haut. Er lächelte. Geliebtes Meer. Endlich … erlöst … der Schrei … war fort! Verstummt. Unendliche Freiheit … die See … das Meer …

Ich bin zu Hause!

Dann ließ er sich fallen.

Germaniawerft, Kieler Hafen, Frühjahr 1945

Er blickte vom Ostufer aus auf das beinahe vollständig zerstörte Kiel. Wie kariöse Zahnstummel ragten die Überreste der Häuser in den Nachthimmel. An manchen Stellen der Stadt wüteten immer noch Brände. Eine apokalyptische Trümmerlandschaft.

In der letzten Nacht belegten die Flugstaffeln der Alliierten Kiel wieder einmal mit einem Bombenhagel. Es glich einem Wunder, dass das U-Boot an der Kaimauer der Germaniawerft unbeschädigt blieb.

Kapitänleutnant Johann von Stackeldorf inhalierte den letzten Zug seiner filterlosen Zigarette, Marke *Nordland*, und schnippte die Kippe ins Hafenbecken. Zischend landete sie in dem schmutzigen Brackwasser und trieb vom Stahlleib Richtung Westen.

Er dachte an seine Heimat. Ein idyllisches Gut in Ostpreußen, nahe der Ostsee. Seit Generationen in Familienbesitz. Dort wuchs er auf. Eine harmonische, friedliche Kindheit und Jugend, bis der Krieg kam.

Als nicht einmal Zwanzigjähriger ging er zur Marine. Gegen den Willen seiner Eltern. Getrieben von Abenteuerlust. Damals, ein lütter Pimpf, ein Dreikäsehoch. Inzwischen sechsundzwanzig und Kommandant von U 796, einem der letzten einsatzfähigen Unterseeboote der Marine.

Eine Feindfahrt vor die Küsten Norwegens hatten sie bereits mit diesem Boot unternommen. Es stellte sich als äußerst leistungsfähig und robust heraus. Nun kam vor ein paar Tagen dieser Sonderbefehl vom Marinehauptquartier. Unterschrieben von Großadmiral Karl Dönitz persönlich. *Dönitz, dieser alte Halunke.* Vor zwei Jahren hatte er den schmächtigen Befehlshaber der U-Bootflottille unter den Tisch gesoffen. Konnte eben nichts ab, dieser Schreibstubenhengst, aber Johann von Stackeldorf mochte Dönitz trotzdem.

Immer wieder dachte der Kapitänleutnant an Ostpreußen. Zu Hause. Vor über einem halben Jahr kam der letzte Brief seiner Mutter. *Wie es ihnen wohl geht? Daheim? Ob alle wohlauf sind? Oder befinden sie sich ebenfalls auf der Flucht vor den Russen, wie so viele andere Landsleute aus den Ostgebieten?* Mittlerweile verabscheute er diesen Krieg. Dieses sinnlose Blutvergießen. Dieses Massenschlachten junger Männer. Aus dem jugendlichen Draufgänger von einst war ein nachdenklicher Kriegsveteran geworden.

Verfluchter Seekrieg! Verfluchter Krieg! Verflucht!

Wie viele Kameraden bereits den Tod gefunden haben. So viele junge Männer! Wird es ein Leben danach geben? Ein Leben nach dem Krieg? Wann ist dieser verdammte Krieg endlich vorbei? Gewinnen können wir ihn sowieso nicht mehr. Deutschland ist dem Untergang geweiht. Nur noch eine Frage der Zeit und …

»Schiff klar zum Auslaufen, Herr Kaleu!«

Die Meldung des I WO, des Ersten Wachoffiziers Leutnant Brodersen, riss ihn aus seinen Gedanken heraus. Johann von Stackeldorf nickte und lächelte seinem Kameraden müde zu. Er kramte das Zigarettenetui aus seiner Uniformjacke und reichte Brodersen eine *Nordland*. Still rauchten sie.

Brodersen war nur wenig jünger. Sie kannten sich seit vier Jahren, aber es kam ihnen vor, als wäre es bereits eine Ewigkeit. Sechs gemeinsame Feindfahrten schweißten sie zusammen.

»Na dann woll'n wir mal, was Klaus?«, sagte der Kapitänleutnant mit ruhiger, sonorer Stimme.

»Das wird eine verflucht heikle Partie«, erwiderte Brodersen und warf den Zigarettenstummel über das Schanzkleid. Das Geschoss landete im öligen Wasser des Hafenbeckens.

Der kleine drahtige Mann war ein lebenslustiger Marineoffizier. Nie verlor er seinen Humor. Optimistisch bis zum Gehtnichtmehr. Stammte aus der alten Hansestadt Danzig, altes Kaufmannsgeschlecht. Auch ihn hatte einmal die Abenteuerlust getrieben und er musste schnell einsehen, dass das Meer und der Krieg keine Spielplätze waren.

Zwei Hafenarbeiter lösten bereits die Haltetaue von den Pollern. Der Schiffsdiesel dröhnte auf. Mit einem lauten Knall spuckte das Abgasrohr am Heck dunklen Rauch aus. Die beiden Seeoffiziere grinsten sich an. Endlich wieder raus aus dem Hafen. Raus aus der verdammten Mausefalle. Endlich wieder raus, raus auf die offene See.

Ohne Vorwarnung donnerten plötzlich die Geräusche von Rolls-Royce-Merlin-Motoren aus der Dunkelheit. Sie kamen diesmal aus nordwestlicher Richtung. Zeitgleich heulten die Sirenen über ganz Kiel auf.

Fliegeralarm.

»Na, kriegen die Tommys uns doch noch bei der Büx, Herr Kaleu«, rief Leutnant Brodersen gegen den Lärm an. Sie spähten in die Dunkelheit, zum Weglaufen war es zu spät. Die Männer blieben gelassen, denn diesmal fielen die Bomben einige Kilometer weiter nördlich. Der Krieg hatte sie fast schon gleichgültig gegenüber dem Tod gemacht. Abgebrühte Seeoffiziere. Vielleicht bedeutete der Tod ja sogar eine Erlösung aus all dem Schmerz.

Schon nach kurzer Zeit leuchteten überall die Suchscheinwerfer der Flak-Batterien auf.

»Abwarten«, erwiderte Johann von Stackeldorf grinsend. »Noch ist nicht aller Tage Abend. De Dübel hett noch Tiet. Außerdem, was gibt es Schöneres, als auf einem Goldschatz zu sterben?«

Leutnant Brodersen kannte die Mentalität seines Kapitäns. Anscheinend gab es kaum eine Situation, die den

Seebären aus der Ruhe brachte. Die Mannschaft nannte ihren Käpt'n »den eiskalten Hund« …

In zwei bis drei Kilometer Entfernung hörte man die Detonationen der Bomben, die auf die Stadt niederprasselten. Tausend-Pfund-Bomben. Außerdem erwiderten die Flakgeschütze den Angriff. Ein ohrenbetäubender Lärm. Sie spürten jeden einzelnen Druck der Detonationswellen im Magen.

Stackeldorf und Brodersen beobachteten bereits seit ein paar Tagen, dass mittlerweile sogar kleine Pimpfe, kaum älter als fünfzehn Jahre alt, die Flugabwehrgeschütze bedienten. Kinder! Gören! Hosenscheißer! Sie konnten es kaum glauben. Wohin würde dieser Krieg Deutschland noch führen? Nur noch in den totalen Untergang.

Britische Avro 683 Lancasters und amerikanische Boing B-17 Flying Fortresses entluden ihre todbringende Fracht über dem Osten der Stadt. Der Nachthimmel erhellte sich immer wieder durch die vielen Lichtblitze der Explosionen.

»Diesmal geht's den Howaldtswerken an den Kragen. Churchill will wohl langsam reinen Tisch machen. Jetzt krepieren wieder unsere Jungs, während dieser Weltkriegsgefreite in Berlin sich in seinem sicheren Führerbunker verschanzt, sich seine verschrumpelten Eier schaukelt und mit seiner geliebten Eva einen *Deinhard Cabinet* schlürft.«

Johann von Stackeldorf war für seinen Sarkasmus und seine flinke Zunge in der gesamten Flottille bekannt und gefürchtet. Aber als lebende U-Boot-Legende, die bei vierzehn Feindfahrten in den Nordatlantik sechsunddreißig Schiffe versenkt hatte, davon sogar vier Zerstörer und ein amerikanisches Unterseeboot, durfte man sich solche Sprüche leisten, ohne sofort von der Gestapo, der Geheimen Staatspolizei, abgeholt zu werden. Zudem hatte Großadmiral Dönitz ihm 1941 im Hafen von La Rochelle höchstpersönlich das Ritterkreuz des Eisernen Kreuzes mit Eichenlaub sowie das U-Boot-Kriegsabzeichen mit Brillanten ans Revers geheftet.

Es donnerte ununterbrochen. Zu ihrem großen Erstaunen fiel keine einzige Bombe auf das Gelände der Germaniawerft. Diesmal sahen die Alliierten es tatsächlich auf Howaldt ab. Arme Schweine.

Nach weiteren zehn Minuten war der Spuk vorbei. Die Bomber verzogen sich in südliche Richtung.

Zwei Männer in SS-Uniformen kletterten durchs Turmluk und schauten sich mit versteinerten Mienen um. Sie sagten kein einziges Wort. Eiskalte Spannung erfüllte die Luft zwischen den Offizieren. Schweigend rauchten sie eine Zigarette und verschwanden wieder im Inneren.

Seltsame Passagiere, die uns der Befehlshaber der Unterseeboote an Bord geschickt hat, dachte der Kapitän. *Hoffentlich machen diese schwarzen Bluthunde unterwegs keinen Ärger.*

Diese SS-Männer waren ihm äußerst suspekt. Er hasste es, sie an Bord von U 796 zu haben. Solche Landratten konnten nur Unglück bringen. Doch er verwarf den Gedanken. Er musste sich auf das Auslaufen konzentrieren und sagte: »So, dann mal los. Bis zur nächsten Angriffswelle wird es dauern. Also nutzen wir die Gunst der Stunde und seh'n zu, dass wir aus dem Hafen rauskommen. Außerdem wird es gleich richtig dunkel und nachts sind alle Katzen grau.«

Er gab dem I WO das Kommando zum Ablegen. Bereits nach kurzer Zeit löste sich das Stahlboot vom Land und nahm langsam Fahrt auf. Sie glitten durch den Kieler Hafen, vorbei an gesunkenen Schiffswracks und zerbombten Gebäuden. Auf dem Gelände der Howaldtswerke brannte es an verschiedenen Bereichen lichterloh. Zudem gab es dort immer wieder Explosionen.

Munitionsdepots und Treibstofflager flogen in die Luft. Nur wenige Männer versuchten vergeblich, die Brände zu löschen. Richtige Feuerwehren gab es schon lange nicht mehr. Die Luft war geschwängert von Brandgeruch, Qualm und Ruß. Der Kapitän und sein I WO konnten sich gut vorstellen, wie es in diesem Inferno momentan aussah. In der Dunkelheit konnten sie ebenfalls Brände in der Kieler Innenstadt, rund um die Nikolaikirche herum, erkennen.

Kiel, jene ehemalige Perle der Ostsee. Einst wunderschöne Hafenstadt und 1936 Austragungsort der Olympischen Sommerspiele im Segeln, nun fast vollständig zerstört. Einst Reichskriegshafen, jetzt maritime Trümmerlandschaft, dem Untergang geweiht.

Langsam glitt das neunzig Meter lange Boot vom Typ XVIII durch den Hafen. Bewegte sich wie ein graues Gespenst auf die Kieler Außenförde zu. Ein Wolf ohne Rudel, der zur Jagd freigegeben wurde. Früher jagten sie auf dem Atlantik, doch das war schon lange vorbei. Aus den Jägern wurden Gejagte.

Es war Krieg. Keiner an Bord des Unterseebootes wusste, ob sie jemals zurückkommen würden.

Verdammter Seekrieg! Verdammter Krieg!

Kapitel 1

Heiko Friedrichsen war Fischer mit Leib und Seele. Schon Generationen seiner Vorfahren lebten als Seeleute und Fischer in Laboe, einem kleinen Küstenort an der Kieler Bucht.

Sein Schiff, die zehn Meter lange *Elke*, durchpflügte die Ostseewellen in Höhe des Kieler Leuchtturms und war auf dem Heimweg. Der kleine Fischkutter stampfte schwer in der aufgewühlten See. Bald würden die ersten Herbststürme kommen, aber das Wetter spielte in den letzten Jahren sowieso mehr als verrückt. Es gab wohl tatsächlich eine Klimaveränderung. Heiko Friedrichsen konnte nicht mehr lange draußen bleiben, die See wurde immer rauer. Schietwetter. Sie würden bald in ihren Heimathafen zurückkehren müssen.

Der fünfundvierzigjährige Fischer beugte sich aus dem Fenster des Ruderhauses und versuchte gegen den Wind anzuschreien.

»Hannes, geiht na Huus!«

Hannes Lüthjohann nickte, zog noch mal an seinem dicken Zigarrenstummel und fing damit an, den Fang zu sortieren, den sie aus den Stellnetzen geholt hatten. Niemand konnte Hannes' genaues Alter auch nur erahnen. Solange Heiko Friedrichsen sich zurückerinnerte, kannte er den bärbeißigen Matrosen, der bereits bei seinem Vater gearbeitet hatte und damals schon so aussah wie heute. Dieses Holsteiner Urgestein musste die siebzig lange überschritten haben, doch niemand konnte es mit dem Kraftpaket aufnehmen, dessen Körper von Kopf bis Fuß mit Tätowierungen übersät war.

Der Laboer Fischer steuerte die *Elke* nun in südöstlicher Richtung. In den dichten Regenwolken erkannte er das Laboer Ehrenmal, dass schon seit fast hundert Jahren Wind und Wellen trotzte.

Immer wieder warf er einen Blick auf das Vordeck, wo sein alter Decksmann hantierte. Der Fang sah mau aus, höchstens ein Zentner. Die Überfischung der Weltmeere machte auch vor der Ostsee nicht halt und der Beruf eines Fischers wurde im Laufe der letzten Jahre immer schwieriger. Doch was er jetzt im diesigen Licht beobachtete, verwunderte Heiko Friedrichsen sehr.

Hannes Lüthjohann sortierte den Fang in dafür bereitstehende Kisten. Irgendetwas erregte dabei die Aufmerksamkeit des urigen Fischers. Er holte einen größeren Gegenstand aus dem Auffangbehälter. Plötzlich warf er seinen Fund panisch von sich und rannte wild gestikulierend zur Reling. Es sah aus, als wenn er sich ins Meer erbrechen würde.

»Wird Hannes jetzt etwa auf seine alten Tage noch seekrank oder warum kotzt er in die Gischt und füttert den Kabeljau? Dat gifft dat doch nich«, murmelte Heiko Friedrichsen verwundert in seinen dichten Vollbart.

Irgendwas war los mit dem Matrosen. Da ging was nicht mit rechten Dingen zu und er musste nachsehen. Also verlangsamte er die Fahrt der *Elke*, schaltete das Schiffsruder auf Automatikbetrieb und verließ das Ruderhaus. Draußen erwischte ihn eine Welle und er fluchte. Zum Glück trug er wasserdichtes Ölzeug.

Hannes Lüthjohann wischte sich inzwischen den Mund mit dem Ärmel seiner gelben Arbeitsjacke ab, räusperte sich und schüttelte angeekelt den Kopf. Sein Gesicht war kreidebleich. Aus seiner Hosentasche förderte er einen Flachmann heraus und nahm einen kräftigen Schluck.

»Hast du den Klabautermann geseh'n oder wat?«, fragte Heiko Friedrichsen grinsend.

Das Schiff schaukelte inzwischen immer heftiger und wurde langsam zum Spielball der Naturgewalten. Sie mussten zurück zum Hafen.

»Nee, viel schlimmer, du Döskopp!«, antwortete der alte Seebär, nahm noch einen Schluck und wies auf das, was er gerade im Netz gefunden und wieder von sich geworfen hatte.

»Der Dübel hat uns ’n nettes Spielzeug ins Netz geworfen, verdammte Scheiße!«

Der Laboer Fischer bewegte sich nun auf den seltsamen Beifang zu und erkannte sofort, was dort auf dem Deck lag. Plötzlich stellten sich seine Nackenhaare auf und auch ihm wurde übel. Auf den Decksplanken der *Elke* lag ein abgetrennter menschlicher Arm. Die Haut war vom salzigen Seewasser aufgeweicht. Fast weiß, zudem fehlte an der daran befindlichen Hand der Daumen. Aus dem oberen Ende des Armes ragten ein Stück vom Knochen sowie mehrere Sehnen und Blutgefäße heraus. Heiko Friedrichsen hielt sich entsetzt die Hand vor den Mund. Die Knie wurden ihm weich.

Beim heiligen Klabautermann, was hatte Neptun ihnen da ins Netz geworfen?

* * *

Über fünfunddreißig Jahre lang hatte Jürgen Vogler sich auf der HDW, der ehemaligen Howaldtswerke-Deutsche Werft, am Kieler Ostufer krummgelegt. Schiffsbauer und Schweißer in dritter Generation; sein Großvater war dort sogar noch einer der sogenannten Kedelklopper gewesen. Doch die harte Arbeit hinterließ Spuren. Schwere, erosive Osteochondrose mit Spinalkanalstenose und Claudicatio-Symptomatik diagnostizierten die Ärzte seine Krankheit.

Er nannte es nur »Rücken im Arsch«. Seit zwei Jahren fristete er sein Dasein als Frührentner und das Geld langte vorn und hinten nicht. Doch er hatte sich mit seinem Schicksal einigermaßen abgefunden und machte das Beste daraus, auch wenn die starken Rückenschmerzen ihn manchmal schier umbrachten.

Er wohnte in Friedrichsdorf und fuhr fast jeden Vormittag hinaus zum Bülker Leuchtturm, um hier mit seinem Hund am Strand der Ostsee spazieren zu gehen. Manchmal kam auch seine Ehefrau Monika mit. Heute aber nicht, sie arbeitete als Altenpflegerin in einem Kieler Seniorenheim.

Rex, eine zottelige Promenadenmischung aus Bobtail und Labrador, rannte immer wieder dem Ball hinterher, den Jürgen Vogler ins Wasser warf, apportierte das Spielzeug und legte es seinem Herrchen wieder vor die Füße. Sie liebten dieses Spiel, und das bei jedem Wind und Wetter. Heute trieb ein heftiger Nordwestwind immer wieder Regenwolken gegen das Bülker Steilufer. Wie man im Norden sagte: »Schietwetter!«

Plötzlich schnupperte Rex in den Wind und rannte bellend in Richtung Ufersaum. Nach etwa zweihundert Metern stoppte das große Tier vor einem Haufen Treibgut und knurrte wütend. Eine weitere Windböe peitschte Jürgen Vogler den Regen ins Gesicht, woraufhin er den Kragen seiner Regenjacke höher zog. Der Hund gebärdete sich wie ein Verrückter. Rannte um den Treibguthaufen herum. Aus seiner Kehle grollte es immer noch. Das Tier hatte offenbar etwas gefunden. Vogler wollte jetzt wissen, um was es sich handelte. Als er den Hund erreichte, nahm er ihn an die Leine und besah sich den Fund. Eigentlich nur ein großer Haufen Seetang, dazu Holzteile, Plastikmüll und der Rest eines alten Fischernetzes. Aber warum spielte Rex so verrückt? Zwischen dem ganzen Plunder musste sich etwas befinden, das die Aufmerksamkeit des Hundes so sehr erregte.

»Sitz!«

Rex gehorchte und winselte. Schwerfällig bückte Jürgen Vogler sich hinunter und wühlte in dem Haufen herum. Plötzlich schrie er entsetzt auf und wich angeekelt zurück. Vor ihm lag ein abgetrennter und völlig zerfetzter menschlicher Unterschenkel, an dem noch Teile des Fußes hingen. Eine Krabbe war gerade dabei, sich mit ihren Scheren kleine Teile davon abzureißen und ins Maul zu stopfen.

Panik ergriff Jürgen Vogler, er zog an der Hundeleine und eilte zum Förderwanderweg zurück, wo er sein Handy aus der Hosentasche zog und mit zittrigen Fingern die Notrufnummer wählte.

* * *

Marvin und Dennis waren die größten Rabauken, die es im Heikendorfer Kindergarten »Regenbogen« gab. Jeden Tag gab es zwischen ihnen und den Erzieherinnen Konflikte. Für die beiden Pädagoginnen Heike und Sabine bedeuteten diese Jungen eine starke Herausforderung.

Heute befand sich die Gruppe auf einem Ausflug, der sie an die Ostsee führte. Den Campingplatz Möltenort hatten sie bereits vor einiger Zeit hinter sich gelassen und gingen nun am Ufersaum entlang. Marvin und Dennis bewarfen die anderen Kinder der Gruppe immer wieder mit toten Quallen, die durch den Sturm, der in der letzten Nacht getobt hatte, angespült worden waren. Wieder einmal mussten sich die Erzieherinnen fast ausschließlich mit den beiden frechen Jungs beschäftigen und sie maßregeln.

»Ich finde, Kevin ist ein alter Wichser«, sagte der fünfjährige Dennis und zeigte mit dem Finger auf einen

Jungen, der extrem schüchtern wirkte.

»Nö, der ist ein altes Arschgesicht und 'n Furzknochen«, antwortete Marvin. Beide kicherten.

»Hört ihr wohl damit auf, solche Worte zu benutzen!«, schimpfte Heike. »Wenn ihr weiterhin solchen Unfug macht, dann gehen wir zurück zum Kindergarten.«

Daraufhin streckten die beiden Jungen der Erzieherin die Zunge entgegen und rannten laut palavernd voraus.

»Nicht so weit weglaufen! Dennis! Marvin! Kommt sofort zurück!«, rief Sabine ihnen hinterher, doch es war zwecklos. Die Rüpel nahmen bereits einen angespülten Holzhaufen auseinander und kickten mit ihren Gummistiefeln darin herum.

Auf einmal fingen die beiden Kinder an zu schreien. So schnell sie konnten, rannten die beiden zu den Erzieherinnen zurück.

Schon von Weitem sah Heike Schildknecht, dass beide Jungen weinten, für die Jungs äußerst ungewöhnlich. Nach Luft ringend und mit Tränen in den Augen schmissen sie sich in den Schoß der Kindergärtnerinnen.

»Heike, da liegt ein totes Viech, das sieht aus wie ein Mensch«, keuchte Marvin atemlos.

»Wie ein Zombie«, ergänzte Dennis.

Die Kindergärtnerinnen schauten sich verwundert an.

»Sabine, bleib du bei den Kindern, ich gehe nachsehen«, meinte Heike und machte sich auf den Weg zu dem angespülten Schwemmholz. Schon jetzt standen ihr die Haare zu Berge, denn sie hatte bereits eine Vermutung, was es sein könnte. Erst letzte Woche hatten Dennis und Marvin einen halb verwesten Schweinswal am Ufersaum gefunden. Kein schöner Anblick. Sie rechnete auch diesmal mit einem halbwegs skelettierten Tier.

Kaum angekommen, erkannte sie das »Viech« sofort.

Es handelte sich eindeutig um menschliche Überreste. Teile eines Rumpfs. Eine Seite davon nackt, die gebrochenen Rippenknochen ragten aus der Haut heraus. An der gegenüberliegenden Seite des Torsos befand sich Stoff einer Seglerjacke. Heike Schildknecht musste sich beherrschen. Versuchte ihre beginnende Panik in geordnete Bahnen zu steuern. Entsetzt blickte sie auf den zerfetzten Oberkörper, an dem sämtliche Extremitäten fehlten. Sie zitterte am ganzen Leib. Plötzlich bemerkte sie, dass ein älteres Ehepaar sich von hinten näherte. Ein Mann im Rentenalter legte ihr die Hand auf die Schulter und bat sie, von dort wegzukommen.

»Roswitha, schau dort nicht hin«, sagte er zu seiner Frau, gleichzeitig schaute er zur Erzieherin. Der betroffen aussehende Senior schüttelte unmerklich den Kopf. »Kommen Sie bitte weg von hier und kümmern sich um die Lütten. Das müssen die Kinder nicht sehen. Ich rufe die Polizei.«

Kapitel 2

»Verfluchte Drecksau! Hurensohn!«

»Wie halten wir es nur aus mit diesem verrückten Federvieh? Kennst du nicht zufällig einen Knopf, um ihn abzustellen?«, fragte Hinnerk Matthiesen.

Malin lachte und schüttelte belustigt den Kopf.

»Nein, mein Lieber, den müssen wir so nehmen, wie er ist. Der benahm sich schon bei meinem Vater nicht anders«, antwortete sie.

»Fuck you! Geh kacken!«

Wieder einmal krächzte der Vogel Schimpfwörter in den Raum, stellte dabei triumphierend seine Kopfhaube auf und nickte siegesgewiss, was in einem irren Lachen endete.

Nach dem Tod ihres Vaters hatte Malin den Gelbohr-Rabenkakadu geerbt. Wie alt das intelligente Tier war, konnte ihr niemand sagen, aber sie kannte den Vogel schon seit ihrer Kindheit. Ursprünglich stammte sie aus Småland. Ihr Vater, ein Kapitän auf großer Fahrt, brachte den Kakadu irgendwann mit nach Hause. Jahrzehntelang begleitete das Tier den Käpt'n auf all seinen Reisen um die Welt. Dabei machten sich die Matrosen stets einen Spaß daraus, dem sprachbegabten Vogel Schimpfwörter in allen beliebigen Sprachen beizubringen. Monsieur Tourette, wie Malin ihn im Nachhinein taufte, beherrschte sämtliche Aussprachen in Perfektion.

Hinnerk und Malin lebten in einem kleinen Haus in Preetz, einer Kleinstadt vor den Toren Kiels, am Rande der Holsteinischen Schweiz. Beide genossen seit einiger Zeit ihre neue Freiheit. Nach über zweiundzwanzig Ehejahren hatten sie sich in der letzten Zeit etwas entfremdet, fanden aber gerade nach dem Auszug ihrer beiden Kinder zu einer

Art zweitem Frühling wieder zusammen.

»Drecksack«, krächzte Monsieur Tourette und kreischte danach wie eine quietschende Tür. Ohrenbetäubend!

»Also ich kenne diesen Sabbelkopp nun seit über zwanzig Jahren, aber manchmal überlege ich doch, ob ich ihn nicht mit meiner Dienstwaffe erschießen sollte«, kommentierte Hinnerk, was mit einem »Blödmann« quittiert wurde.

»Wehe, ich liebe diesen Schreihals! Genau wie dich, du oller Holsteiner Büffelkopp.«

»Büffelkopp … Arschgeige … saublödes Sackgesicht!«, kreischte der Vogel, woraufhin Hinnerk und Malin losprusteten.

Dieser verrückte Kakadu hatte wirklich im wahrsten Sinne des Wortes einen Vogel, und wenn der Hauptkommissar ehrlich war, mochte er diesen Kreischhals sehr und hatte schon oft über ihn gelacht.

Plötzlich klingelte sein Mobiltelefon. An der Melodie erkannte er bereits, wer anrief. Kriminaloberrat Jürgen Pönitz, Leiter der Kieler Mordkommission.

Nicht jetzt, dachte der Hauptkommissar, *es ist Sonntag und ich habe noch eine Woche frei! Verflixt und zugenäht!*

Er nahm das Gespräch trotzdem an.

»Guten Tag Herr Matthiesen. Es tut mir ja leid, dass ich Sie in Ihrer Freizeit anrufe, aber wir brauchen Sie hier in Kiel. Es ist wichtig. Es brennt und ich bin momentan mit Herrn Paul allein hier. Sie kennen ja unsere momentane personelle Situation.«

Hinnerk seufzte. Er wusste genau, wovon sein Chef sprach. Zurzeit nur zu dritt, waren sie deutlich unterbesetzt. Es kam ihm sowieso wie ein Wunder vor, dass er überhaupt freibekommen hatte. Eine Kollegin befand sich momentan auf einer längeren Weiterbildung in Wiesbaden, ein anderer musste nach einem schweren Autounfall noch geraume Zeit im Krankenhaus verbringen, und der Kriminaldauerdienst beschwerte sich sowieso schon ständig, weil sie in der unterbesetzten K1 häufig aushelfen mussten.

»Schießen Sie los, was gibt es?«, fragte Hinnerk.

»Ein Leichenfund an der Kieler Förde. Oder besser gesagt, die Leiche wurde quasi fragmentiert an mehreren Strandabschnitten rund um die Förde herum angespült. Dabei fehlen immer noch diverse Teile des Leichnams.«

Hinnerk wurde hellhörig.

»Wissen wir schon, um wen es sich dabei handelt?«

»Nur, dass es eine männliche Person ist. Wie gesagt, bisher sind nur Fragmente aus der Ostsee gefischt worden.«

»Hört sich mies an«, entfuhr es Hinnerk.

»Sie sagen es, Herr Matthiesen. Ich weiß ja, dass Sie Urlaub haben. Es wäre trotzdem gut, wenn Sie uns hier schnellstmöglich unterstützen könnten. Bitte. Ich weiß nicht mehr, wo mir der Kopf steht. Und dann tritt übermorgen ja auch noch die neue Staatsanwältin ihren Dienst an.«

»Blöde Missgeburt! Altes Sackgesicht! Stinkstiefel!«, krächzte Monsieur Tourette lauthals.

»Oh, 'tschuldigung, Herr Matthiesen, ich habe Sie nicht verstanden. Was sagten Sie gerade?«

»Nein! Äh … nichts, Herr Pönitz. Ich … äh … habe nur gesagt, dass ich so schnell wie möglich nach Kiel komme.«

Hinnerk hörte, wie der Kriminaloberrat erleichtert aufatmete, und sie verabschiedeten sich voneinander.

Dieser verdammte Vogel! So ein Sabbelkopp! Er zielte mit seinem Zeigefinger auf den Kakadu.

»Peng!«

»Hahahahahahahaha … kirrrrikirrrrr … Arschgeige.«

Monsieur Tourette stellte seine Kopffedern auf,

wippte mit dem Oberkörper und kreischte lauthals wie ein Irrsinniger.

Malin beobachtete Hinnerk die ganze Zeit über. Sie machte ein enttäuschtes Gesicht und zog einen Schmollmund.

»Hinnerk, sag, dass das nicht wahr ist! Wir wollten morgen für ein paar Tage zu meiner Mutter nach Småland fahren«, sagte sie traurig.

»Asshole! Stupid Idiot! Geh kacken!«, mischte sich der Kakadu ein.

Nun mussten sie beide unwillkürlich lachen.

Hinnerk ging zu Malin und nahm sie in den Arm, dabei küssten sie sich leidenschaftlich. Er schob die schlanke Frau Richtung Schlafzimmer. Der olle Pönitz konnte noch etwas warten.

»Fuck you, crazy Bastard! Kriiikriiikriii!«

Auslaufen, Ostsee, Kieler Bucht, Frühjahr 1945

Das graue Boot glitt in der Dunkelheit langsam durch den Hafen und hinterließ eine kaum sichtbare Hecksee. Neben dem Kaleu befanden sich noch drei weitere Männer auf dem Turm. Sie beobachteten aufmerksam die Umgebung und den Himmel. Jederzeit konnten erneut alliierte Lancaster- oder B-17-Bomber aus den Wolken heraus auftauchen, die ihre Sardinenbüchse sofort mit einem Kugel- und Bombenhagel belegen würden. Sie konnten nichts dagegen unternehmen, denn zum Abtauchen war die Kieler Förde zu flach. Johann von Stackeldorf und seine Mannschaft würden erleichtert aufatmen, wenn sie die offene See erreichten. Dort konnten sie endlich auf Tauchstation gehen und somit unsichtbar werden. Dafür wurde das Schiff konstruiert, um im Verborgenen zu operieren.

Der Kapitänleutnant dachte an seinen mündlichen Befehl. »Auslaufen und so schnell wie möglich in den nördlichen Atlantik hinauskommen.«

Kein schriftlicher Befehl, was Stackeldorf ziemlich verwunderte. Wohin die Reise von U 796 diesmal ging, wusste niemand. Nicht einmal der Kapitänleutnant. Alle weiteren Befehle lagen in einem versiegelten Umschlag im verschlossenen Schrank des Offiziers. Dieses Kuvert sollte erst geöffnet werden, wenn sie im Nordatlantik eine ganz bestimmte Position erreicht hatten.

Johann von Stackeldorf wusste nur den Namen dieser mysteriösen Aktion.

»Operation Goldfisch.«

So einen verrückten Titel für das, was hier geschah, konnten sich wirklich nur die hohen Schreibstubenhengste des BdU einfallen lassen.

Den ganzen Nachmittag über war das Boot mit dieser

seltsamen Fracht beladen worden. Nun lagen im Bauch des Schiffes Goldbarren im Wert von zehn Millionen Reichsmark. Ein immenses Vermögen. Aus seinem U-Boot, eigentlich dazu gebaut, um Seeminen zu legen oder feindliche Schiffstonnagen zu torpedieren, wurde tatsächlich ein schwerfälliger Goldfisch. Ein fetter Happen für die Tommys.

Unmissverständlich war dieser Befehl aus dem Hauptquartier des Großadmirals gekommen. Dönitz' Adjutant, Korvettenkapitän Hubertus von Quinsdorf, hatte selbst mit Stackeldorf telefoniert und den Befehl dazu gegeben, diesen Schatz aus dem zerstörten Deutschland hinauszubringen. Aber wohin? Der versiegelte Umschlag. In einer Woche würde er Genaueres wissen.

Zusätzlich befanden sich auch noch diese SS-Offiziere an Bord. All das bereitete Johann von Stackeldorf Kopfschmerzen. SS, Leute der Schutzstaffel, auf seinem Schiff, das konnte nichts Gutes bedeuten. *Beim Klabautermann! Hitlers verdammte Jagdhunde!* In der gesamten Marine, der Luftwaffe und auch in der Wehrmacht mochte niemand diese schwarzen Lackaffen, die in ihren maßgeschneiderten Uniformen und gewichsten Lackstiefeln aussahen wie Paradesoldaten. Blond und blauäugig … *verdammich!*

Plötzlich erhellten Lichtblitze den Nachthimmel, gefolgt von lauten Detonationen. Auf dem Gelände der Howaldtswerke explodierten weitere Treibstofflager, doch die Werft lag inzwischen schon weit hinter ihnen, sodass keinerlei Gefahr mehr fürs Boot bestand.

Im Licht des Feuerscheins erblickten sie ein Flugzeug im Tiefflug. *Verdammter Mist.* Stackeldorf atmete erschrocken ein, um Alarm zu brüllen, bemerkte aber, dass es sich um eine deutsche Maschine handelte. Nur fünfzig Meter über ihnen donnerte ein Nachtjäger vom Typ Heinkel HE 219

Uhu über sie hinweg. Langsam verschwand das Flugzeug Richtung Westen in der Dunkelheit. Die Luftwaffe besaß schon lange nicht mehr die Lufthoheit über dem Reichsgebiet. Stackeldorf wunderte sich darüber, woher dieser geisterhafte Vogel wohl kam.

Mittlerweile erreichten sie die Kieler Außenförde. Nun würden sie bald in tiefere Gewässer kommen und abtauchen können, doch sie mussten weiterhin extrem wachsam sein.

Sein Nebenmann, Oberbootsmann Aloisius Huber, fing plötzlich an zu fluchen. Ein waschechter Bayer, der unbedingt zur Marine wollte. Seine Flüche verstand niemand. Oberbayerischer Dialekt. Der Kapitänleutnant erkannte, dass Huber sich etwas von seiner Uniformjacke wischte. Volltreffer einer Möwe.

»Das bringt Glück, Herr Oberbootsmann«, kommentierte er lachend. Huber nickte und grinste: »Jawohl, Herr Kaleu! Nur auf ’ner Marinejacke landet häufig Möwenkacke.«

Huber erzählte dauernd irgendwelche Witze und war bei der gesamten Mannschaft als Spaßvogel bekannt. Sie lachten.

Leichter Nieselregen setzte ein. Innerhalb kürzester Zeit wurden die wetterfesten Uniformen der Männer mit einer Schicht aus perlenden Regentropfen überzogen.

»Mann auf Brücke?«, raunte es aus dem Turmeinstieg.

»Jo!«, antwortete Stackeldorf.

Einer der SS-Offiziere kam durchs Luk und sah sich um. Es war Friedrich Stramm, ein etwa fünfundzwanzig Jahre alter Obersturmführer.

»Herr Kapitänleutnant, wir müssen mit Ihnen sprechen. Können wir uns in der Offiziersmesse treffen?«, fragte Stramm zackig.

»Was gibt es denn so Wichtiges? Ich habe keine Zeit, wir sind mitten beim Auslaufen«, erwiderte der Kapitän.

Obersturmführer Stramm wirkte ungehalten: »Können wir das bitte unten besprechen? Es ist wichtig! Hauptsturmführer Lehmann erwartet Sie. Jetzt!«

Noch ehe der Kapitän antworten konnte, war der SS-Mann wieder im Turmluk verschwunden.

Johann von Stackeldorf merkte, wie Zorn in ihm aufbrandete. Was bildeten diese Fatzkes sich ein, ihm, dem Kommandanten dieses U-Bootes, zu befehlen? »Na, dann woll'n wir mal seh'n, was diese schwatten Heinis von mir wollen«, murmelte er, bevor er grummelnd die Leiter ins Innere des Bootes hinunterrutschte.

Unten angekommen sahen ihn die Männer in der Operationszentrale neugierig an. Stackeldorf suchte seinen I WO. Leutnant Brodersen stand am Kartentisch und vermaß den weiteren Kurs.

»Klaus! Übernimm mal kurz meine Wache! Die Herren Passagiere wünschen eine persönliche Audienz mit dem Kapitän.«

Seine Stimme klang voller Spott und Missfallen, »Herren Passagiere« und »Audienz« betonte er dabei besonders.

Johann Stackeldorf durchquerte die Kommandobrücke und verschwand im Inneren des Bootes. Nur wenig später kam er in der Offiziersmesse an und schob den groben Stoffvorhang zur Seite. Die drei SS-Offiziere saßen bereits an einem kleinen Tisch. Warteten ungeduldig auf ihn. Als er eintrat, erhoben sich die Männer und grüßten ihn vorschriftsmäßig. *Korinthenkacker*, dachte Stackeldorf abfällig.

»Heil Hitler, Herr Kapitänleutnant!«, drang es synchron aus ihren Kehlen, und sie streckten die rechte Hand nach vorn zum obligatorischen Hitlergruß, woraufhin

Stackeldorf absichtlich ein provozierendes »Moin, meine Herren!« erklingen ließ. Er erntete dafür Gesichter mit Blicken des Missfallens.

Johann von Stackeldorf nahm seine speckige Schirmmütze vom Kopf und klopfte die Regentropfen ab, wobei »zufällig« Friedrich Stramm das Wasser abbekam und fluchte.

»Was kann ich für Sie tun, meine Herren?«

Hauptsturmführer Fritz Lehmann, ein drahtiger Mittfünfziger, räusperte sich und wies auf ein Dokument, das auf dem Tisch lag. Stackeldorf warf einen Blick darauf. Sofort fiel ihm der Schriftzug auf.

Führerhauptquartier – Streng geheim.

»Was ist das?«, fragte Stackeldorf.

»Geheime Befehle aus dem Führerhauptquartier, Herr Kapitänleutnant. Bitte lesen Sie selbst.«

Obersturmführer Stramm reichte Stackeldorf das Schriftstück und sah ihn dabei wütend an.

Der Kapitänleutnant überflog das Schreiben. Langsam sträubten sich seine Nackenhaare. Was er dort las, war ungeheuerlich. Im Dokument stand, dass er den SS-Offizieren unbedingten Gehorsam zu leisten habe. Was auch immer diese Männer befahlen, er sollte gehorchen. Unterschrieben vom Führer höchstpersönlich. Seine Gedanken rasten hin und her.

Was haben diese Leute vor?

Er wusste es nicht und er konnte sich keinen Reim auf die ganze Geschichte machen. Innerlich kochte er vor Wut.

»Nun denn, meine Herren. Wie lauten Ihre Befehle?«, fragte er und kratzte sich am Ohr. Nur mit äußerster Mühe konnte er sich beherrschen.

Hauptsturmführer Lehmann räusperte sich erneut. Anscheinend eine Angewohnheit.

»Auch wir sind nur Befehlsempfänger. Unsere Anweisungen sind klipp und klar definiert. Dabei allerdings so geheim, dass sie nicht schriftlich fixiert wurden.«

»Und die wären?«, fragte Stackeldorf ungehalten. Er spürte Zorn in sich, unendlichen Zorn. Aber anscheinend besaßen diese Männer nun die absolute Befehlsgewalt über sein Boot.

»Die ganze Aktion mit dem Verladen des Goldes war Teil eines geplanten Ablenkungsmanövers. Die Werft und der gesamte Hafen sind voller Spione der Alliierten. Natürlich blieb der Ladevorgang nicht unbeobachtet. Somit vermutet unser Feind nun, dass das Boot und die wertvolle Fracht sich auf dem Weg in den Nordatlantik befinden. Mit geheimem Ziel. Damit gewinnen wir Zeit, das Gold an einen sicheren Ort zu bringen. Und dieser Ort ist gar nicht so weit weg.«

Die drei Männer grinsten sich an, doch von Stackeldorf gefiel die ganze Sache überhaupt nicht. Er misstraute diesen Leuten von Anfang an.

»Und der wäre?«, fragte der Kapitänleutnant.

»Es ist geplant, das Gold innerhalb des Reichsgebietes zu verstecken. Da die Alliierten jetzt annehmen werden, dass wir auf dem Weg in offene Gewässer sind, werden sie überwiegend in der östlichen Ostsee sowie im Kattegat nach U 796 suchen. Wir werden jetzt allerdings beidrehen und zurück zur Küste steuern. Dort warten bereits Lastkraftwagen, welche die Fracht wieder aufnehmen und an einen geheimen Ort bringen werden. Zuerst müssen wir aber zum Stakendorfer Strand. Nur etwa dreißig Kilometer von Kiel entfernt in nordwestlicher Richtung.«

Stackeldorfs Gedanken rasten wie wild durcheinander. Was wurde hier gespielt? Wollten diese Lackaffen ihn verschaukeln? War das alles ein übler Aprilscherz? *Das kann doch nicht wahr sein!*

Doch er musste sich fügen. Der schriftliche Befehl, den diese SS-Offiziere ihm vorgelegt hatten, stammte eindeutig aus dem Führerhauptquartier in Berlin.

Er nickte, biss dabei aber kaum merklich vor Wut die Zähne zusammen, dass es knirschte.

»Also gut, meine Herren, dann wollen wir mal«, sagte er und machte sich auf den Weg zurück zur Kommandobrücke. Die Männer in den schwarzen Uniformen folgten ihm.

In der Einsatzzentrale angekommen, ging er zum Kartentisch und warf einen Blick darauf. Mit einem Bleistift wies er auf einen Punkt in der Ostsee.

»Wir sind inzwischen etwa hier. Zurück bis zum Stakendorfer Strand sind es ungefähr zwanzig Seemeilen. Wenn nichts dazwischenkommt, sind wir in zwei Stunden dort, das wäre um …«

Er blickte auf das Schiffschronometer über dem Kartentisch und verglich die Zeit mit seiner Armbanduhr.

»Elf Uhr. Eine Stunde vor Mitternacht. Liegt das in Ihrem Zeitplan?«

»Großartig, Herr Kapitänleutnant. Damit haben wir genügend Zeit, die Fracht noch vor der Dämmerung auszuladen«, erwiderte Hauptsturmführer Lehmann. Er und seine Offiziere lächelten zufrieden.

Johann von Stackeldorf gab dem Rudergänger die nötigen Befehle und kletterte das Turmluk hinauf.

Niemals zuvor sah der Rudergänger seinen Kommandanten so wütend.

Kapitel 3

Auf dem Weg nach Kiel dachte Matthiesen an Malin. Wie sehr er diese Frau liebte! Vor über zwanzig Jahren hatten sie sich in Mariannelund, einer småländischen Kleinstadt, kennengelernt. Er machte mit ein paar Freunden Urlaub in Schweden. Als sie sich in der winzigen Kneipe das erste Mal sahen, verliebten sie sich sofort ineinander. Liebe auf den ersten Blick! Bereits ein Jahr später heirateten sie und Malin zog zu ihm nach Kiel, wo sie sofort eine Anstellung als Krankenschwester im Städtischen Krankenhaus fand. Kurz hintereinander wurden ihr Kinder Madita und Bengt geboren und sie zogen von Kiel in ein Häuschen nach Preetz, unweit vom Lanker See, wo die Kinder aufwuchsen und sie ein harmonisches Familienleben führten. Hinnerk arbeitete seit fünfzehn Jahren als Hauptkommissar in der Blumenstraße bei der Kriminalinspektion 1, die im alltäglichen Sprachgebrauch üblicherweise *Mordkommission* genannt wurde. Bei den Mitarbeitern hieß das Dienstgebäude nur die *Blume*.

Vor einiger Zeit waren ihre Kids von zu Hause ausgezogen. Die einundzwanzigjährige Madita war zu ihrem Freund nach Schleswig gegangen und absolvierte dort seit einem Jahr die Ausbildung zur Erzieherin. Bengt hatte im Frühjahr sein Abitur gemacht, wollte unbedingt den exotischen Beruf Reetdachdecker erlernen und hatte nun eine Ausbildung in Mecklenburg-Vorpommern angefangen. Manchmal trauerte er seinen Kindern nach, aber dies war nun mal der Lauf der Dinge.

Nun, mit vierundvierzig Jahren, freuten sie sich auf die gewonnene Freiheit und genossen es, miteinander viel zu unternehmen, und plötzlich klappte es auch mit dem Sex wieder wie in alten Zeiten. Sie hatten sich neu ineinander verliebt.

* * *

Der Verkehr am Olof-Palme-Damm floss träge dahin. Wahrscheinlich gab es irgendwo mal wieder einen Verkehrsunfall.

Gegen halb zwölf kam Matthiesen endlich am Dienstgebäude an und machte sich gleich auf den Weg zum Besprechungsraum der Mordkommission. Ohne anzuklopfen trat er ein. Drinnen saßen bereits Kriminaloberrat Jürgen Pönitz, Oberkommissar Jan Paul und Björn Krüger, Leiter der Kriminaltechnik, und redeten miteinander.

Auf der Fensterbank fauchte und blubberte wie immer die uralte Kaffeemaschine. Es war allen Mitarbeitern ein Rätsel, dass dieses Gerät noch seinen Dienst versah.

Nach der Begrüßung zeigte der Kriminaloberrat auf den Tisch. Dort lagen großformatige Aufnahmen von Leichenteilen. Arme, Beine, Rumpf ... kein besonders erquickender Anblick. Während Matthiesen sich die Fotos anschaute, begann Pönitz seinen Bericht.

»Seit vorgestern sind diverse Leichenteile rund um die Kieler Förde angespült worden. Sogar im Netz eines Fischers aus Laboe befand sich ein abgetrennter Arm. Aber es fehlen immer noch diverse Teile, die zu dem Körper gehören. Auch der Kopf wurde bisher leider noch nicht gefunden. Damit wäre uns nämlich sehr geholfen, um die Identität des Mannes festzustellen. Laut dem Gerichtsmediziner Dr. Kreuzfeld sind alle Fragmente ein und derselben Person zuzuordnen. Er meint, dass derjenige wohl schon tot gewesen sein muss, bevor er in die Förde gelangt ist. Oder dorthin transportiert wurde, um ihn zu versenken. Anscheinend ist die Leiche ins Fahrwasser getrieben und wurde dort von Schiffsschrauben quasi zerstückelt. Die Person war männlich, normale Körpergröße, circa fünfundzwanzig bis fünfzig Jahre alt, sportliche Statur. Mehr wissen wir noch nicht.«

»Irgendwelche Vermissten, die passen könnten?«, fragte Matthiesen.

»Negativ«, erwiderte Pönitz. »Nur zwei junge Frauen aus Kiel, aber die fallen wohl kaum in unser Spektrum. Außerdem wird noch ein Rentner aus Gaarden gesucht, der aus einem Seniorenheim getürmt ist. Doch dieser alte Herr ist anscheinend hochgradig an Demenz erkrankt, somit können wir den ebenfalls vergessen.«

In diesem Moment klopfte es an die Tür. Miriam Schrader schaute herein, die Sekretärin der K1 und gleichzeitig auch die gute Seele der Mordkommission. Mädchen für alles. Sie sah ihren Chef an und winkte mit dem Telefon.

»Die Deutsche Gesellschaft zur Rettung Schiffbrüchiger. Seenotrettungskreuzer *Berlin* aus Laboe. Ein weiterer Fund.«

Pönitz sprang sofort auf. Dankend nahm er das schnurlose Telefon entgegen. Er redete drei Minuten mit seinem Gesprächspartner.

»Es wird immer interessanter«, sagte er. »Das war der Kapitän, oder besser gesagt, der Vormann der *Berlin.* Sie befanden sich auf einer Patrouillenfahrt und wurden von einem kleinen Fischerboot angefunkt. Dieser Angler hat einen menschlichen Kopf in seinem Stellnetz gefunden.«

»Wo?«, fragte Matthiesen.

»Etwa zwei Seemeilen nördlich von Marina Wendtorf. Die Männer der DGzRS haben den Schädel bereits geborgen und bringen ihn zu ihrem Stützpunkt nach Laboe. Übrigens meinte der Vormann, dass der Schädel ein ordentliches Loch aufweist. Er vermutet, durch einen Schlag mit einem Hammer.«

»Dann sollten wir uns das gute Stück mal ansehen«, meinte Jan Paul.

Ohne viele Worte machten sich Hinnerk und Jan auf den Weg. Björn Krüger wollte ebenfalls nach Laboe fahren.

Vielleicht konnte ja dieser Schädel Auskunft über die Identität der Leiche geben.

Kapitel 4

Nach knapp zwanzig Minuten kamen sie in Laboe an und fuhren auf der Mole bis zum Stützpunkt der Deutschen Gesellschaft zur Rettung Schiffbrüchiger. Die Männer des Seenotrettungskreuzers *Berlin* waren gerade dabei, das schnittige Schiff an der Mole zu vertäuen.

Der Vormann kam auf sie zu und stellte sich als Klaus Paulsen vor. Vom ganzen Erscheinungsbild her ein waschechter Seemann. Groß, kräftig, etwa fünfundvierzig Jahre alt, Vollbart. In seinem orangefarbenen Overall eine stattliche Erscheinung.

Er führte die Kripobeamten in die Messe des knapp dreißig Meter langen Schiffes. Dort hatten seine Kollegen den Kopf in einer Kunststoffkiste verwahrt, die auf dem Tisch stand, ein grausiger Anblick. Die Beamten begutachteten den arg mitgenommenen Schädel. Deutlich konnte man ein kantiges Loch am Hinterkopf erkennen. Mit aller Wahrscheinlichkeit stammte diese tödliche Wunde von einem Hammer, aber das würde der Pathologe besser beurteilen können. Die Gesichtszüge waren noch gut zu erkennen, obwohl beide Augen fehlten. Seetang ragte aus den leeren Augenhöhlen heraus. Die Oberlippe zierte ein schwarzer Schnauzbart. Der Tote musste ungefähr vierzig Jahre alt gewesen sein.

»Der alte Kalle Wilhelmsen aus Heidkate hat den Kopp aus ’m Wasser gefischt. Dat Ding hat sich in seinem Stellnetz verfangen. Kalle hat sich ganz schön verfährt, als er erkannt hat, wat dat ist. Ich hab Ihnen hier schon mal die Adresse von Opa Kalle aufgeschrieben. Opa Kalle kennt hier jeder. Der ist ein echtes Holsteiner Original.«

Paulsen reichte Hinnerk einen zerknitterten Zettel.

»Zufällig waren wir mit der *Berlin* gerade in Sichtweite

und Opa Kalle hat mit den Armen gerudert wie ein Bekloppter. Wir sind zu ihm gefahren und er hat uns diese Bescherung gezeigt. Da wir aus 'm Radio bereits von den anderen Funden wussten, hab ich gleich bei der Mordkommission angerufen. Weiß man schon, wer dat war?«

Matthiesen schüttelte den Kopf.

»Nein, bisher noch nicht, aber anhand des Kopfes kann unser Zeichner nun sicherlich ein Bild erstellen, dass morgen in den *Kieler Nachrichten* veröffentlicht wird. Heute Abend vielleicht schon im *Schleswig-Holstein Magazin*. Wollen mal hoffen, dass ihn jemand erkennt und uns sachdienliche Hinweise geben kann.«

Björn Krüger verpackte unterdessen den Kopf in eine große Kunststofftüte. Sie würden den Schädel so schnell wie möglich in die Kieler Rechtsmedizin der Christian-Albrechts-Universität bringen. Der Pathologe Dr. Kreuzfeld wartete bereits auf ein weiteres Fragment des Ermordeten.

Da sie hier momentan nichts weiter ausrichten konnten, verabschiedeten sie sich von Klaus Paulsen und seiner Crew. Björn Krüger machte sich auf den Rückweg nach Kiel. Hinnerk und Jan wollten unterdessen nach Heidkate weiterfahren, um Opa Kalle aufzusuchen.

Sie benötigten für die paar Kilometer nur knapp zehn Minuten. Der alte Mann wohnte gleich hinter dem Deich. Neben seinem reetgedeckten Haus gab es einen Imbiss mit Fischspezialitäten.

Als sie das Grundstück erreichten, sahen sie einen Mann mit wettergegerbtem Gesicht. Opa Kalle trug ein blaues Fischerhemd, Prinz-Heinrich-Mütze, schmutzige Jeans und Gummistiefel. Er musste Mitte siebzig sein. Der Alte schleppte eine Kiste mit Heringen vor seinem mächtigen Kugelbauch.

Die beiden Kripobeamten stiegen aus ihrem BMW aus.

»Herr Wilhelmsen?«, fragte Jan Paul.

»Jo, kannst Opa Kalle sagen, mien Jung. Tun hier alle«, antwortete der Fischer und wuchtete die Kiste auf einen Tisch. »Wenn ihr man nich vonne Polente seid.«

Matthiesen zeigte ihm seinen Dienstausweis, stellte sich vor und grinste. Dieser alte Mann erinnerte ihn spontan an seinen Vater.

»Mann, ich kann euch sagen, ich hab mich vielleicht verfährt, als mich der Kopp angrinste. Da tu ich mein Stellnetz aus 'm Wasser zieh'n und den ... zack ... Kopp binnen ... dat is een Ding, wa? Hab ja schon heute Morgen davon bei *Welle Nord* im Radio gehört, hat Jan Malte Andresen von erzählt. Aber wer denkt denn, dass so 'n doot'n Kopp in meine Netze reinschippern tut?«

»Ist Ihnen sonst noch irgendetwas ins Netz gegangen?«, fragte Jan Paul belustigt.

Der alte Mann steckte sich eine Zigarre an und nickte. Eine dicke Rauchwolke umgab ihn. *Genau wie Vaddern*, dachte Hinnerk amüsiert. Er mochte den alten Fischer sofort. Diese urigen norddeutschen Typen sagten ihm zu.

»Die *Berlin* war gerade wech gewesen, da hab ich noch ein anneres Netz kontrolliert, etwa einen Kilometer weiter, und hab dat hier gefunden. Ich weiß nich, ob das dem doot'n Mann gehört. Aber ich wollt dat nu sowieso zur Bullerei ... äh ... zur Polizei bringen. Ehrlich!«

Aus seiner Hosentasche kramte er etwas hervor und reichte es Jan. Der zweiunddreißigjährige Oberkommissar nahm eine kleine Tüte aus seiner Jackentasche und der alte Fischer ließ das Fundstück hineinfallen. Es handelte sich dabei um eine Kette, an der ein silberner Anhänger in Form eines zwei Zentimeter langen Fisches baumelte. Auf der Rückseite befanden sich die Buchstaben J. S. in verschnörkelter Schrift.

Sie bedankten sich bei Opa Kalle, gaben ihm eine Visitenkarte und fuhren zurück nach Kiel.

Mit dem Kopf und der Kette konnte man sicherlich etwas anfangen.

Matthiesen hoffte, dass der Tote bald seine Identität preisgeben würde.

Kapitel 5

Den Nachmittag über verbrachten sie damit, ein Porträt des Toten anzufertigen. Sie benutzten dazu Fotos vom abgetrennten Schädel. Der Zeichner erwies sich als ausgesprochenes Ass am Computer. Er brachte ein ansehnliches Konterfei zustande und das Bild wirkte nahezu lebensecht. Während der abendlichen Ausgabe des *Schleswig-Holstein-Magazins* im Norddeutschen Rundfunk sollte die Bevölkerung um Mithilfe gebeten werden. Ebenso würde das Foto in der morgigen Ausgabe der *Kieler Nachrichten* erscheinen. Die Kripobeamten hofften, dass sich daraufhin jemand melden würde, der den Toten erkannt hatte.

Zu aller Überraschung machten sie an diesem Tag pünktlich Feierabend. Auf dem Heimweg bog Matthiesen im Süden von Kiel von der B 76 ab, um einen kurzen Abstecher zu seinem Vater zu machen. Dies tat er oft, er mochte seinen Alten und schaute dort gerne nach dem Rechten.

Wilhelm Matthiesen, der von allen nur liebevoll Willi genannt wurde, wohnte außerhalb von Preetz, ziemlich abgelegen hinter dem malerischen Dörfchen Pohnsdorf an einem Naturschutzgebiet, der sogenannten Pohnsdorfer Stauung. Gerade vor ein paar Wochen hatte der Alte seinen siebzigsten Geburtstag gefeiert. Hinnerks Mutter war vor einigen Jahren an Krebs gestorben. Gleich nebenan wohnte Willis bester Freund, ebenfalls Witwer. Die beiden Herren galten im ganzen Dorf als schrullige Querdenker, die den ganzen Tag über nichts anderes im Kopf hatten, als irgendwelchen Blödsinn anzustellen. Willi und sein Kumpel Kurt Hollmann hatten ihr gesamtes Leben lang als Schiffsbauer bei HDW gearbeitet, der ehemaligen Howaldtswerke-Deutsche Werft, und waren seit Kindertagen befreundet.

Als Hinnerk zur Haustür ging, kam ihm sein Vater entgegen. Normalerweise lief der alte Herr in Arbeitsklamotten herum, weil er ständig irgendwo herumwerkelte. Heute allerdings erblickte Hinnerk einen ganz anderen Wilhelm Konrad Matthiesen. Verwundert schaute er seinen Vater an. Er trug einen dunkelblauen Anzug, Krawatte, und an den Füßen glänzten schwarz polierte Lederschuhe. Zudem zeigte sein Kinn eine frische Rasur und ihn umhüllte ein angenehmer Hauch von Davidoff Cool Water.

Hinnerk musste unwillkürlich grinsen und sagte: »Oh, entschuldigen Sie bitte, aber können Sie mir vielleicht sagen, wo ich meinen Vater finde? Willi Matthiesen, so einen unangenehmen, schmuddeligen Kerl. Kennen Sie den vielleicht?«

Griesgrämig fuhr sich Willi mit der rechten Hand über seine spärlichen, akkurat frisierten Haare und erwiderte barsch: »Bist du nicht ganz richtig im Kopp, du Dösbaddel? Ik denk, du bist mit Malin nach Småland gefahren. Hast du nix anderes zu tun, als friedliche Menschen zu veräppeln?«

»Wollten wir eigentlich auch, aber Pönitz hat mich wieder zurückgerufen. Ein neuer Mordfall«, antwortete Hinnerk. »Warum hast du dich denn so fein rausgeputzt? Hast du etwa ein Rendezvous?«

Hinnerk grinste immer noch. Die Miene seines Vaters verfinsterte sich allerdings zunehmend.

»Dat geit di nix an!«, fauchte Willi, ging zum Carport und schwang sich grinsend in seinen altersschwachen Mercedes. Als das Gefährt knatternd das Grundstück verließ, winkte Willi aus dem Fenster. Hinnerk schüttelte den Kopf und vernahm plötzlich eine Stimme hinter sich.

»Guten Tag Hinnerk«, begrüßte ihn Kurt Hollmann grinsend hinterm Gartenzaun.

»Was ist denn in meinen Vater gefahren? Kaum

komme ich mal ein paar Tage nicht vorbei, da benimmt sich der alte Herr schon gleich sonderbar. Arbeitet er nun als Oldie-Modell auf dem Laufsteg für Giorgio Armani?«, fragte Hinnerk.

»Das würde ich auch gerne wissen«, antwortete Kuddel, wie er von seinen Freunden genannt wurde. »Diese Veränderung begann vor drei Tagen. Ich wollte dich schon anrufen und davon berichten, aber ich hab geglaubt, dass ihr in Schweden seid. Dein Vater war in Preetz, wollte dort eigentlich nur zur Bank und danach einkaufen. Aber er kam erst sehr spät in der Nacht nach Hause. Seitdem gehen hier wundersame Dinge vor sich.«

Kuddel lachte und lud Hinnerk zu einem Bier ein. Auf einer Bank in seinem Garten ploppten sie die Bierflaschen auf und genossen die Erfrischung. Für den beginnenden Herbst waren die Temperaturen immer noch erträglich und die Sonne lachte von einem blauen Himmel herunter.

Kuddel erzählte Hinnerk, dass Willi seit ein paar Tagen zwar tagsüber herumwerkelte wie immer, aber abends seinen besten Anzug anzog und kommentarlos verschwand. Wohin, dass wusste der Nachbar nicht. Willi hüllte sich seinem Freund gegenüber in Schweigen.

»Vielleicht hat ihn Amors Pfeil getroffen, genau wie dich«, resümierte Kuddel und prostete Hinnerk zu.

»So etwas soll es ja geben«, meinte Hinnerk schmunzelnd. »Aber Willi ist Anfang siebzig, meinst du wirklich …«

»Je oller, je doller!«, unterbrach ihn Kuddel und beide mussten lachen.

Dieser private und äußerst mysteriöse Fall begann Hinnerk zu interessieren. Er musste anscheinend Ermittlungen in dieser hochbrisanten Angelegenheit anstellen. Die Sache erforderte kriminalistischen Sachverstand. Auf dem Weg nach Preetz dachte er darüber nach. Was trieb sein Vater für ein mysteriöses Spielchen? Hatte sich der alte Knacker tatsächlich verliebt?

Zu Hause erzählte er Malin davon, die sich die Geschichte lächelnd anhörte und sich auch keinen Reim darauf machen konnte. Nur Monsieur Tourette kicherte unentwegt und gab seine obszönen Kommentare dazu ab.

Der Überfall, Ostseeküste, Frühjahr 1945

Um Mitternacht erreichten sie ihr Ziel. U 796 lief langsam auf die Küste zu. Eineinhalb Seemeilen vor dem Ufer stoppten sie die Dieselmotoren. Weiter konnten sie nicht an die Küste heran. Hier gab es überall Untiefen und Johann von Stackeldorf befürchtete, dass das Boot auf Grund laufen könnte. Unterwegs informierte Hauptsturmführer Lehmann ihn über das weitere Procedere. Der Kommandant hörte schweigend und wütend zu.

U 796 dümpelte nun in den kaum spürbaren Wellen. Bedingt durch die fast mondlose Nacht erkannten sie die Küste nur schemenhaft. Wenige Sterne schimmerten am Firmament.

»Varta-Lampe auf Brücke!«, befahl der Kapitänleutnant. Wenig später hielt er den schweren Scheinwerfer in der Hand.

Neben ihm standen Lehmann und sein Adjutant Obersturmführer Stramm. Dieser wies in Richtung Ufer. Stackeldorf richtete die Varta-Lampe auf die angewiesene Stelle und sandte drei Lichtsignale dorthin. Nur wenige Augenblicke später bekamen sie Antwort. Viermal blinkte ein Lichtsignal auf. Das verabredete Zeichen. Sie hörten, wie Motoren gestartet wurden, und im fahlen Lichtschein erkannten sie, dass zwei Boote auf sie zukamen.

Die Mannschaft des Unterseebootes begann damit, die schweren Kisten nach draußen zu bugsieren. Dreißig Kisten stapelten sich auf dem Vordeck. Die beiden Boote lagen inzwischen längsseits am Schiff. Lehmann und Stramm kletterten die Außenleiter des Turmluks hinunter und begrüßten die fremden Männer. Sie schienen einander gut zu kennen und die Fremden begannen sofort damit, die Kisten auf ihre Boote zu verladen.

Mehrmals mussten die Boote hin und her fahren, um alle Kisten an Land zu bringen. Einige Besatzungsmitglieder der U 796 halfen dabei und fuhren sogar mit an Land, damit die Ladung schneller auf die drei Lastkraftwagen verladen werden konnte. Nach nur einer Dreiviertelstunde konnten sie die Aktion abschließen.

Als die Boote zur letzten Fahrt ablegten, sagte Hauptsturmführer Lehmann: »Herr Kapitänleutnant, wir benötigen noch fünf Ihrer Männer, um einige der Kisten wieder abzuladen.«

»Auf gar keinen Fall!«, antwortete Johann von Stackeldorf erbost. Er war kurz davor zu platzen. »Meine Leute sind Matrosen der Kriegsmarine und keine Schauermänner!«

Doch der Hauptsturmführer bestand darauf und erinnerte Stackeldorf an den persönlichen Befehl des Führers. Zudem seien es nur einige Kilometer bis zum ersten Ziel. Die Matrosen sollten bis dorthin mitfahren und dabei helfen, fünf der Kisten dort abzuladen. Danach sollten die Lkw weiterfahren und die Matrosen würden schnellstmöglich wieder zurück zum Unterseeboot gebracht werden.

Zähneknirschend gab der Kapitänleutnant nach. Allerdings nur unter der Bedingung, dass er seine Leute begleitete, worauf Lehmann zähneknirschend einwilligte.

Also fuhr Johann von Stackeldorf mit den SS-Offizieren an Land. Dort sah er drei Lastkraftwagen der Wehrmacht. Davor standen fünf seiner Besatzungsmitglieder, drei Fahrer und zwei weitere Männer. Alle in schwarzer SS-Uniform.

Stackeldorf empfand diese ganze Unternehmung als immer mysteriöser. Er traute Lehmann und seinen Männern kein Stück über den Weg. Doch er musste den Befehlen Gehorsam leisten.

Zum Glück war diese Aktion bald vorbei und er würde erleichtert aufatmen, wenn seine Männer und er selbst wohlbehalten an Bord von U 796 zurück waren. Als Seemann fühlte er sich dort sicherer als hier in der finsteren Nacht und auf unbekanntem Gelände.

Zusammen mit Obersturmführer Friedrich Stramm und dem Fahrer saß er nun im ersten Fahrzeug. Langsam fuhren sie einen Feldweg hinauf. Bereits nach einigen Kilometern steuerten sie in einen großen Wald. Nach etwa zehn Minuten hielt der Lkw an und Stramm befahl abzusitzen.

Aus dem zweiten Fahrzeug kam ihnen Lehmann entgegen und wies die Männer an, fünf der Kisten abzuladen. Innerhalb kürzester Zeit wurden die Kästen in ein vorbereitetes Erdloch verfrachtet, wieder zugeschaufelt und mit Ästen und Gestrüpp getarnt.

Johann von Stackeldorf stellten sich die Nackenhaare auf. Plötzlich ergriff eine furchtbare Vorahnung von ihm Besitz. *Irgendwas stimmt hier nicht*, dachte er. Worauf hatte er sich nur eingelassen? *Was für ein verfluchter Mist ist das hier?*

Kurz nachdem die Kisten in der Erde verschwunden waren, brach wie aus dem Nichts die Hölle los. Hauptsturmführer Lehmann hielt urplötzlich eine Walther P.38 mit Schalldämpfer in der Hand und jagte einem der Matrosen von U 796 zwei Neunmillimeter-Projektile in den Kopf. Matrosenobergefreiter Erdmann fiel um wie ein Stein. Auch Friedrich Stramm zog blitzschnell eine Pistole und erschoss in wenigen Sekunden drei Marinesoldaten.

Von Stackeldorf konnte sehen, wie Stramms Gesicht sich vor Erregung verzerrte. Innerhalb kürzester Zeit wurden seine Männer quasi hingerichtet. Stackeldorf warf sich hinter einen der Lkw in Deckung und versuchte so, den tödlichen Geschossen zu entkommen, wurde aber von einer Kugel Lehmanns am rechten Oberarm getroffen.

Der Kapitänleutnant versuchte in die Dunkelheit zu entkommen. Er rannte so schnell er konnte in den stockfinsteren Wald hinein. Er sah absolut nichts. Beim Laufen streiften Äste und Brombeerranken sein Gesicht. Zerschnitten ihm die Haut und rissen Fetzen von seiner Wange. Hinter sich hörte er kaum Geräusche. Keine Schüsse. *Schalldämpfer! Diese verfluchten Schweine benutzen Schalldämpfer*, fuhr es Stackeldorf durch den Kopf.

Der Kaleu musste annähernd einhundert Meter gelaufen sein, als er, wie aus dem Nichts, von den Füßen gerissen wurde. Mehrere Kugeln trafen seine Beine. Durchlöcherten sie regelrecht. Der Schmerz war bestialisch. Er schrie auf und sackte sofort zusammen. Fast verlor er das Bewusstsein, merkte aber, wie sein Körper einen Abhang hinunterrutschte. Unten angekommen spürte Stackeldorf seine Beine nicht mehr. Panik ergriff ihn. Todesangst. Mühsam versuchte er sich, trotz der furchtbaren Schmerzen, mit Laub zuzudecken, um sich zu verbergen. Konnte kaum noch denken, aber er wusste, dass die Dunkelheit sein Verbündeter sein würde. Wenn er sich zudem noch unter Blättern verbarg, hatte er vielleicht eine minimale Chance, nicht gesehen zu werden.

Irgendwo ertastete er einen fingerdicken Ast und steckte ihn sich in den Mund. Fest biss er darauf, um nicht zu schreien. Mühsam unterdrückte er ein schmerzhaftes Stöhnen. Zäher Schleim rann aus seiner Nase und dem Mund, mischte sich mit Tränen und tropfte über Wangen und Hals. Immer wieder hörte er die Männer rufen. Sie suchten ihn. Im Nebel seines schwindenden Bewusstseins nahm er Lichtstrahlen von Taschenlampen in der Dunkelheit wahr. Direkt über ihm, in unmittelbarer Nähe, aber sie fanden ihn nicht. Mit seinen Händen konnte er fühlen, dass alles um ihn herum feucht und warm wurde. Sein Blut.

Meine Männer. Warum? Diese verfluchten SS-Schweine. Dreh ich durch? Ich sehe Licht. Ich muss die Mannschaft auf dem U-Boot warnen. Mutter? Bist du es, Mutter? Wie schön, dich zu sehen …

Sein Leben begann, wie in einem Film vor seinen Augen abzulaufen.

Sterbe ich, Mutter? Ist dies das Ende? Gehen wir nun nach Hause? Mutter …

Er hörte die Motoren der Lkw.

Schmerzen. Grauenhafte Schmerzen.

Seine Mutter lächelte ihm zu.

Irgendwann erlöste ihn eine schwarze Nacht von seinen Qualen und er fiel in ein tiefes Loch aus Dunkelheit.

Kapitel 6

Als Matthiesen am nächsten Tag nach Kiel zur Blumenstraße fuhr, dachte er über seinen Vater nach. Er wollte ihn zwar auf gar keinen Fall bevormunden, aber sein Verhalten machte ihn stutzig. Willi war schon immer ein Sturkopf gewesen und Hinnerks Mutter hatte es teilweise ziemlich schwer mit ihm gehabt, aber so kannte er ihn nicht. Geheimniskrämerei gab es bei Willi eigentlich nicht, er sagte jedem ins Gesicht, was er von ihm dachte, und nahm nie ein Blatt vor den Mund.

Auf dem Parkplatz vor dem Gebäude der Kieler Bezirkskriminalinspektion traf Matthiesen Jan Paul. Die beiden gingen zusammen ins Gebäude. Jan kannte Willi gut, und so erzählte er ihm beiläufig von dessen Veränderungen. Der Oberkommissar schmunzelte und meinte süffisant, dass man dieses mysteriöse Verhalten auf jeden Fall beobachten müsse. Insgeheim gründeten beide die »Sonderkommission Opa Willi«.

Kurze Zeit später trafen sie Kriminaloberrat Pönitz im Besprechungsraum. Wieder einmal zischte und sprudelte die Kaffeemaschine auf dem Fenstersims und blubberte wie ein Vulkan kurz vor der nächsten Eruption.

Pönitz berichtete gut gelaunt: »Gestern Abend haben wir drei und heute Morgen bereits vier Hinweise erhalten. Alle Anrufer stimmen überein und haben den Toten identifiziert. Es soll sich um einen gewissen Jörg Stromberg handeln. Das würde auch zur Kette mit dem Fischanhänger und den Initialen J. S. passen, die dieser alte Fischer aus Heidkate gefunden hat. Stromberg war Angehöriger der Streitkräfte. Kapitänleutnant der Bundesmarine. Stationiert hier in Kiel beim Marinestützpunktkommando im Tirpitzhafen. Einer der Anrufer, ein Kamerad von ihm, zeigte sich sehr erschüttert. Zudem meinte er, dass Stromberg vor einer Woche einen dreiwöchigen Urlaub angetreten habe. Er wollte offenbar mit einem Freund auf die Ostsee zum Segeln. Das heißt für heute, dass wir zum Tirpitzhafen fahren und dort mit seinen Kameraden sprechen. Vielleicht weiß jemand von denen etwas oder kann einen Hinweis geben. Ich habe vorhin bereits mit dem Kommandanten der Marinekaserne gesprochen. Er erwartet uns um zehn Uhr. Ich erhoffe mir auch Hinweise auf das Privatleben von diesem Stromberg und habe schon mal recherchiert. Der gute Mann lebte allein in Schwentinental, Ortsteil Raisdorf. Vor drei Jahren geschieden. Also durchleuchten wir mal das Leben dieses fragmentierten Kapitänleutnants.«

Die Männer schmunzelten über den makabren Scherz.

»Herr Krüger und zwei seiner Leute werden heute Vormittag nach Raisdorf fahren, um die Wohnung Strombergs unter die Lupe zu nehmen. Bin gespannt, ob die Kriminaltechniker dort etwas Verwertbares finden.«

Pönitz schaute auf seine Armbanduhr.

»Aber bevor ich es vergesse – zwei Sachen noch. Zuerst denken Sie bitte an unsere Einladung heute Abend. Herrn Knutsen ist es offenbar sehr wichtig, uns zu sehen. Zudem hat er ja schließlich über dreißig Jahre hier gearbeitet. Außerdem soll hier heute seine Nachfolgerin erscheinen. Eigentlich müsste sie bereits hier sein. Ihr eilt der Ruf voraus, dass sie … nun ja … äußerst resolut ist. Also … die gute Frau soll ziemlich eigenwillig sein. Sie heißt übrigens Dörte Bullhaupt. Ich hoffe mal, dass sie ihrem Namen nicht allzu sehr Ehre macht.«

Die versammelte Mannschaft brach in ein lautes Lachen aus. Wie auf Kommando klopfte es an der Tür. Eine etwa fünfundvierzig Jahre alte Frau kam herein. Sie hatte kurze, dunkelblonde Haare, trug einen dunklen Hosenanzug und war für ihre Größe von circa einem Meter sechzig leicht übergewichtig. Sie besaß ein spitzes, energisches Kinn und blickte den Männern kampfeslustig entgegen. Es wirkte, als betrete ein Torero die Stierkampfarena.

»Amüsieren Sie sich gut, meine Herren? Vielleicht sollten Sie sich lieber um diese Wasserleiche kümmern, als hier eine komödiantische Veranstaltung abzuhalten!«, sagte sie barsch. »Mein Name ist Dörte Bullhaupt. Wie es aussieht, scheint das hier ja eine humorvolle Dienststelle zu sein.«

Der Kriminaloberrat räusperte sich und wirkte auf einmal ungehalten. Seine Wangenmuskeln bewegten sich. Ein untrügliches Zeichen dafür, dass seine Stimmung sich schlagartig änderte.

Sie stellten sich der Reihe nach vor. Danach verschwand Pönitz mit der Staatsanwältin in seinem Büro, während Hinnerk und Jan sich auf den Weg zum Tirpitzhafen machten. Dabei waren die beiden Kommissare nicht gerade traurig, diesem bissigen Kampfhund entkommen zu sein.

Die Einladung vom pensionierten Staatsanwalt hatte Hinnerk tatsächlich völlig vergessen. Bereits vor einigen Wochen hatte Knutsen die Kollegen der Mordkommission zu diesem Abschiedsessen eingeladen. Er hatte schon bereits vor einigen Wochen die Dienststelle verlassen und wollte nur noch für seine Enkel da sein und mit seiner Frau reisen.

Als die beiden Kommissare in ihr Dienstfahrzeug einstiegen, schauten sie sich an. Die Männer kannten sich schon lange und konnten sich sogar nonverbal verstehen, aber nun kommentierte Jan Paul das Geschehen: »Mit diesem Bullterrier ist anscheinend nicht gut Kirschen essen. Wollen mal hoffen, dass sie Pönitz am Leben lässt und nicht durch den Fleischwolf dreht.« Dabei fing er an zu knurren und bellte. Beide lachten.

Die netten Zeiten mit dem sympathischen Staatsanwalt Knutsen waren vorbei. Ob der neue bullige Besen besser kehrte, das würde die Zukunft zeigen.

Kapitel 7

Über den Düsternbrooker Weg und das ehemalige Hindenburgufer, das aus politischen Gründen vor einigen Jahren in Kiellinie umbenannt worden war, fuhren sie zum Tirpitzhafen. Bereits von Weitem erblickten sie die grauen Schiffe der Bundesmarine, die an den Piers lagen.

Der Tirpitzhafen diente bereits der Kaiserlichen Marine als Reichskriegshafen. Er gehörte ebenso zu Kiel wie der gewaltige Kran vom ehemaligen HDW-Gelände auf dem Ostufer oder der zweihundertsiebenundzwanzig Meter hohe Fernsehturm im Vieburger Gehölz.

Da Pönitz seine Mitarbeiter angemeldet hatte, wurden sie bereits am Tor der Kaserne erwartet. Ein junger Leutnant, der sich als Maximilian Reuter vorstellte, holte sie von dort ab und begleitete die beiden Kommissare zum Kommandeur des Marinestützpunktkommandos. Nur wenige Augenblicke später erreichten sie das Gebäude.

Admiral Petersen war Soldat durch und durch. Die maßgeschneiderte Uniform saß perfekt, der Vollbart war akkurat gestutzt und die Frisur nur wenige Millimeter lang. Er musste um die fünfzig sein. Petersen bat die Kripobeamten in sein Büro. Sie setzten sich an einen Tisch, um den sich acht Stühle gruppierten. Wahrscheinlich diente dieser Bereich für militärische Besprechungen.

»Ich habe bereits von Kameraden und aus der Presse erfahren, was mit Kapitänleutnant Stromberg passiert ist. Äußerst bedauerlich«, sagte er mit sonorer Stimme. »Was kann ich in diesem Fall für Sie tun?«

»Kannten Sie den Kapitänleutnant gut?«, fragte Matthiesen.

»Was heißt ›gut‹? Ich habe ihn natürlich diverse Male getroffen. Unser Marinestützpunkt ist ziemlich groß, da kann ich nicht jeden meiner Offiziere persönlich kennen. Soweit mir bekannt ist, war er allerdings ein äußerst korrekter Offizier, der seinen Beruf sehr ernst nahm. Meines Wissens war er bei seinen Untergebenen beliebt, und das können nicht alle Offiziere von sich sagen.«

Petersen räusperte sich und schaute auf seine Armbanduhr.

»Ich muss heute noch dienstlich nach Flensburg. Meine Zeit ist knapp, deshalb würde ich Sie bitten, zu Strombergs unmittelbaren Vorgesetzten hinüberzugehen. Das wäre Korvettenkapitän Ehlers. Wenn Sie Näheres über Stromberg erfahren wollen, dann sollten Sie besser mit ihm sprechen.«

Damit schien die Sache für den Kommandeur erledigt zu sein. Also verabschiedeten sie sich von Petersen. Leutnant Reuter begleitete Matthiesen und Paul zum Dienstgebäude, in dem Ehlers arbeitete.

Doch der Korvettenkapitän befand sich nicht in seinem Büro. Von einem Oberbootsmann erfuhren sie, dass er zu den Piers hinuntergegangen sei, um dort mit weiteren Offizieren eine Korvette zu inspizieren. Der Zugang zum Schiff wurde ihnen am Hafen jedoch verweigert. Aus Sicherheitsgründen erhielten Zivilisten kein Zugang zu den Schiffen, wie Leutnant Reuter ihnen erklärte. Die Korvette würde in ein paar Tagen zum Horn von Afrika aufbrechen, um an einer Militäraktion gegen somalische Piraten teilzunehmen. Reuter wollte allein an Bord gehen und Korvettenkapitän Ehlers holen.

Matthiesen und Paul schauten sich in der Zwischenzeit das geschäftige Treiben auf der Mole an. Eine Korvette der Braunschweig-Klasse wurde gerade mit Lebensmitteln beladen. Zwei Schnellboote legten ab. Außerdem kam ein Unterseeboot zurück und machte am Pier fest.

Nach zehn Minuten kehrte der Leutnant zurück. Korvettenkapitän Ehlers folgte ihm die Gangway hinunter. Der Mann wirkte eher gedrungen und musste annähernd zwei Köpfe kleiner sein als der große Hauptkommissar. Ehlers trug einen sogenannte BGA, einen blauen Bord- und Gefechtsanzug. Hinnerk fiel sofort eine Narbe auf der linken Wange des Offiziers auf, die sich bis zum Hals hinabzog. Die Wunde musste furchtbar gewesen sein.

Sie begrüßten sich freundlich und Matthiesen zeigte dem Offizier seinen Dienstausweis. Langsam gingen sie die Hafenmole entlang, während der Hauptkommissar sein Anliegen vorbrachte.

»Ich habe bereits heute Morgen von Strombergs schrecklichem Tod gehört. Furchtbare Geschichte«, begann der Korvettenkapitän. Man konnte ihm seine Betroffenheit ansehen. »Wissen Sie schon, wie es zu dieser Tragödie kam?«

»Nein«, antwortete Matthiesen, »deshalb sind wir hier. Wir müssen ein wenig Licht in Strombergs Lebensumfeld bringen. Sie sind sein unmittelbarer Vorgesetzter gewesen. Was war er für ein Mensch?«

»Ruhig. Er war sehr ruhig und zurückhaltend, man könnte ihn schon eher als besonnen beschreiben. Einer meiner besten Offiziere. Bei Mannschaften, Unteroffizieren und den Vorgesetzten sehr beliebt.«

»Was für Aufgaben hatte er genau? Wofür war er zuständig?«

»Seine Aufgaben waren eher unspektakulär. Stromberg gehörte nicht zu einer fahrenden Einheit, wie wir es nennen, sondern war an Land stationiert und für die Logistik zuständig. Ihm oblag die Beschaffung von allem, was unsere Schiffe so brauchen. Proviant, Treibstoffe, Munition und was noch so alles dazugehört, um den Schiffsbetrieb aufrechtzuerhalten. Soweit ich mich erinnere, hat er diese Aufgabe bereits seit fast acht Jahren inne. Obwohl Marineoffizier, ist er beruflich doch nicht häufig zur See gefahren. Aber ich weiß, dass er als passionierter Segelsportler jede freie Minute auf der Ostsee verbrachte.«

Korvettenkapitän Ehlers schmunzelte bei seinen Worten. Dann fuhr er mit der Hand über seine Narbe und sprach weiter: »Stromberg hat mir vor einigen Jahren das Leben gerettet.«

Die Kommissare blickten sich verwundert an.

»Vor sechs Jahren befand ich mich mit Stromberg zusammen auf einer Inspektionsreise in Afghanistan. Kurz nach der Landung in Kabul fuhren wir in einem Konvoi nach Mazar-e Sharif. Etwa fünfzehn Kilometer vor dem Ziel wurden mehrere Fahrzeuge von Granaten getroffen. Die Taliban saßen irgendwo in den Bergen und beschossen uns. Das zweite Geschoss traf den Dingo, in dem ich saß. Daher die Narbe. Ein Granatsplitter riss mir den Hals auf. Stromberg saß ebenfalls im Dingo. Er hat mich nach draußen gezogen und in Deckung gebracht. Außerdem hat er irgendwie die Blutung gestoppt. Ich weiß davon nicht mehr viel. Nach einer halben Stunde traf Verstärkung ein. Sie schlugen die Angreifer zurück und ich wurde ins Feldhospital gebracht. Noch am gleichen Abend wurde ich nach Deutschland ausgeflogen. Zwei unserer Männer kamen bei diesem Angriff ums Leben. In meinen Augen ist Stromberg ein vorbildlicher Offizier gewesen und ich verdanke ihm viel. Ich bin erschüttert darüber, dass er tot ist.«

Kurzzeitig stockte er, doch hatte er seine Emotionen schnell wieder im Griff.

»Hat Stromberg Familie? Wissen Sie etwas über sein familiäres Umfeld?«, fragte Jan Paul und lächelte dem Soldaten mitfühlend zu.

»Ich weiß, dass er vor drei oder vier Jahren geschieden wurde. Meines Wissens lebt seine Ex-Frau mittlerweile in Kanada und ist neu verheiratet. Ich wüsste nicht, dass er eine neue Beziehung eingegangen ist. Aber aus der Ehe gibt es zwei Kinder. Ich glaube, die Tochter wohnt in Plön. Sein Sohn ist ebenfalls bei der Bundesmarine. Er ist Sanitätsoffizier in Eckernförde.«

»Können Sie uns sagen, wie die beiden heißen?«

»Natürlich. Susanne und Victor Stromberg. Beide müssten Mitte zwanzig sein.«

»Danke, das hilft uns schon sehr viel weiter. Hatte Stromberg besondere Freunde unter den Kameraden?«

»Ich weiß, dass er mit Oberleutnant Krauskopf gut befreundet war. Wenn mich nicht alles täuscht, wollten sie sogar ihren Urlaub gemeinsam verbringen und auf der Ostsee segeln. Beide sind passionierte Segelsportler. Krauskopf besitzt eine sehr schöne alte Jacht, die auf der anderen Seite der Förde an der Schwentinemündung liegt.«

»Sie kennen nicht zufällig die Adresse von Oberleutnant Krauskopf?«

»Nein, aber Leutnant Reuter kann Ihnen die Adresse sicherlich geben, wenn er im Personalbüro nachfragt.«

Mit diesen Informationen hatte der Korvettenkapitän den Kripobeamten tatsächlich weitergeholfen. Reuter gab ihnen Krauskopfs Adresse. Nun hieß es, Strombergs Kinder aufzusuchen. Außerdem mussten sie mit Oberleutnant Krauskopf sprechen.

Während sie auf dem Weg zum Dienstfahrzeug waren, rief Pönitz an.

Matthiesen berichtete von den Gesprächen im Marinestützpunkt. Pönitz zeigte sich wenig überrascht über die Nachricht, dass der Tote zwei Kinder hatte, und erklärte, dass eine Freundin von Strombergs Tochter momentan in seinem Büro saß und eine interessante Aussage machte.

Erstes Zwischenspiel

Der Kerl griff mich einfach an, aber ich habe es ihm gezeigt. Wie aus heiterem Himmel befand sich eine Waffe in der Hand von diesem Sauhund. Der dachte anscheinend, mit einem alten Mann wie mir hätte er leichtes Spiel. Aber nicht mit mir! Nee … nie nich!

Plötzlich spürte ich den Griff des schweren Hammers in meiner Hand. Woher? Ich wusste es nicht, aber das Ding lag überraschend in meiner Faust und ich schlug zu. Voller Wut. Nur einmal. Es krachte furchtbar, als der Stahl in den Schädel eindrang. Der Mann starb sofort. Sackte tonlos zusammen wie ein nasser Sack. Dieser Mistkerl verdiente es nicht anders.

Danach zerrte ich die Leiche zum Auto und wuchtete den leblosen Körper in den Kofferraum. Einige Stunden später fuhr ich zum Hafen. Mitten in der Nacht. Es regnete und der Wind frischte auf. Niemand war mehr dort, keiner sah mich. Ich fuhr ein Stück auf die Pier, hatte den Toten auf meine Schulter gepackt und trug ihn zum Boot. Ich bin zwar nicht mehr der Jüngste, aber Kraft habe ich immer noch.

Nachdem ich die Leiche aufs Deck gelegt hatte, löste ich die Leinen und fuhr mit der Seeperle hinaus auf die Kieler Förde.

Meine Seeperle. Ich liebe dieses Boot mehr als alles andere auf der Welt. Hier bin ich der Kapitän und kann den Alltag vergessen; draußen auf der Ostsee.

Das Wetter wurde immer schlechter. Musste mich beeilen, denn ein Herbststurm zog auf. Das Tief hieß Walburga. Wer gibt diesen Wetterphänomenen eigentlich so bescheuerte Namen?

Die Seeperle stampfte schwer gegen die Wellen an. Sie ist ein gutes Schiff, ein holländisches Bruijs Vlet, aber zu klein, um heftigen Orkanböen zu trotzen.

Etwa eine Seemeile nordwestlich vom Kieler Leuchtturm, mitten in der Förde, warf ich den leblosen Körper über Bord. Dieser Mistkerl hatte es nicht anders verdient. Ein Geschenk an Neptun.

Sollten ihn doch die Fische fressen. Wahrscheinlich würde der Hundesohn untergehen wie ein Sack Kohlen.

Zufrieden zündete ich mir ein Zigarillo an. Steuerte das Boot zurück zum Hafen. Morgen früh muss ich wieder rechtzeitig raus. Die Arbeit tut sich schließlich nicht von allein. Ich arbeite gern, schon immer. Liebe Wind und Wetter.

Immer wieder kamen diese verfluchten Männer, und sie erwiesen sich stets als gefährlich. Aber ich komme mit diesen Hundesöhnen, diesen Arschgeigen zurecht. Immer! Ich hab doch keine Angst vor diesen Nazischweinen. Manchmal musste man eben Dinge tun, die man tun muss. Was sie suchten, war klar, doch es liegt schon lange auf dem Grund des Meeres.

In den nächsten Tagen werde ich mich um den Sohn kümmern. Auch der muss verschwinden.

Diese verfluchten Schweine! Scheiß Nazibrut! Rechtes Pack! Gesindel!

Kapitel 8

Matthiesen und Paul machten sich auf den Weg zurück zur Dienststelle. Sie waren neugierig darauf, was diese Freundin Pönitz mitteilte. Doch als sie in der *Blume* ankamen, war sie bereits fort.

»Reizende Person«, resümierte der Oberrat. »Aber irgendwie undurchsichtig. Ich weiß noch nicht, ob ich glauben kann, was sie erzählt. Diese Freundin heißt Nadja Bock, ist fünfundzwanzig Jahre alt und Krankenschwester im Städtischen Krankenhaus. Sie hat heute Morgen in der Tageszeitung Strombergs Foto gesehen und zeigte sich zutiefst erschüttert. Hat gleich die angegebene Telefonnummer angerufen. Knapp eine halbe Stunde später saß sie bereits hier. Sie wohnt übrigens in der Harmsstraße. Frau Bock hat angegeben, dass sie zwar seit Jahren keinen Kontakt mehr zu Strombergs Tochter hat, aber sie erzählte mir eine interessante Geschichte.«

Pönitz bildete mit den Händen eine Raute, eine Angewohnheit, die er mit der Bundeskanzlerin gemein hatte, und schaute seine Mitarbeiter an.

»Als Kind besuchte sie des Öfteren ihre Freundin Susanne Stromberg. Die beiden waren offenbar Busenfreundinnen. Sie meinte, dass sie stets große Angst vor Stromberg hatte. Zu Hause entpuppte dieser sich wohl als Haustyrann. Laut Frau Bock litten die Ehefrau und die Kinder sehr unter seinen aggressiven Stimmungen. Das steht jedenfalls in Widerspruch zu den Aussagen, die Sie bei der Marine eingeholt haben. Dort soll er ja ein vorbildlicher Kamerad gewesen sein. Jedenfalls hat Frau Bock angegeben, dass Jörg Stromberg seine Kinder und die Ehefrau häufig schlug. Es gab dauernd Streitereien, woraufhin die Frau sich scheiden ließ. Sie ist mittlerweile erneut verheiratet. Allerdings besitzt sie momentan ein handfestes Alibi. Sie lebt mit ihrem neuen Ehemann in Kanada, das habe ich bereits überprüft. Auch mit der Tochter Susanne gab es anscheinend häufig Dispute, oft wegen irgendwelcher Nebensächlichkeiten. Stromberg hatte lange Zeit ein Alkoholproblem. Vor ein paar Jahren hat er eine Entziehungskur in der Fachklinik Freudenholm gemacht. Seitdem soll er trocken sein.«

»Das Familienbild passt irgendwie überhaupt nicht zusammen«, unterbrach ihn Matthiesen. »Diese Frau Bock erklärt Stromberg zum Haustyrannen und seine Bundeswehrkameraden heben ihn in den Himmel. Merkwürdig. Da läuft doch irgendwas quer.«

Der Kriminaloberrat nickte zustimmend: »Da stimme ich Ihnen zu, Herr Matthiesen. Ich kann mir auch noch kein richtiges Bild machen. Vielleicht wäre es gut, wenn wir den Sohn in Eckernförde aufsuchen. Er ist zwei Jahre jünger als seine Schwester. Am besten wird sein, Sie fahren ohne Vorankündigung zu ihm hin. Wenn er nicht zu Hause ist, versuchen Sie ihn in der Kaserne zu erwischen. Ich bin schon sehr gespannt darauf, was er über seinen Vater erzählt. Frau Bock hat angegeben, dass Vater und Sohn wohl gut zurechtkamen. Na ja, beides Marineoffiziere. Außerdem müssen wir Susanne Stromberg ausfindig machen und mit ihr reden. Zudem sollten wir auch Oberleutnant Krauskopf einen Besuch abstatten. Die beiden wollten doch zusammen segeln. Bin gespannt, was dieser Krauskopf erzählt. Übrigens, Herr Krüger stellt gerade die Wohnung von Jörg Stromberg auf den Kopf, aber bisher hat die Spurensicherung dort noch keinerlei Hinweise gefunden. Warten wir es ab.«

Kurz bevor Matthiesen und Paul aufbrechen wollten, fragte der Hauptkommissar seinen Vorgesetzten, wie das

Gespräch mit der neuen Staatsanwältin verlaufen war. Dabei hatte er ein leichtes Schmunzeln im Gesicht. Pönitz seufzte schwer, lächelte dann aber ebenfalls: »Mit sehr viel Vorsicht zu genießen. Ich glaube, die gute Frau hat Haare auf den Zähnen. Scheint ein harter Brocken zu sein. Könnte mir vorstellen, dass die Zusammenarbeit mit ihr schwierig wird. Sie wirkt sehr zielbewusst und kämpft sich mit ausgefahrenen Ellenbogen die Karriereleiter hinauf. Aber …«

Pönitz unterbrach den Satz, legte seinen rechten Zeigefinger auf die Lippen und grinste verschwörerisch. »… aber wir werden mit ihr schon fertig!«

Hinnerk und Jan grienten ebenfalls. Sie versorgten sich mit Kaffee aus dem fauchenden Vulkan und machten sich auf den Weg nach Eckernförde.

Kapitel 9

Die Fahrt über die B 76 nach Eckernförde verlief schnell. In der Kaserne, in der Victor Stromberg seinen Dienst versah, wurde ihnen mitgeteilt, dass der Leutnant bereits seit zwei Tagen nicht zum Dienst erschienen sei. Auch auf Anrufe würde er nicht reagieren.

Der Sanitätsoffizier wohnte am nördlichen Rand von Eckernförde, fast direkt an der Ostsee. Doch auch dort trafen sie Stromberg junior nicht an. Als sie das Mehrfamilienhaus, in dem er lebte, wieder verließen, begegneten sie einem Mann im blauen Overall. Wie von Matthiesen erhofft, handelte es sich um den Hausmeister des Wohnkomplexes. Der Handwerker meinte, dass sie Stromberg wahrscheinlich am Jachthafen antreffen würden. Dort besaß der Marineoffizier offenbar ein Segelboot. Der Mann beschrieb ihnen den Weg dorthin.

Nach einer kurzen Fahrt, während der sie belustigt feststellten, dass Angehörige der Bundesmarine anscheinend alle ein Boot ihr Eigen nannten, kamen Matthiesen und Paul dort an. Der Jachthafen lag am Jungmannsteg. Mehrere Brücken führten in die Eckernförder Bucht hinaus. Es befanden sich nur noch wenige Boote im Wasser, die meisten Jachten lagen bereits im Winterquartier. Die beiden Kripobeamten fragten sich zum Liegeplatz von Strombergs Boot durch. Sie fanden die Jacht, eine neun Meter lange Bavaria, dessen Rumpf dunkelblau und die Aufbauten weiß waren. Das kleine Boot hieß *Stina.* Doch anscheinend hielt sich Stromberg nicht an Bord auf.

Matthiesen entdeckte, dass das Luk vom Niedergang des Schiffes offenstand, und wies Jan darauf hin.

»Herr Stromberg!«, rief der Oberkommissar, doch nichts rührte sich.

Jan sprang vom Holzsteg auf das Deck der Jacht und rief Stromberg erneut. Immer noch rührte sich nichts. Daraufhin stieg er die wenigen Stufen ins Innere hinunter.

Nur Sekunden später hörte Matthiesen seinen Kollegen fluchen, dann einen aufgeregten Ruf. Hinnerk sprang ebenfalls auf das Schiff und begab sich den Niedergang hinunter.

Jan zog sich gerade Einmalhandschuhe über. Er kniete neben einem Mann, der in einer Koje lag. Matthiesen schien es zuerst, als würde der Mann schlafen, aber dann sah auch er plötzlich, weswegen sein Kollege so aufgeregt gerufen hatte: Blut. Auf dem Kopfkissen klebte überall Blut. Eine Wunde klaffte an der linken Schläfe. Deutlich konnte man durch den eingeschlagenen Schädelknochen das Gehirn des Mannes erkennen. Jan fühlte zwar noch an der Halsschlagader nach dem Puls, hätte sich dies aber eigentlich sparen können, denn Stromberg musste schon längere Zeit tot sein.

Matthiesen und Paul sahen sich an.

»Scheiße«, entfuhr es dem Hauptkommissar. »Was für ein verdammter Mist wird hier gespielt? Dieser Fall wird ja immer undurchsichtiger. Erst der Vater, nun der Sohn. Was geht hier vor, Jan?«

Doch dieser zuckte nur stirnrunzelnd mit den Achseln, nahm sein Smartphone aus der Innentasche des Sakkos und gab Pönitz eine kleine Situationsbeschreibung. Der Kriminaloberrat wollte sofort die Spurensicherung informieren und für Verstärkung sorgen.

Vorsichtig sahen sie sich um, möglichst bedacht, nichts zu verändern. Nirgendwo befand sich ein Werkzeug, das schwer genug schien, Stromberg eine solch brutale Kopfverletzung zuzufügen. Der Täter musste das Mordwerkzeug mitgenommen haben.

Sie verließen die Kajüte und stiegen den Niedergang empor. Hier mussten erst einmal die Kriminaltechniker und der Gerichtsmediziner ran.

Zurück auf dem Steg blickten sie beide grübelnd und schweigend aufs Meer hinaus. Im herbstlichen Grau bewegten sich nur wenige Segelboote sowie ein Schiff der Bundesmarine auf der Ostsee.

Matthiesen verlor sich in seinen Gedanken. Wie durch einen mystischen Nebel sah er, wie zwei Seemeilen entfernt eine dunkelblaue Motorjacht aufs Meer hinausfuhr. Zwischen den dicken Wolken fand die Sonne einen Weg hindurch und färbte die See kurzzeitig in ein dunkles Rot. Es sah aus, als ob die blaue Motorjacht durch eine überdimensionale Blutlache fuhr. Trotzdem stürmte es, hohe Wellenberge türmten sich auf. Plötzlich explodierte das Motorboot. Matthiesen erschrak und zuckte unwillkürlich zusammen.

»Hey, träumst du, oder was ist los?«, hörte er Jan frotzeln.

»Hast du das Boot gesehen? Da ist eben eine dunkelblaue Jacht explodiert«, erwiderte Hinnerk verstört.

Jan schaute ihn belustigt an. »Ich glaube, du fantasierst. Du solltest dich mal richtig ausschlafen«, feixte der Oberkommissar. »Was treibt ihr eigentlich die ganze Nacht, Malin und du? Seit eure Kinder das Haus verlassen haben, habt ihr wohl eine Menge Zeit für erotische Spielchen.«

Matthiesen war jedoch erst mal reichlich verwirrt und schaute aufs Meer. Keine dunkelblaue Jacht. Keine Explosion. Die Ostsee lag dort völlig friedlich. Der Hauptkommissar schüttelte den Kopf und verdrängte die merkwürdige Sequenz aus seinem Kopf. Sein Unterbewusstsein spielte ihm anscheinend einen Streich.

Die Kate im Rögen, Frühjahr 1945

Johann von Stackeldorf war schweißgebadet. Jede Faser seines Körpers schmerzte. Sein Bewusstsein schwebte diffus im Dunkeln.

Nebel, überall undurchdringlicher Nebel. Bin ich tot? Wo ist Mutter? Ich habe sie doch gerade eben noch gesehen. Ist sie wieder fortgegangen? Eine unbeschreibliche Traurigkeit durchströmte ihn.

Auf einmal spürte er, dass jemand seine Stirn mit einem kühlen, feuchten Tuch abtupfte. *Wer war das …?* Die Berührung tat gut. Er versuchte die Augen zu öffnen, um seinen Wohltäter anzusehen, aber es gelang nicht. *Diese Schmerzen … o nein … bitte.* Plötzlich fiel er wieder in ein tiefes Loch und finstere Nacht umhüllte ihn.

* * *

Sämtliches Gefühl für Zeit und Raum schien verloren. Er schwebte in einer Zwischenwelt von Leben und Tod. Sein gesamter Körper bestand nur noch aus einem Klumpen von Schmerzen, Übelkeit, Pein, Qual.

Plötzlich nahm er etwas wahr. Eine Stimme plärrte. Blechern, wie der Lautsprecher eines Volksempfängers. Er kannte diese Stimme. Es war Dönitz. Wahrhaftig, er hörte Großadmiral Karl Dönitz.

»Unser Führer Adolf Hitler ist gefalle…!«

Es klang wie durch einen weit entfernten, dichten Nebel.

»Der Führer hat mich zum Nachfolger bestimmt. Im Bewusstsein der Verantwortung übernehme ich die Führung des deutschen Volkes in dieser schicksalsschweren Stunde. Meine erste Aufgabe ist es, deutsche Menschen vor der Vernichtung …«

Erneut umgab ihn eine schwarze Wand und er verlor das Bewusstsein.

* * *

Als Johann von Stackeldorf das nächste Mal aus seiner Somnolenz erwachte, spürte er etwas an seinen Lippen. Jemand versuchte ihm etwas einzuflößen. Es war salzig. Hühnerbrühe. Sie tat gut. Nun konnte er sogar die Augen öffnen. Mit zittrigem Blick sah er sich um. Ihm wurde kurzzeitig schwindlig.

Er befand sich in einer kleinen Stube. Die Bettwäsche war sauber und er erkannte darauf sogar eine Bügelfalte. Eine Bügelfalte, stellte er verwundert fest. Wie lange hatte er keine Bügelfalte mehr gesehen?

An der Wand hing ein Holzkreuz. Daneben die Fotografie eines jungen Mannes. Freundlich lachte er in die Kamera. Er trug Wehrmachtsuniform, ein Obergefreiter.

Neben dem Bett saß eine junge Frau, fast noch ein Mädchen. Hinter ihr stand eine ältere Frau. Vielleicht fünfzig Jahre alt. Die beiden sahen sich zum Verwechseln ähnlich. Als sie erkannten, dass er wach war, lächelten sie beide. Die Jüngere sagte: »Der Krieg ist seit zwei Tagen vorbei. Alles wird gut … Frieden … endlich …«

Doch der Kapitänleutnant schlief schon wieder vor Erschöpfung ein.

* * *

Jemand sang. Stackeldorf erinnerte sich. Da waren diese Frauen. Eine hatte ihm Brühe gereicht. *Sang sie?* Zarah Leander. »Ich weiß, es wird einmal ein Wunder gescheh'n, und dann werden tausend Märchen wahr …« Ihre Stimme war sehr melodisch. Dunkel, aber wie ein Engel.

»Durst. Ich habe Durst«, hörte Stackeldorf sich selbst stammeln. Der Gesang endete abrupt. Er hörte jemanden reden. Schritte. Kurze Zeit später stand die junge Frau mit einem Glas Wasser an seinem Bett. Mühsam versuchte der Kapitänleutnant seinen Kopf anzuheben, schrie aber vor Schmerzen auf, schaffte es nicht. Hilflos blickte er sie an. Die Frau lächelte. Sie führte ein Glas an seinen Mund und gab ihm zu trinken.

»Heute ist der erste Tag, an dem Sie kein Fieber mehr haben«, sagte sie aufmunternd. »Meine Mutter sagt, dass Sie nun eine gute Chance haben, gesund zu werden, jetzt geht es bergauf. Ganz bestimmt.«

In Johann von Stackeldorfs Kopf arbeitete es. So viele Fragen.

»Wie lange war ich bewusstlos? Wo bin ich?«

»Über zwei Wochen. Es grenzt an ein Wunder, dass Sie mit solch schweren Verletzungen überlebt haben«, antwortete sie.

Plötzlich erfasste ihn die Erinnerung. Schlagartig kam alles zurück. *Die Schüsse. Die Schmerzen. Seine Mutter. Der Überfall. Diese schwarzen Männer. Was war nur geschehen? Wo waren seine Leute? Seine Besatzung? U 796?*

Die junge Frau konnte anscheinend Gedanken lesen. Sie senkte traurig den Kopf.

»Sie sind alle tot. Jeder Einzelne wurde erschossen. Der Uniform nach müssen es Angehörige der SS gewesen sein, die den Überfall begangen haben. Hören konnte man nichts, denn alle Waffen waren mit Schalldämpfern ausgestattet.«

Von Stackeldorf schaute die Frau ungläubig an. Plötzlich fielen ihm wieder diese SS-Offiziere ein. Hauptsturmführer Lehmann. Obersturmführer Stramm.

Nur sie konnten dafür verantwortlich sein. Sein Kopf platzte fast vor Schmerzen und der Pein, die in ihm nagten.

»Ich heiße übrigens Heidemarie Lüdders. In der Nacht befanden meine Mutter und ich uns zufällig im Rögen, so heißt der Wald, in dem es passiert ist. Wir haben den Überfall beobachtet. Zum Glück hat uns niemand bemerkt und wir konnten uns verstecken. Es war schrecklich. Diese schwarz gekleideten Männer haben die ganzen Marineleute umgebracht. Wie aus heiterem Himmel. Furchtbar. Danach wurden die Leichen alle auf Lkw verladen. Das Fahrzeug mit den Toten ist zurück Richtung Strand gefahren. Die drei anderen fuhren weiter in den Rögen hinein nach Norden und sind verschwunden. Die ganze Zeit über haben wir das Treiben beobachtet. Wir hatten große Angst, waren aber gleichzeitig auch neugierig.«

»Warum sind Sie dort gewesen? Mitten in der Nacht und ganz allein.«

»Ich wohne am Waldrand und kenne mich hier gut aus. Wir bewirtschaften einen kleinen Bauernhof. Meine Mutter ist auch die Hebamme hier in der Gegend. Es gab eine Geburt in Schwartbukerholz und ich habe meine Mutter dorthin begleitet, um ihr zu assistieren. So waren wir mitten in der Nacht auf dem Heimweg, und quer durch den Rögen ist der kürzeste Weg.«

Stackeldorf nickte schwerfällig. Jede Bewegung tat ihm weh.

»Erzählen Sie bitte weiter«, sagte er.

»Nachdem die Männer verschwanden, haben wir eine Zeit lang abgewartet und uns dann auf den Heimweg gemacht. Als wir an der Stelle des Überfalls vorbeikamen, hörten wir jemanden stöhnen. So haben wir Sie schwerverletzt in dem Graben gefunden. Meine Mutter hat sich um Sie gekümmert. Ich bin schnell nach Hause gelaufen und habe einen Karren geholt, mit dem wir Sie hierherbrachten.«

Was Johann von Stackeldorf da hörte, konnte er kaum glauben. Doch die Frau sprach weiter: »Sie haben mehrere schwere Schussverletzungen in den Beinen. Zwei Kugeln haben wir aus Ihrem rechten Bein herausoperiert. Eine weitere aus dem Oberarm. Wie gesagt, meine Mutter ist Hebamme und war bis 1918 Krankenschwester an der Westfront. Sie haben sehr viel Blut verloren. Einige Tage lang dachten wir, dass Sie es nicht überleben werden. Aber Mutter hat gesagt, dass Sie stark genug wären, um es zu schaffen.«

»Danke«, brachte Stackeldorf schwerfällig heraus. Er fühlte sich immer noch sehr schwach. Diese beiden Frauen waren anscheinend seine Lebensretter.

»Leben Sie ganz allein hier?«, fragte er.

»Ja«, antwortete sie und wirkte nun traurig, »nur Mutter und ich. Mein Vater hieß Wilhelm Schlichting. Er ist in Stalingrad gefallen, gleich zu Beginn der Einkesselung. Ein russischer Scharfschütze hat ihn erschossen. Ich bin verheiratet und Ferdinand, so heißt mein Mann, wird in Frankreich vermisst. Wahrscheinlich ist er in den Wirren des Rückzugs umgekommen.«

»Das tut mir sehr leid«, sagte von Stackeldorf. Seine Gedanken wurden wirr; wie konnte er sie nur ordnen? Er kämpfte mit einer leichten Übelkeit. Seine Seele weinte. Dieser Krieg brachte so viel Leid über die Menschen. Nicht eine Familie blieb verschont. Erneut wurde er von einer bleiernen Müdigkeit erfasst. Eine Träne löste sich aus seinem Auge, bevor er wieder einschlief.

Kapitel 10

Björn Krüger und zwei weitere Mitarbeiter der Spurensicherung waren immer noch dabei, die Wohnung von Jörg Stromberg zu untersuchen, als sie die Meldung vom Mord in Eckernförde bekamen. Daraufhin verschlossen und versiegelten sie das Appartement, um sich auf den Weg dorthin zu machen. Die Spurensicherung dieses Tatorts ging vor, um die Wohnung würden sie sich später kümmern. Aber Björn Krüger wurde das ungute Gefühl nicht los, dass sich etwas in Strombergs Räumen verbarg.

Innerhalb kürzester Zeit trafen sie in Eckernförde ein und begannen sofort mit ihrer Arbeit.

Pönitz kam ebenfalls zum Jachthafen. Die Neugier trieb ihn. Es musste wissen, was dort vor sich ging.

Das Kripo-Dreiergespann befand sich nun auf dem Weg zum Hafenkapitän. Unterwegs erzählte Pönitz, dass er versucht hatte, Susanne Stromberg in ihrer Plöner Wohnung zu erreichen. Vergebens. Daraufhin rief er auf der Plöner Polizeistation an und erklärte einem Mitarbeiter der dortigen Kripo den Sachverhalt. Der Polizist teilte ihm mit, dass Susanne Stromberg in den letzten Jahren immer wieder unangenehm aufgefallen war. Offenbar litt sie an einer Alkohol- und Tablettensucht. Bereits diverse Male war sie volltrunken aufgegriffen worden und Kollegen vom Streifendienst mussten sie nach Hause oder in ein Krankenhaus bringen. Ebenso beschwerten sich häufig Nachbarn über ruhestörenden Lärm, der aus der Wohnung der Frau drang. Der Beamte meinte, dass Susanne Stromberg eine äußerst unangenehme Zeitgenossin sei, die bereits mehrere Aufenthalte in verschiedenen Suchtkliniken absolviert habe. Oft wurde sie auch monatelang nicht in Plön gesehen und niemand wusste, wo sie sich dann aufhielt. Der Polizist versprach Pönitz, die Frau aufzusuchen, um sie über die Umstände aufzuklären. Außerdem wollte er ihr mitteilen, dass sie sich mit der Kieler Kripo in Verbindung setzen solle. Ob er sie antreffen würde, blieb allerdings fraglich.

Der Hafenkapitän war ein mürrischer Mann in den Sechzigern und hieß Fred Müller. Obwohl Müller sich die ganzen Tage über im Jachthafen aufgehalten hatte, konnte er keinerlei Angaben machen. Er hatte ununterbrochen am Computer gesessen, um eine Jahresabrechnung fertigzustellen. Als die Kripobeamten die Hafenmeisterei wieder verlassen wollten, kam Müller ihnen hinterher und meinte, dass es im Jachthafen zwei Webcams gäbe, die alle dreißig Sekunden ein Bild ins Internet senden würde. Zudem würden die Bilder auf einer Festplatte in der Hafenmeisterei gespeichert. Müller meinte, mit etwas Glück könnte man darauf erkennen, ob und vor allem wer auf Strombergs Jacht gewesen wäre.

Also folgten die Kieler Beamten dem Hafenmeister zurück ins Büro.

Über eine Stunde lang schauten sie sich die Bilder an, bis sie etwas fanden. Eine der Kameras war so ausgerichtet, dass man Strombergs *Bavaria* im unteren Bildrand erkannte. Vor zwei Tagen hatte sich gegen sechzehn Uhr eine blaue Motorjacht dem Bootssteg genähert und neben Strombergs Jacht angelegt. Verschwommen erkannten sie die Silhouette eines Mannes, der die Motorjacht verließ und von Stromberg begrüßt wurde. Beide Männer verschwanden daraufhin im Inneren der Jacht.

Etwa fünfundzwanzig Minuten später kam der Fremde wieder aufs Deck, blickte sich um und kehrte zu seiner Motorjacht zurück. Auf den folgenden Bildern legte das Boot ab und verließ ziemlich schnell den Hafen.

Die Qualität der Bilder ließ zu wünschen übrig. Nur

schemenhaft waren Boot und der Fremde zu erkennen. Aber Matthiesen kam das Boot bekannt vor. Schlagartig fiel ihm ein, woher. Er hatte doch diese merkwürdige Erscheinung an der Eckernförder Bucht gesehen, nachdem er und Jan Strombergs Boot verlassen hatten. Matthiesen erinnerte sich an die blaue Motorjacht, die dort im Rot der Sonne fuhr und dann explodierte. Das Boot war mit dem auf den Fotos identisch. Doch es war dort nur in seiner Einbildung aufgetaucht. Merkwürdig.

Sie mussten unbedingt die Bilder der Webcam auswerten. Vielleicht konnte die Kriminaltechnik die Qualität der Bilder verbessern. Mit etwas Glück sogar den Namen oder die Kennung des Bootes sichtbar machen.

Der Hafenkapitän freute sich darüber, dass er den Kripobeamten helfen konnte, und kopierte ihnen die Fotos auf einen USB-Stick.

Immer wieder dachte Matthiesen an seine merkwürdige Erscheinung.

Kapitel 11

Matthiesen fuhr nach Dienstschluss nach Preetz. In der Küche lag ein Zettel. Malin hatte sich mit ihrer Freundin Iris getroffen, die beiden wollten zum Shoppen nach Lübeck und dort noch essen gehen. Außerdem stand auf dem Zettel, dass sie immer noch sauer war, weil sie nicht nach Småland fuhren. Matthiesen hatte allerdings mit Pönitz gesprochen und dieser versicherte ihm, dass er seine Urlaubstage nach Aufklärung der Mordfälle nachholen konnte.

Hinnerk duschte, zog sich um und legte Malin ebenfalls eine Nachricht auf den Küchentisch und dekorierte den Zettel mit Herzchen. Danach fuhr er nach Kronshagen, wo der ehemalige Staatsanwalt wohnte. Mittlerweile freute Matthiesen sich auf das Abendessen mit seinen Kollegen. Schnell fand er einen Parkplatz, stieg allerdings noch nicht aus. Eine ganze Weile sinnierte er vor sich hin. Immer wieder sah er das Bild des jungen Strombergs vor sich. Blieb abzuwarten, ob die Obduktion irgendwelche Erkenntnisse brachte. Nun lagen Vater und Sohn in der Kühlkammer der Kieler Gerichtsmedizin. Beide mit eingeschlagenem Schädel, einer von ihnen quasi fragmentiert. Was hatte das alles zu bedeuten? Ferner explodierte ständig das blaue Boot in seinem Kopf. Diese Vision ließ ihn einfach nicht los.

Eine lautstarke Hupe holte Matthiesen aus seinen Gedanken. Björn Krüger kam mit seinem rosafarbenen Passat angefahren, parkte direkt hinter Hinnerk und winkte freudestrahlend. Schon oft war Krüger für die auffällige Farbe seines Wagens, den er zudem noch mit Hunderten von sogenannten Prilblumen beklebt hatte, von den Kollegen gehänselt worden, aber dem Leiter der Kriminaltechnik war das egal, er liebte seinen alten Passat.

Krüger erzählte Matthiesen, dass einer seiner Mitarbeiter gerade dabei war, die Bilder der Fotos aus dem Jachthafen zu bearbeiten. Allerdings gab es wenig Hoffnung, dass man an deren Qualität noch etwas verbessern konnte.

Die beiden gingen gemeinsam zum Haus und klingelten. Detlef Knutsen öffnete die Tür, begrüßte sie und führte seine Gäste ins geräumige Wohnzimmer.

Im Wohnzimmer saßen bereits Pönitz, Jan Paul und noch ein weiterer junger Mann, der sich als Jonas Thoms vorstellte, ein Neffe Knutsens, der gerade ein paar Tage bei Onkel und Tante verbrachte. Sie unterhielten sich und begrüßten die Neuankömmlinge. In der ganzen Wohnung roch es bereits nach mediterranen Kräutern. Matthiesens Magen knurrte bereits seit einiger Zeit, nun war es unüberhörbar.

Nun erschien auch Hildegard Knutsen und begrüßte die Männer.

»Ich habe mir erlaubt, einen sizilianischen Auflauf mit Lamm, viel Gemüse und frischen Kräutern zu machen, und hoffe, er wird Ihnen allen munden.«

Wohlwollende Töne kamen von den Männern und sie verschwand wieder in der Küche. Währenddessen versorgte Knutsen seine Gäste mit alkoholischen Getränken.

»Wir haben uns gerade mit Herrn Thoms unterhalten«, sagte Jürgen Pönitz. »Er ist Offizier bei der Bundesmarine und versorgt uns gerade mit Hintergrundinformationen über die beiden Mordopfer. Er hat ein Jahr lang mit Stromberg junior, aber auch kurzzeitig mit dem alten Stromberg zusammengearbeitet.«

Matthiesen wurde hellhörig. Anscheinend gab es beim Kriminaloberrat niemals Feierabend. Er ermittelte immer, sogar in seiner Freizeit.

»In der Tat«, meinte daraufhin Jonas Thoms. »Ich

kannte Jörg Stromberg aus dem ganz normalen Alltagsleben im Marinestützpunkt. Aber nicht besonders gut. Ich habe ihn gelegentlich im Offizierskasino getroffen. Aber ich habe von mehreren Kameraden erfahren, dass ihn alle mochten. Seinen Sohn Victor kenne ich jedoch etwas besser. Vor ein paar Jahren bin ich mit ihm zusammen auf einer Ausbildungsreise mit dem Segelschulschiff *Gorch Fock* unterwegs gewesen. Die Fahrt dauerte vier Monate. Wir sind damals über den Atlantik gesegelt und waren an der amerikanischen Ostküste. Boston, New York, und danach ging es noch in die Karibik.«

»Klingt wie Urlaub. Karibik, blauer Himmel, exotische Strände«, warf Matthiesen ein.

»Sollte man meinen. Aber nein, ganz im Gegenteil! Diese Ausbildungsfahrten auf der alten Lady sind wirklich kein Zuckerschlecken. Das bedeutet überwiegend knallharte Arbeit und Unterricht für die Seekadetten. Da bleibt wenig Zeit für Seefahrerromantik.«

»Und dort haben Sie den jungen Stromberg kennengelernt?«

Jonas Thoms nickte: »Ja, das habe ich. Aber vielleicht sollten wir uns alle lieber duzen. Ich heiße Jonas.«

Sie prostete sich mit einem italienischen Rotwein zu.

»Auf dieser Reise habe ich mich einige Male mit Victor unterhalten. Die tragischen Todesfälle treffen mich sehr, denn ich kenne beide Männer als äußerst nette, hilfsbereite und freundliche Kameraden. Dass Vater und Sohn so grausam ermordet wurden, ist wirklich furchtbar.«

»Das kann man wohl sagen. Haben Sie, äh …, hast du mit einem von den beiden auch mal über private Dinge gesprochen?«, wollte Pönitz wissen und schmunzelte über seinen Versprecher.

»Ja, gewiss. Aber eigentlich nur mit Victor. Auf der

Gorch Fock hat er mir einmal erzählt, dass sein Kontakt zum Vater prima sei. Mit seiner Schwester verstand er sich allerdings nicht so gut.«

»Typische Geschwisterliebe, oder?«, fragte Matthiesen mit einem spöttischen Lächeln.

»Ich glaube, die beiden mochten sich nicht«, antwortete Jonas. »Vor einigen Jahren habe ich seine Schwester während einer Party bei Victor kennengelernt, aber das war eher ein ziemlich peinliches Erlebnis. Susanne tauchte dort bereits volltunken auf und schüttete innerhalb kürzester Zeit Unmengen von Alkohol in sich hinein. Ich habe noch niemals zuvor eine Frau gesehen, die in solchem Ausmaß harte Sachen trinken konnte. Für Victor war das ziemlich unangenehm.

Irgendwann hat sie angefangen zu stänkern. Sie schrie Victor an, dass er ebenso ein Schwein sei wie ihr Vater. Er hat sie daraufhin in die Küche gezerrt, wo es aber ziemlich lautstark weiterging. Wir konnten jedes Wort verstehen. Sie beschuldigte ihren Vater, sie mehrfach vergewaltigt zu haben. Victor sollte sich schämen, dass er ihr damals nicht geholfen hätte. Irgendwann hat er sie aus der Wohnung geschmissen und die Party war abrupt zu Ende.«

»Könnte es sein, dass Jörg Stromberg seine Tochter tatsächlich missbraucht hat?«, fragte Pönitz.

»Ich habe keine Ahnung. Ich kenne Jörg und Victor Stromberg als gute Offiziere. Aber das Gehörte schockte die anderen Gäste und mich damals gewaltig.«

»Interessant«, bemerkte Pönitz. Er wirkte erstaunt. In seinem Gehirn arbeitete es. »Wir müssen unbedingt mit Susanne Stromberg reden. Ich werde morgen nochmals mit den Plöner Kollegen telefonieren. Die sollen uns Bescheid geben, wenn sie aus der Versenkung auftaucht.«

»So, meine lieben Kollegen! Zu Tisch bitte!«

Hildegard Knutsen kam aus der Küche zurück. Sie trug eine riesige Auflaufform, die sie auf den gedeckten Esstisch stellte. Schnell setzten sich die hungrigen Männer dazu. Es schmeckte traumhaft, und die Gastgeberin strahlte über die vielen Komplimente, die sie für ihre Kochkünste erhielt.

Nach dem Essen saßen sie noch einige Zeit zusammen, unterhielten sich und tranken Wein. Das Gespräch führte sie nochmals zurück zu Stromberg, aber Jonas Thoms konnte keine weiteren Angaben machen.

Gegen zweiundzwanzig Uhr verabschiedeten sich alle von den Knutsens und alle waren sich einig, dass dies ein netter und gemütlicher Abend gewesen sei.

Grübelnd fuhr Matthiesen nach Hause. Dieser Fall erschien immer undurchsichtiger, aber sie würden diese Geheimnisse lüften, davon war er überzeugt. Zudem sah er immer wieder diese explodierende Jacht vor seinem geistigen Auge, und dann war da noch die Sache mit seinem Vater.

Ohne wirklich zu wissen warum, hielt er am Preetzer Cathrinplatz, parkte den Wagen und stieg aus. Irgendetwas trieb ihn dazu, noch mal die Kirchenstraße hinunterzuschlendern. Als er vor einem italienischen Restaurant vorbeikam, wusste er auf einmal, was er suchte. Kriminalfall Willi. Dies war das Lieblingsrestaurant seines Vaters … und tatsächlich, an einem Tisch des Lokals, direkt am Fenster, saß der Alte. Piekfein herausgeputzt mit Anzug und Krawatte. Ihm gegenüber saß eine Frau, mit der er sich lebhaft unterhielt. Sie musste um die siebzig sein, hatte dunkelrot gefärbte Haare und sah für ihr Alter äußerst attraktiv aus.

Hier treibst du dich also rum und triffst dich tatsächlich mit einer Lady, dachte Hinnerk und lächelte amüsiert. *So ein alter Gauner und Schwerenöter.*

Der Hauptkommissar versteckte sich in einem dunklen Hauseingang und beobachtete das Pärchen noch geraume Zeit. Willi benahm sich wie ein Teenager. Er flirtete regelrecht mit der Fremden. Beide tranken Wein und lächelten sich an. Als Willi auch noch die Hand der Frau nahm und anfing, sie zu streicheln, schüttelte Hinnerk verwundert den Kopf.

Was ist nur mit Vaddern los? Wer ist diese Frau?, dachte er und wurde dann urplötzlich aus seinen Gedanken gerissen.

»Schaut euch mal den Spanner an«, hörte er eine jugendliche Stimme.

Eine Gruppe Teenager ging an Hinnerk vorbei, sie grinsten ihn spöttisch an und lachten. Es war ihm peinlich, so erwischt zu werden, aber die jungen Leute marschierten bereits laut palavernd Richtung Marktplatz.

Nachdenklich kehrte der Hauptkommissar zu seinem Wagen zurück.

Zu Hause wurde er zuerst von einem Feuerwerk an Schimpfwörtern empfangen, bevor der Vogel sich einem Apfel widmete und daran herumknabberte. Malin lag auf der Couch und schaute Fernsehen. Hinnerk setzte sich zu ihr und berichtete ihr vom Abend bei Knutsen. Danach erzählte er ihr von seinem Vater und sie hörte schmunzelnd zu.

»Also steckt tatsächlich eine Frau hinter dem seltsamen Verhalten deines Vaters. Bin mal gespannt, wann er damit rausrückt. Es interessiert mich ja brennend, wer diese Person ist. Ob er uns seine Holde vorstellt? Oder ob er vielleicht auf eine Heiratsschwindlerin hereingefallen ist? Wenn wir ihn daraufhin ansprechen, dann ist er stinksauer mit uns. Also wird es am besten sein, wenn wir erst einmal abwarten.«

Hinnerk liebte Malins schwedischen Akzent, der ihr

nach all den Jahren in Deutschland immer noch anhaftete, für ihn hörte es sich immer nach einer wunderbaren Melodie an. Es klang nach Småland, das er ebenso liebte wie seine Frau, und sie verbrachten dort jeden Urlaub in ihrer winzigen Ferienhütte am Storabellen.

Die beiden resümierten noch geraume Zeit darüber, wer diese geheimnisvolle Frau wohl wäre, bevor sie ins Bett gingen.

Kurz bevor er einschlief, sah er nochmals das Bild der blauen Motorjacht, die im Rot der untergehenden Sonne aus dem Eckernförder Hafen auslief, bevor sie explodierte.

Kapitel 12

Nicht nur Matthiesen geisterte in dieser Nacht durch die Gegend. Björn Krüger hatte den Abend bei Hildegard und Detlef Knutsen ebenfalls sehr genossen, obwohl er mit seinen Gedanken ständig in Strombergs Wohnung weilte.

Fast den ganzen Tag durchsuchte die Kriminaltechnik dessen Wohnung, quasi Zentimeter für Zentimeter. Allerdings hatten sie bisher keinerlei Hinweise gefunden, die Rückschlüsse auf ein Motiv für das Gewaltverbrechen zuließen. Das relativ spartanisch eingerichtete Appartement wirkte von Anfang an sauber und ordentlich, fast schon steril.

Stromberg schien sich für Fotografie zu interessieren. In einem Schrank fanden sie zwei kostspielige Digitalkameras sowie diverses Equipment dazu. Auch sammelte er historische Fotoapparate. An den Wänden hingen großformatige Bilder maritimer Landschaften, darunter eine beträchtliche Anzahl Aufnahmen von Leuchttürmen.

In den Schränken herrschte absolute Ordnung, sogar die Hemden waren akkurat auf DIN-A4-Größe gefaltet. Die Anzüge und Uniformen hingen auf Bügeln. Alles ließ auf einen pedantischen Marineoffizier schließen. Trotzdem hatte Björn Krüger die ganze Zeit das Gefühl, etwas übersehen zu haben. Seine Intuition sagte ihm, dass es in Strombergs Wohnung ein Geheimnis gab. Dieser Gedanke ließ ihn einfach nicht los und er grübelte ununterbrochen darüber nach.

Auf dem Nachhauseweg fuhr Björn Krüger zu Strombergs Wohnung, was für ihn keinen Umweg bedeutete, denn er wohnte selbst in Raisdorf. Zusammen mit seiner Frau Gerti und einem fast erwachsenen Sohn lebte er in einem Reihenhaus in der Nähe vom Wildpark.

Strombergs Wohnung lag gegenüber vom Bahnhof, in der Dorfstraße. Ein Mehrfamilienhaus. Krüger stieg aus seinem rosa Prilblumenauto aus. Den Schlüssel zur Wohnung hatte der Kriminaltechniker immer noch bei sich. An der Wohnungstür entfernte er das Siegel und schloss auf. Er würde später einfach ein neues Polizeisiegel aufkleben.

Krüger schaltete in jedem Raum das Licht an. Im Wohnzimmer setzte er sich auf einen Stuhl und dachte nach. Bereits tagsüber hatten er und seine Kollegen vergeblich alle gängigen Versteckmöglichkeiten gecheckt. In Gedanken ging er nochmals die gesamte Vorgehensweise des Tages durch. Dann zog er sich Latexhandschuhe über und machte sich an die Arbeit. Erneut durchsuchte er sämtliche Schränke. Die Neugier und sein sechster Sinn trieben ihn an. Hier musste es etwas geben. Irgendein Geheimnis, das spürte der Kriminaltechniker.

Plötzlich riss ihn ein Geräusch aus seinen Gedanken. Auf der Straße grölten Männer. Krüger schaltete das Licht aus, ging zum Wohnzimmerfenster und schaute hinaus. Unter einer Straßenlaterne stritten sich zwei Betrunkene. Sie schubsten sich. Einer der beiden stürzte. Beide fingen an zu lachen. Der Mann auf dem Boden reichte dem Stehenden nun eine Schnapsflasche hin. Dieser nahm sie entgegen, trank einen Schluck und half seinem Kumpan beim Aufstehen. Beide marschierten die Straße hinunter und verschwanden in der Dunkelheit. Krüger musste lachen. Er stützte sich auf das Fensterbrett, damit er den Schnapsbrüdern besser hinterhersehen konnte. Als er seine Nase an die Scheibe presste, gab das Fensterbrett plötzlich unter seinem Gewicht nach und sackte krachend mehrere Zentimeter tiefer. Krüger fuhr erschrocken zusammen. *Scheiße!* Schnell hob er die Hände empor. Verwundert schaute er auf das Brett. Schnell schaltete er das Licht wieder ein. Zurück am Fenster rüttelte er am Fensterbrett. Es war locker.

»Na, wer sagt's denn?«, murmelte Krüger grinsend.

Langsam zog er die Fensterbank nach vorn. Sie ließ sich mühelos herausnehmen. Drunter erkannte er Mauerwerk. Zwei der Ziegelsteine lagen nur locker an ihrem Platz. Vorsichtig hob Krüger die beiden Steine aus ihrer Position und stellte sie auf den Fußboden. In dem freigelegten Hohlraum konnte er einen Kasten erkennen und zog diesen vorsichtig heraus. Eine Metallbox, kaum größer als ein Schuhkarton. Die Box sah ziemlich alt aus. Krüger nahm den Kasten und ging damit zum Tisch. Er ließ sich ohne Probleme öffnen. Als der Kriminaltechniker den Inhalt sah, pfiff er vor Erstaunen durch die Zähne. In der Box lag eine Handfeuerwaffe.

Krüger interessierte sich nicht nur aus beruflichen Gründen für Waffen. Er erkannte sofort, dass es sich dabei um eine Walther P.38 handelte, die Standard-Dienstpistole der Deutschen Wehrmacht.

Außerdem befanden sich drei Orden, ein Emblem und ein Dienstausweis der Waffen-SS im Kasten. Vorsichtig nahm Krüger den Ausweis heraus und öffnete ihn. Das Dokument war auf einen Obersturmführer Friedrich Stramm ausgestellt. Geboren am 3. August 1922. In der Kiste befand sich auch noch eine kleine Kladde. Etwa so groß wie ein Taschenbuch. Sie war in Leder gebunden. Krüger öffnete sie. Auf der ersten Seite stand: *»Tagebuch – Friedrich Stramm«*. Am 1. April 1940 war darin der erste Eintrag in Sütterlinschrift vorgenommen worden. Stramm berichtete, dass dies sein Beginn bei der Waffen-SS gewesen sei. Die neuen Kameraden nahmen ihn freundlich auf und er platzte fast vor Stolz, dass er nun bei dieser Truppe seinen Dienst versehen durfte.

Krüger las und versank in den Aufzeichnungen. Plötzlich bemerkte er ein Geräusch hinter sich und fuhr erschrocken herum. Ein dunkler Schatten raste auf ihn zu. Bevor er reagieren konnte, traf ihn etwas an der Stirn. Krüger schüttelte benommen den Kopf, ihm wurde übel. Ein weiterer Schlag traf ihn und er verlor das Bewusstsein.

* * *

Björn Krüger wusste nicht, wie lange er bereits ohnmächtig auf dem Boden gelegen hatte. Als er wieder aufwachte, hatte er rasende Kopfschmerzen. Ihm war schwindlig und sein Magen rebellierte. Er fühlte an seinen Kopf. Eine dicke Beule zierte seine Stirn. Zum Glück blutete es nicht, aber er merkte, wie sein linkes Auge anschwoll.

Langsam erinnerte er sich daran, was passiert war. Er setzte sich in einen Sessel und schaute sich um. Die Metallbox mitsamt der Waffe und den anderen Utensilien war verschwunden. Vom Angreifer keine Spur. Krüger ging in die Küche und nahm sich ein sauberes Geschirrhandtuch. Er hielt das Tuch unter den Wasserhahn und presste die Kühlung auf seine Wunde. In einem der Schränke fand er ein Glas und trank kaltes Leitungswasser. Die Übelkeit wurde erträglicher. Nachdem er das Glas in die Spüle gestellt hatte, nahm er fluchend sein Smartphone aus der Hosentasche und wählte Pönitz' Nummer.

Nach dem Krieg

Langsam erholte sich Johann von Stackeldorf. Dank der aufopferungsvollen Pflege von Heidemarie Lüdders und ihrer Mutter Margarete gewann er schnell wieder an Kraft. Allerdings behielt er eine Behinderung. Johann zog das rechte Bein nach und humpelte. Die schweren Schusswunden hinterließen ihre Spuren. Das Bein war nur noch bedingt einsatzfähig. Viele junge Männer wurden im Krieg verstümmelt oder kamen gar nicht mehr aus diesem Inferno zurück. Doch Stackeldorf überlebte, das war die Hauptsache. Zwar mit eingeschränkter Mobilität, aber er gewöhnte sich daran und kam im Laufe der Zeit gut damit zurecht.

Mittlerweile lebte er seit mehreren Jahren auf dem Bauernhof seiner Lebensretterinnen. Johann von Stackeldorf und Heidemarie Lüdders lernten sich immer besser kennen und eines Tages geschah es: Sie verliebten sich.

Johann wusste, dass es gefährlich sein könnte, wenn er seine wahre Identität preisgab, denn niemand konnte wissen, wer von diesem Golddiebstahl Kenntnis hatte und ob nicht doch irgendein ehemaliges SS-Mitglied im Rögen auftauchte, um nach dem Schatz zu suchen. Also hatten er und Heidemarie Lüdders einen Plan geschmiedet.

Ihr Mann war nicht aus Frankreich zurückgekehrt und galt als verschollen. Als letztes Lebenszeichen war Anfang 1944 ein Brief von ihm gekommen. Ein halbes Jahr später begann die Invasion der Alliierten in der Normandie. Die Wehrmacht erklärte Ferdinand Lüdders für vermisst. Ein Hauptmann Schröder sandte ihr wenige Wochen später seine Kondolenz. Ihr Mann sei einen heldenhaften Tod für das deutsche Vaterland gestorben, stand in dem Schreiben.

Johann von Stackeldorf nahm die Identität Ferdinand

Lüdders' an. In den Nachkriegswirren war dies problemlos möglich. Der vermisste Landser kehrte überraschend aus der Gefangenschaft zurück. Problemlos bekam er auf den Ämtern sofort neue Ausweispapiere, denn die Verwaltungen des Landes waren völlig überfordert und versuchten in den Nachkriegsjahren, die massenhaften Flüchtlinge aus den Ostgebieten in Schleswig-Holstein unterzubringen. Zu alledem ähnelte er Ferdinand Lüdders; auch Kapitänleutnant Johann von Stackeldorf war groß, blond und blauäugig.

Der echte Ferdinand Lüdders stammte aus Kiel. Heidemarie hatte ihn im Kriegsjahr 1943 geheiratet. Eine spontane Hochzeit in den Wirren des Krieges. Lüdders war Sanitäter gewesen. Nur zwei Mal hatte er Heidemarie auf dem Bauernhof besucht. Deshalb kannten die Probsteier Nachbarn den Mann kaum und hatten den vermeintlichen Heimkehrer inzwischen angenommen. Er wurde einer von ihnen. Ein Probsteier. Zudem waren sämtliche Familienangehörige Lüdders' bei einem der schwersten Bombenangriffe auf Kiel ums Leben gekommen.

Johann von Stackeldorf stellte nach dem Krieg über das Deutsche Rote Kreuz Nachforschungen über den Verbleib seiner eigenen Familie an. Seine Eltern und seine kleine Schwester waren auf der Flucht vor den Russen umgekommen. Im letzten Moment hatten sie im Januar 1945 eine Passage auf der *Wilhelm Gustloff* bekommen, um aus dem ostpreußischen Gotenhafen zu entkommen. Das Schiff wurde von einem russischen Unterseeboot torpediert und sank innerhalb kürzester Zeit in den eiskalten Fluten der Ostsee. Über neuntausend Menschen starben beim Untergang des Schiffes, darunter auch seine Eltern und die kleine Erika.

Sein Bruder Hans fiel als einer der Ersten bei der

Landung der Alliierten in der Normandie. Somit besaß von Stackeldorf keine Familie mehr, was es ihm relativ leicht machte, seine neue Identität anzunehmen.

Mit seiner Schwiegermutter verstand er sich ausgesprochen gut. So wurde aus dem Kapitänleutnant Johann von Stackeldorf der Landwirt Ferdinand Lüdders.

Allerdings peinigten ihn häufig Sorgen. Sorgen darum, was mit seiner Mannschaft und U 796 geschehen war. Sorgen darum, das diese SS-Leute den Krieg überlebt haben konnten, dass sie irgendwann im Rögen auftauchen würden, um nach dem Goldschatz zu suchen. Doch dieser lag bereits seit geraumer Zeit nicht mehr dort. Johann von Stackeldorf alias Ferdinand Lüdders hatte die fünf Kisten heimlich geborgen und unter einer Scheune auf dem Bauernhof vergraben. Er nahm sich vor, dieses Gold, dieses Blutgeld, niemals anzurühren. Sollte es unter der Scheune vergammeln, bis der Jüngste Tag anbrach.

Seine Gedanken schweiften immer wieder zu seinem Boot und den Vorkommnissen im Frühjahr 1945. Wohin war U 796 verschwunden?

Vorsichtig stellte er Nachforschungen an, aber das Unterseeboot galt als verschollen. Offiziellen Berichten zufolge war es vor Norwegen durch den Geleitzerstörer *USS Thomas Baker* versenkt worden. Niemand der Mannschaft habe diesen Angriff überlebt.

Was war tatsächlich geschehen? Warum wurde diese Falschmeldung in die Welt gesetzt? Würde er es jemals herausbekommen?

Kapitel 13

Auf dem Weg zur Blumenstraße musste Matthiesen die gesamte Fahrt über an seinen Vater denken. Wer war nur diese Frau? Was hatte er mit ihr zu tun? Sollte er sich nach Mutters Tod tatsächlich noch einmal verliebt haben?

Auf dem Parkplatz der Bezirkskriminalinspektion traf Hinnerk Jan Paul und erzählte ihm die Neuigkeiten. Jan meinte, dass man den ollen Willi unbedingt weiter beobachten müsse, denn dieser Fall sei noch lange nicht aufgeklärt. Die beiden gingen lachend ins altehrwürdige Gebäude und erklommen die Treppen.

Im ersten Stock angekommen, strebten sie dem Besprechungsraum zu. Als sie an Pönitz' Büro vorbeikamen, wurde die Tür des Vorzimmers geöffnet und Miriam Schrader kam heraus. Sie wären alle drei fast miteinander kollidiert. Die Sekretärin verzog das Gesicht zu einem spöttischen Lächeln und wollte etwas sagen, aber sie wurde abrupt unterbrochen. Hinter Pönitz' verschlossener Bürotür konnten sie nun hören, dass ihr Vorgesetzter laut wurde. Er schrie regelrecht. Keiner konnte sich daran erinnern, dass Pönitz' Stimme jemals dermaßen gedröhnt hätte, geschweige denn, dass er so wütend geworden wäre. Eigentlich war er die holsteinische Gelassenheit in Person. Aber nun?

Nach seiner lauten Äußerung vernahmen sie kurz darauf eine wütende weibliche Stimme. Im Büro tobte ein geräuschvoller Disput.

»Dicke Luft«, erklärte Miriam Schrader. »Pönitz und diese neue Staatsanwältin, Frau Bullhaupt, fetzen sich nun bereits geschlagene fünf Minuten. Ich hoffe nur, dass meine Kaktussilein dabei keinen Schaden nehmen.« Sie nannte ihre Sammlung von Sukkulenten immer »Kaktussilein«, jeder ihrer Lieblinge besaß sogar einen Namen und sie sprach mit ihnen. Pönitz beschwerte sich oft über diese Stachelmonster, denn sie hatten ihn schon oft gequält, sie weigerte sich aber vehement, ihre Kakteen von den Fensterbänken zu nehmen.

Miriam Schrader grinste. Hinnerk und Jan sahen sich an und verzogen schmerzhaft das Gesicht. Auch sie hofften, dass die beiden Lieblinge des Chefs, zwei Piranhas, die in einem Aquarium in Pönitz' Büro lebten, unbeschadet aus der Sache herauskommen würden. Pönitz liebte diese Biester. Er würde sie gegen jeglichen Angriff verteidigen.

Plötzlich wurde die Tür aufgerissen. Staatsanwältin Dörte Bullhaupt stolzierte mit vor Zorn hochrotem Kopf auf den Flur.

»Was stehen Sie hier herum und halten Maulaffen feil? Haben Sie nichts zu tun?«, giftete sie die drei an, drückte sich aber bereits an ihnen vorbei und schoss den Flur hinunter.

Nun erschien Pönitz in der Tür seines Büros. Er tupfte sich mit einem Stofftaschentuch den Schweiß von der Stirn. Auch er hatte einen geröteten Kopf, aber als er seine Kollegen sah, schmunzelte er.

»Die Seeschlacht im Skagerrak war ein Polospiel dagegen. Diese Bullhaupt hat wahrlich Haare auf den Zähnen«, sagte Pönitz. »Ich muss erst einmal verpusten. Treffen wir uns in zehn Minuten im Besprechungsraum!«

Matthiesen und Paul nickten. Pönitz schloss die Tür. Miriam Schrader verdrehte die Augen und meinte: »Na, der Tag fängt ja super an. Erst wird heute Nacht Herr Krüger niedergeschlagen, danach wird eine weitere Wasserleiche entdeckt und nun beginnt auch noch der Dritte Weltkrieg in unserem ehrwürdigen Gebäude.«

»Björn wurde niedergeschlagen und noch eine

Wasserleiche?«, fragten die Kommissare fast gleichzeitig.

»Trinkt erst einmal einen Kaffee. Unser gestresster Chef wird euch gleich sicherlich alles erzählen. Aber zu eurer Beruhigung, unserem Björnilein geht es gut.«

Die beiden sahen sich verwundert an, machten sich aber auf den Weg zum Besprechungsraum. Dort angekommen, stutzten sie. Etwas stimmte nicht. Die Kaffeemaschine fauchte und brodelte nicht mehr. Stattdessen gluckerte ein nigelnagelneuer, edelstahlglänzender Automat leise vor sich hin.

Björn Krüger stand davor und betrachtete staunend das Schmuckstück. Als er sich überrascht umdrehte, sahen Matthiesen und Jan ein blaues Veilchen um sein linkes Auge, aus dem er nur noch durch einen Schlitz durchblicken konnte. Außerdem zierte ein weißer Verband den Kopf des Kriminaltechnikers.

»Moin«, begrüßte er seine Kollegen knurrig. »Bitte keine blöden Kommentare, die könnt ihr euch sparen! Ich habe sowieso schon Kopfschmerzen genug.«

Matthiesen und Paul sahen sich verwundert an und mussten unwillkürlich grinsen.

»Hat deine Frau dich so zugerichtet, weil du gestern so spät nach Hause gekommen bist?«, fragte Jan spöttelnd.

»Noch eine Bemerkung und du siehst noch schlimmer aus«, fuhr Krüger ihn in gespieltem Zorn an.

»Mal Butter bei die Fische, Björn, was ist passiert?«

Björn Krüger berichtete von seinem nächtlichen Fund und dem Zusammenstoß mit dem Unbekannten. Matthiesen und Paul konnten kaum fassen, was sie gerade erfuhren. Die Ereignisse in diesem Fall wurden tatsächlich immer mysteriöser und unübersichtlicher.

»Weiß eigentlich jemand von euch, woher diese neue Kaffeemaschine kommt? Ich fand die alte noch ganz passabel«, fragte Krüger, nachdem er seinen Bericht beendet hatte.

Verwundertes Achselzucken. Miriam Schrader kam herein, zwinkerte ihnen zu und reichte Krüger ein blaues Cool-Pack, der es dankend entgegennahm und vorsichtig auf sein lädiertes Auge presste. Schmerzhaft verzog er das Gesicht.

»Ein Geschenk vom Pensionär. Das Ding kam heute Morgen mit einem Boten. Dazu gab es eine Karte mit den besten Grüßen von Detlef Knutsen, unserem lieben, pensionierten Staatsanwalt. Er schreibt, dass er das Klagen der alten Maschine nicht mehr mit anhören konnte. Also hat er uns zum Abschied dieses technische Wunderwerk geschenkt und hofft, dass er damit bei uns in guter Erinnerung bleibt. Ich habe den Apparat einfach schon mal in Betrieb genommen.« Wehmütig fügte sie hinzu: »Ich werde unser Knutsilein vermissen.«

Die Männer sahen sich erstaunt an. Auch sie hatten den sympathischen Staatsanwalt gemocht und dachten gern an ihn zurück. Was würden sie wohl noch mit der Neuen erleben?

Björn Krüger presste weiterhin das Cool-Pack auf seine Stirn und erzählte seinen Kollegen, dass die Auswertung der Webcam aus dem Eckernförder Jachthafen keinerlei Ergebnisse gebracht hatte. Die Aufnahmen erwiesen sich als zu grobpixelig. Allerdings sei sich sein Mitarbeiter sicher, dass es sich bei dem Boot höchstwahrscheinlich um ein holländisches Fabrikat handelte, ein Bruijs-Vlet-Motorboot.

Alles in allem keine guten Nachrichten an diesem Morgen. Die Männer waren enttäuscht, hatten sie sich doch erhofft, dass man auf den Bildern etwas hätte erkennen können, aber das Fabrikat der Jacht war immerhin ein Anfang.

Pönitz betrat den Raum. Alle versorgten sich mit Kaffee aus der neuen Maschine.

»Dieser Zwischenfall heute Nacht ist äußerst merkwürdig. Zum Glück ist unserem Kollegen nicht Schlimmeres passiert. Aber dass dieses Tagebuch verschwunden ist, das ist schon tragisch. Ich könnte mir vorstellen, dass diese Aufzeichnungen uns bestimmt weitergeholfen hätten. Nun heißt es erst einmal herausfinden, wer dieser ominöse Obersturmführer Friedrich Stramm war und vor allem, ob eine Verbindung zwischen Stromberg und Stramm bestand.«

Der Kriminaloberrat nahm einen Schluck Kaffee und sprach weiter.

»Außerdem ist heute Morgen eine weitere Wasserleiche in der Probstei aufgefunden worden. Ich glaube zwar nicht, dass dieser Tote etwas mit unserem Fall zu tun hat, aber irgendetwas sagt mir, dass wir der Sache trotzdem nachgehen sollten. Es handelt sich um einen über neunzig Jahre alten Mann, der anscheinend Suizid begangen hat. Seine Angehörigen haben ihn bereits vor einigen Tagen als vermisst gemeldet. Er ist heute in den frühen Morgenstunden von einem Radfahrer gefunden worden. Der arme Kerl wurde etwa drei Kilometer nördlich von der Schönberger Seebrücke an den Strand gespült. So haben wir heute also eine Menge zu tun. Wir müssen auch unbedingt mit Strombergs Tochter in Plön sprechen. Ich hoffe, dass wir sie zu Hause antreffen werden.«

»Dann fahren Herr Paul und ich zuerst nach Schönberg, sprechen mit den Kollegen der dortigen Dienststelle und besuchen danach die Angehörigen des alten Mannes.«

»Genau so hatte ich mir das auch gedacht. Danach versuchen Sie diese Susanne Stromberg in Plön ausfindig zu machen«, meinte Pönitz. »Ich wollte mich heute eigentlich um diesen Segelkollegen von Stromberg kümmern, diesen Herrn Krauskopf. Dazu habe ich ihn vorhin angerufen und auf seinem Mobiltelefon erreicht. Er hat mir erzählt, dass er sich derweil in Dänemark aufhält. Er gibt an, in der letzten Woche mit Stromberg senior einen heftigen Streit gehabt zu haben. Dieser Krauskopf hat die Segelreise nun mit zwei anderen Freunden angetreten. Jetzt ist er bereits eine Woche in der dänischen Südsee unterwegs und befindet sich momentan im Hafen Bagenkop auf Langeland. Als ich ihm vom Tod Strombergs erzählte, tat er ziemlich geschockt, aber irgendwie hörte sich seine Stimme nervös an und er klang merkwürdig. Die Sache mit dem Typen kommt mir spanisch vor. An dem müssen wir dranbleiben und ihn auseinandernehmen. Er hat mir versprochen, dass er sich noch heute auf den Rückweg nach Kiel macht. Bei günstigem Wind könnte er bereits morgen wieder hier sein. Bin sehr gespannt, was uns dieser Krauskopf erzählt. Da der aber nun nicht da ist, werde ich heute versuchen, etwas über diesen Friedrich Stramm herauszubekommen.«

Pönitz klatschte in die Hände.

»Aufbruch, meine Herren. Ich habe nachher nochmals ein Gespräch mit Frau Bullhaupt. Wünschen Sie mir Glück dafür. Sofern ich heute Nachmittag noch lebe, sehen wir uns dann vielleicht wieder.«

Kapitel 14

Gegen halb zehn trafen Matthiesen und Paul in Schönberg ein. Pönitz hatte sie bereits angekündigt, sodass sie von einer jungen Polizistin erwartet wurden, die bereits von ihrem Anliegen wusste. Sie hieß Annika Ehlers. Gemeinsam setzten sie sich in ein kleines, typisches Polizeibüro.

»Wir wurden kurz nach Sonnenaufgang informiert«, berichtete Ehlers. »Die Hauptsaison ist gerade vorbei, da sind wir hier draußen nur wenige Beamte. Ich bin zusammen mit meinem Kollegen raus zur Seebrücke gefahren. Ein Zeitungsausträger, der sich auf dem Nachhauseweg befand, hat die Leiche gefunden. Kein schönes Bild. Der alte Mann muss schon mehrere Tage im Wasser gelegen haben.«

Die Kommissare nickten, auch sie kannten den unschönen Anblick von aufgedunsenen Wasserleichen.

»Es handelt sich dabei um einen siebenundneunzig Jahre alten Mann hier aus der Gegend. Er hieß Ferdinand Lüdders. Landwirt im Ruhestand. Wir nehmen an, dass er Selbstmord verübte. Wahrscheinlich ist er nachts auf die Seebrücke gegangen und hat sich von dort ins Meer fallen lassen. Kaum zu glauben, dass so ein alter Greis noch über die Brüstung klettern kann, aber seine Tochter meinte, dass er wohl noch relativ rüstig gewesen sein soll. Er hat in der Nähe von Bendfeld auf einem kleinen Bauernhof gewohnt. Er und sein Sohn haben den Hof bis vor ein paar Jahren noch aktiv bewirtschaftet. Das Anwesen befindet sich in der Nähe vom Rögen, einem Waldstück im Südosten.«

Annika Ehlers lachte kurz auf.

»Sohn hört sich gut an, der ist auch bereits über sechzig Jahre alt. Der Sohn und die Tochter sind sofort raus an den Strand gekommen und haben den Alten eindeutig identifiziert. Sie wirkten sehr gefasst. Viel mehr kann ich momentan auch noch nicht sagen, denn die Ermittlungen laufen ja noch. Die Leiche ist zum Rechtsmedizinischen Institut nach Kiel gebracht worden. Wenn Sie mit den Angehörigen sprechen möchten, gebe ich Ihnen die Adresse.«

Die junge Polizeibeamtin nahm einen gelben Post-it, schrieb etwas darauf und reichte Matthiesen den Zettel. Dieser bedankte sich und sie verließen die Dienststelle.

Matthiesen kannte sich in der Probstei relativ gut aus, allerdings mussten sie das kleine Gehöft suchen, denn es lag ziemlich einsam am Waldrand. Nur eine schmale Straße führte zum Grundstück.

Als sie auf den Hof fuhren, kam ihnen ein altersschwacher Schäferhund entgegen, der zwar bellte, sich aber als harmlos herausstellte. Die Haustür des alten Bauernhauses wurde geöffnet. Eine Frau erschien, die sich ihre Hände an einer Kittelschürze abwischte. Die beiden Kommissare begrüßten die Frau. Sie hieß Traute Meyerhof, die sechsundsechzigjährige Tochter vom alten Lüdders. Paul zeigte ihr die Legitimation und sie stellten sich vor.

»Kommen Sie doch herein. Ich habe gerade Kaffee gekocht, darf ich Ihnen eine Tasse anbieten?«

Matthiesen und Paul nahmen das Angebot dankend an. Traute Meyerhof führte die beiden ins Wohnzimmer. Dort herrschte eine Mischung aus Antiquitäten und modernen technischen Errungenschaften. Ein riesiger Plasmabildschirm stand auf einer uralten Kommode. An einer Wand befand sich ein überdimensionales Bücherbord. Im Vorbeigehen erkannte Hinnerk, dass sich viele alte Klassiker der Jugendliteratur darin befanden. Zudem Hunderte Bände zum Thema Nordamerikanische Indianer.

Sie nahmen auf der Couch Platz. Traute Meyerhof verschwand und kam kurze Zeit später mit einem Tablett voller Kaffeebecher wieder.

»Sie müssen entschuldigen. Ich bin immer noch ziemlich durcheinander. Erst die Aufregung, dass mein Vater verschwunden ist, und dann heute Morgen …«

Sie nahm ein Taschentuch aus ihrer Schürze und wischte sich damit die Augen.

»Deshalb sind wir hier, bei solchen Fällen müssen wir leider eine Untersuchung vornehmen und ein paar Fragen an die Angehörigen stellen. Wir können gut verstehen, dass das alles ziemlich schwer für Sie sein muss. Dürfen wir Ihnen trotzdem ein paar Fragen stellen?«

»Natürlich«, antwortete sie und lächelte verhalten. »Sie müssen wissen, dass ich erst seit zwei Wochen hier auf dem Hof bin. Ich lebe eigentlich in Dithmarschen. In Meldorf. Mein Mann ist vor drei Jahren gestorben. Parkinson. Ich habe dort drei erwachsene Kinder und mittlerweile fünf Enkel. Momentan bin ich nur hier, um den beiden Männern zu helfen. Mein Bruder Manfred und mein Vater leben zusammen auf dem Hof. Manfred hat mich gebeten, auf unseren Vater zu achten, weil er momentan so viel zu tun hat. Unser Vater ist immerhin siebenundneunzig Jahre alt geworden. Bis auf eine Gehbehinderung, die von einer Kriegsverletzung herstammt, war er noch topfit. Er ist sogar noch Trecker gefahren und hat in der Landwirtschaft geholfen. Seit einiger Zeit ging es mit seiner Gesundheit allerdings steil bergab. Aber bei dem Alter.«

»Mit weit über neunzig noch bei der Feldarbeit zu helfen, das ist wirklich enorm«, entgegnete Matthiesen.

»Ja, mein Vater strotzte geradezu vor Gesundheit. Ich glaube, er hat sich das Leben genommen, weil er nicht miterleben wollte, wie er nun rapide körperlich verfällt. Seit einem halben Jahr geht es mit seiner Gesundheit nicht mehr so gut. Schon früher hat er immer gesagt, wenn er nicht mehr kann, dann macht er Schluss. Sein ganzes Leben lang hat er für den Hof geschuftet. Ein Arbeitstier und Landwirt mit Leib und Seele. Ein längeres Siechtum wäre für ihn ein Graus gewesen. Aber dass er ins Wasser geht, das hätte ich auch nicht gedacht.«

Matthiesen musste kurzzeitig an seinen Vater und die fremde Rothaarige denken.

»Hat er sonst irgendetwas gesagt, oder hat Ihr Vater vielleicht einen Abschiedsbrief hinterlassen?«

»Nein, er ist einfach verschwunden. Wir haben noch zusammen *DAS* und *Schleswig-Holstein-Magazin* geguckt. Das war ihm stets wichtig, dass er auf dem Laufenden blieb. Nach der *Tagesschau* wollte er noch mal frische Luft schnappen und nach dem Hund sehen. Als er nach einer halben Stunde nicht zurückkam, hab ich ihn gesucht und bemerkt, dass das Fahrrad verschwunden war.«

»Er konnte noch Fahrrad fahren?«, fragte Jan überrascht.

»Ja, wie gesagt, er war trotz seines Alters noch relativ fit. Kaum zu glauben, oder?«

»Wahrhaftig«, erwiderte Paul staunend.

»Ich bin dann mit dem Auto losgefahren und hab ihn gesucht. Aber er blieb verschwunden. Als ich zurück auf den Hof kam, habe ich meinen Bruder angerufen. Manfred kam dann sofort nach Hause und wir haben weitergesucht.«

»Wo war Ihr Bruder an diesem Abend?«

»Auf einer Vereinsversammlung in Marina Wendtorf.«

»Wo ist Ihr Bruder momentan?«

»Er ist nach Schönberg gefahren. Sie wissen schon, wir müssen uns nun um die Beerdigung kümmern. Pastor, Bestatter und solche Sachen. Manfred erledigt das alles.«

»Wie geht es Ihrem Bruder mit dem Tod …?«

»Ach, Manfred ist vom gleichen Schlag wie mein Vater. Ein schweigsamer Probsteier und gleichzeitig so'n poltriger

Haudegen, der seine Gefühle niemals zeigt. Er ist sehr traurig, lässt es sich aber nicht anmerken. Das Leben muss irgendwie weitergehen, sagt er. Nach dem Tod unserer Mutter vor zwanzig Jahren haben die beiden Männer den Hof allein bewirtschaftet. Raps, Gerste und Mais sowie ein paar Schafe auf dem Deich und einige Schweine zum Mästen im Stall. Die beiden haben sich schon immer gut verstanden. Doch vor einigen Jahren wurde es den Männern zu mühselig. Sie haben das meiste Land verpachtet. Nun baut Manfred nur noch etwas Mais an, und die Schafe auf dem Deich natürlich.«

Matthiesen und Paul hatten genug gehört. Dies schien wirklich der Suizid eines lebensmüden Greises zu sein.

Sie verabschiedeten sich von Traute Meyerhof. Als sie in den BMW einstiegen, fuhr ein dunkelgrüner Range Rover auf den Hof und stoppte einige Meter vor ihnen. Ein circa siebzigjähriger Mann stieg aus und grüßte missmutig zu ihnen herüber. Der Ankömmling war von kräftiger Statur, trug eine dunkelgrüne Cordhose und eine englische Wachsjacke. Typisches Bauern-Outfit. Das musste Manfred Lüdders sein. Matthiesen überlegte, ob sie auch mit ihm sprechen sollten. Er sah Jan an, dass dieser dies nicht für notwendig hielt, also schüttelte er den Kopf. Für sie war die Sache sowieso klar. Dieser Suizid hatte nichts mit ihrem Fall zu tun.

Nun wollten sie weiter nach Plön, um mit Susanne Stromberg zu reden.

Kapitel 15

Das Wetter wurde immer schlechter. Der Herbst brachte Regenbogen und dicke Wolken. Jan steuerte den BMW über Landstraßen quer durch den Kreis Plön. Nach zwanzig Minuten erreichten sie die alte Kreisstadt.

Susanne wohnte auf dem Parnaß, einer Anhöhe, in der Parkstraße. Ein Mehrfamilienhaus aus den Sechzigerjahren.

Nach mehrmaligem Klingeln wollten die beiden Kommissare bereits wieder gehen, doch eine Nachbarin kam die Treppe herauf. Eine ältere Frau in geblümter Kittelschürze, die einen Wäschekorb vor sich hertrug.

»Die Stromberg ist bestimmt wieder besoffen und schläft ihren Rausch aus. Da müssen Sie schon laut gegen die Tür bollern, sonst wacht die olle Schnapsdrossel nicht auf.«

Schnell drängte sich die Frau zwischen ihnen hindurch und stieg eine weitere Etage nach oben, wo sie den Wäschekorb abstellte und nach unten schaute. Jan Paul winkte ihr zu und sie verschwand in ihrer Wohnung. Matthiesen klopfte und klingelte unterdessen weiter. Nun vernahmen sie von drinnen ein Lebenszeichen. Nach kurzer Zeit wurde die Tür geöffnet. Die Frau, die ihnen öffnete, sah aus wie der Tod auf zwei Beinen. Matthiesen überlegte, dass sie eigentlich erst Mitte zwanzig sein dürfte, aber sie sah deutlich älter aus, von Alkohol und Drogen gezeichnet. Sie trug einen schmuddeligen Bademantel aus Frottee. Die Haare waren zerzaust. Aus einem ausdrucks-losen Gesicht blickten zwei traurige Augen die Polizisten an, eine Alkoholfahne schlug ihnen entgegen.

»Was wünschen Sie?«, lallte die Frau.

»Wir sind von der Kriminalpolizei. Dürfen wir in Ihre Wohnung kommen? Was wir zu sagen haben, sollten wir nicht hier im Treppenhaus besprechen.«

Die Frau gab die Tür frei. Matthiesen und Paul gingen hinein. Susanne Stromberg lotste die beiden ins Wohnzimmer, dabei torkelte sie und wäre auf dem Flur fast gestürzt. Paul konnte sie gerade noch festhalten und stützen. Matthiesen vermutete mindestens zwei Promille und zweifelte inzwischen an der Möglichkeit, ein sinnvolles Gespräch mit ihr zu führen.

Im Wohnzimmer sah es aus wie nach einem mittleren Bombenangriff. Überall lagen Kleidungsstücke, Pizzakartons, Medikamentenschachteln sowie Wein und Bierflaschen herum. Auf dem Fensterbrett fristete eine halb vertrocknete Hanfpflanze ihr Dasein. Mehrere Aschenbecher quollen vor Zigarettenkippen über. Es roch nach einer Mischung aus Alkohol, Nikotin, Cannabis, Erbrochenem und Urin. Das Alkohol- und Drogenproblem war unübersehbar. Die Frau wirkte völlig verwahrlost. Unbeholfen ließ sie sich in einen Ohrensessel plumpsen. Die beiden Kommissare nahmen ohne zu fragen auf zwei Stühlen Platz, deren Sitzflächen immerhin frei waren. Sie sahen sich an und verdrehten beide die Augen. Susanne Stromberg griff nach einer halb leeren Rotweinflasche und nahm einen großen Schluck, wobei ihr ein roter Tropfen übers Kinn lief und auf dem Bademantel landete.

»Tut mir leid, aber ich habe heute noch nicht aufgeräumt«, sagte sie mit schwerer Zunge.

Matthiesen erklärte ihr, warum sie gekommen waren. Anscheinend hatte sie noch nichts vom Tod ihres Vaters gehört. Vorerst verschwiegen sie, dass der Bruder ebenfalls ermordet wurde. Sie musterte den Hauptkommissar abfällig, nahm erneut einen Schluck aus der Weinflasche. Die Nachricht drang offensichtlich nur langsam in ihr Bewusstsein. Plötzlich fing sie an zu kichern.

»Hat es das alte Arschloch also endlich erwischt. Dieser verdammte Hurensohn. Ich habe ihm schon immer den Teufel an den Hals gewünscht. Soll ich Ihnen mal was sagen? Ich bin froh, dass das Schwein endlich tot ist. Soll er in der Hölle schmoren, dieser verfickte Pisser! Wollen Sie mich nun verhaften? Ich war's aber nicht.«

Ihre Worte kamen nur lallend heraus, sprühten aber voller Hass. Matthiesen und Paul warfen sich einen schnellen Blick zu.

»Warum hassen Sie Ihren Vater so sehr?«, fragte Jan.

»Weil er ein Schwein ist. Nach außen immer der Offizier und Gentleman, aber daheim hat er sein wahres Gesicht gezeigt. Er hat meine Mutter und mich geschlagen. Außerdem hat er mich immer wieder ...«

Susanne Stromberg stockte. Sie wirkte plötzlich apathisch, dann liefen ihr Tränen über die Wangen. Wieder blickten sich die beiden Kommissare an. Sie konnten erahnen, was in der Familie geschah. Anscheinend hatte Jörg Stromberg zwei Leben gelebt, zwei Persönlichkeiten gehabt. Matthiesen wurde übel bei dem Gedanken und er spürte Zorn in sich aufkeimen. Kurzzeitig dachte er an seine Kinder. Wie sehr hatten Malin und er sich um sie gekümmert und wie glücklich konnten sie sein, dass Madita und Bengt so eine harmonische Kindheit hatten. Er hasste Menschen, die ihre Kinder missbrauchten. Zudem konnte er sich nicht vorstellen, dass diese Frau ihren Vater umbringen könnte. Der Alkohol- und Drogenmissbrauch hatten sie dermaßen gezeichnet, dass sie dazu überhaupt nicht mehr in der Lage war. Diese Frau konnte froh sein, wenn sie es schaffte, sich aufzuraffen, um sich ihre Tagesration Schnaps zu beschaffen. Trotzdem mussten sie Susanne Stromberg damit konfrontieren, dass ihr Bruder ebenfalls ermordet worden war.

Mit ausdruckslosem Gesicht hörte sie Matthiesen zu. Erneut nahm sie die Flasche und trank sie in gierigen Schlucken leer. Mit einem Mal richtete sie sich auf und fing an zu schreien, dabei warf sie die Flasche an die Zimmerwand, wo sie klirrend zersprang. Wie aus dem Nichts stürzte sie sich unvermittelt auf Matthiesen. Sie schrie wie eine Furie, drosch mit ihren Fäusten auf den Hauptkommissar ein. Dieser wich geistesgegenwärtig zurück. Jan wollte die Frau an den Schultern packen, um sie zurückzuhalten, aber Susanne Stromberg brach bereits auf dem Teppich zusammen. Sie zog ihre Beine an den Körper, umschlang sie mit den Armen und weinte. Ihr Kopf sackte auf die Knie. Sie wimmerte nun wie ein verängstigtes Kind.

Jan Paul griff nach seinem Mobiltelefon und rief den Rettungsdienst an. Susanne Stromberg hatte eindeutig einen Nervenzusammenbruch, vielleicht sogar ein beginnendes Delir. Sie bedurfte dringend ärztlicher Hilfe. In diesem Zustand musste sie so schnell wie möglich in ein Krankenhaus.

Es dauerte etwa zehn Minuten, bis der Rettungswagen, und weitere fünf Minuten, bis ein Notarzt eintraf. Susanne Stromberg lag mittlerweile völlig apathisch auf dem Boden. Sie zitterte wie Espenlaub. Die Rettungsassistenten kümmerten sich um sie. Nach einiger Zeit informierte der Notarzt Matthiesen und Jan darüber, dass sie die Frau nach Kiel, in die Neurologie des Universitätskrankenhauses bringen würden.

Die beiden Kommissare sahen sich betroffen an. Als der Rettungswagen abfuhr, schauten sie sich in der Wohnung um und machten sich danach auf den Rückweg nach Kiel. In Preetz unterbrachen sie ihre Fahrt und aßen schweigend eine Kleinigkeit in einem Döner-Imbiss gegenüber der Sparkasse. Gegen fünfzehn Uhr trafen sie wieder in der Blumenstraße ein. Beide beschäftigte immerzu der Gedanke, was in der Familie Stromberg wohl alles passiert war. Was für eine Tragödie mochte hinter der gutbürgerlichen Fassade vorgegangen sein?

Abgründe taten sich auf.

Jacques Clément, Rögen, Sommer 1948

An einem sonnigen Augusttag im Jahr 1948 geschah etwas, womit niemand gerechnet hatte.

Ferdinand Lüdders hatte die Heuernte eingebracht und arbeitete den ganzen Vormittag über auf einer Kuhweide, wo eine Tränke zu reparieren war. Heidemarie war im sechsten Monat schwanger. Sie würden im Herbst ihr erstes Baby bekommen und freuten sich bereits sehr auf den Sprössling.

Wie jeden Tag wollten sie um dreizehn Uhr mittagessen. Pünktlich traf Ferdinand auf dem Hof ein und parkte den Hanomag-Traktor vor der Scheune. Schon von Weitem bemerkte er ein fremdes Auto auf dem Hof. Ein grüner Renault 4 CV mit französischem Kennzeichen stand dort.

Schnell wusch er sich sein Gesicht und die Hände an einem Trog. In der Küche saßen ein fremder Mann und Heidemarie am Tisch. Lüdders stutzte, das Gesicht seiner Frau war kreidebleich. Sie sah aus, als wäre sie dem Teufel begegnet.

Ferdinand Lüdders ging auf den Fremden zu, der etwa im gleichen Alter wie er selbst sein musste. Der Mann erhob sich und sie gaben sich die Hand.

»Ferdinand Lüdders«, stellte sich der Landwirt vor.

Der Fremde nickte und schmunzelte süffisant: »Guten Tag. Ich bin Monsieur Jacques Clément.«

Lüdders schaute Heidemarie mit fragendem Blick an. Als sie zu sprechen begann, brach ihre Stimme und sie fing an zu weinen, sodass sie kein Wort mehr herausbringen konnte.

»Ich glaube, ich muss die Situation aufklären«, wandte sich Clémant an Lüdders. Er sprach perfektes Deutsch, nur einen leichten französischen Akzent konnte man heraushören.

»Mein Name ist Jacques Clément. Meinen deutschen Namen benutze ich schon lange nicht mehr. Ich hieß einmal Lüdders. Ferdinand Lüdders.«

* * *

Ferdinand Lüdders alias Jacques Clément hatte im Februar 1944 zufällig beobachtet, wie deutsche SS-Offiziere und Wehrmachtsangehörige skrupellos Mitglieder der französischen Widerstandsbewegung erschossen.

Zusammen mit zwei Kameraden befand er sich mit einem Sanka, einem Sanitätskraftwagen, auf dem Weg nach Paris, als sie am Konzentrationslager Royallieu, dem sogenannten *Camp de Transit et d'internement*, im Departement Oise vorbeikamen.

Zufällig wurden die Sanitätssoldaten Zeugen, wie Angehörige der Waffen-SS etwa zwanzig Männer in einem kleinen Tal zusammentrieben. Die Franzosen mussten ihr eigenes Grab ausheben und wurden danach gnadenlos erschossen. Angewidert und entsetzt fuhren die Sanitäter in ihrem Sanka davon. Keiner sprach ein Wort.

In Lüdders brodelte es. Bereits seit geraumer Zeit ging er nicht mehr mit den Machenschaften der nationalsozialistischen Besatzer konform. Er wollte diesem Unrechtsstaat nicht länger dienen. Bereits an der Ostfront beobachtete er massenhaft Leid und Elend, das seine Landsleute verursachten. Diese schrecklichen Bilder von der Front brannten sich in sein Gehirn ein. Wie viele Kameraden sah er sterben, wie viele junge Männer wurden von den Granaten zerfetzt. Wie sinnlos war dieser Krieg.

Immer wieder plagten ihn deswegen Albträume. Sein

Gewissen rebellierte gegen das Unrecht, das die Nazis den Menschen in Europa antaten. Wie viele seiner Kameraden verließ Lüdders seine Einheit und beging Fahnenflucht.

Über Irrwege kam er zur Résistance, der französischen Widerstandsbewegung. Er schwor sich, niemals wieder eine Waffe in die Hand zu nehmen, aber er half, wo er konnte, um den Besatzern das Leben so schwer wie möglich zu machen. Zu dieser Zeit nahm er den Namen Jacques Clément und eine neue Identität an.

Als am 6. Juni 1944 der D-Day, das Unternehmen Overlord, begann und die Alliierten in der Normandie landeten, fuhren Jacques Clément und seine neuen Kameraden dorthin und halfen dabei, in der Nähe von Le Havre ein Lazarett aufzubauen. Dort lernte er die dreiundzwanzigjährige Krankenschwester Cathérine Dulac kennen. Sie verliebten sich ineinander.

Nach dem Krieg zog das junge Paar nach Concarneau, einer kleinen Hafenstadt in der Bretagne, Cathérines Geburtsort. Sie heirateten, bekamen einen Sohn mit dem Namen Frédéric und eröffneten ein kleines Hotel.

Doch Jacques Clément plagten Gewissensbisse. Immer wieder dachte er an Heidemarie, die er in Deutschland so schändlich zurückgelassen hatte.

Irgendwann hielt er es nicht mehr aus und beichtete Cathérine sein Geheimnis. Sie zeigte sich verständnisvoll und meinte, dass er dieses Kapitel seines früheren Daseins auf jeden Fall abschließen sollte, sonst würde er sein ganzes Leben lang mit dieser Schuld herumlaufen. Also machte er sich auf den langen Weg nach Norddeutschland, um mit Heidemarie zu sprechen. Dass er hier allerdings einen Mann antreffen würde, der seine Existenz angenommen hatte, damit hatte Clément nicht gerechnet.

Heidemarie und Ferdinand erzählten dem verständigen Franzosen ihre Geschichte. Jacques Clément erwies sich als äußerst tolerant und verstand die Vorgehensweise der beiden. Die verworrenen Kriegs- und Nachkriegszeiten brachten so manche Beziehung durcheinander. Viele Familien wurden auseinandergerissen, Tausende verloren ihr Zuhause, etliche verschwanden auf Nimmerwiedersehen, viele gründeten unter falschem Namen eine neue Existenz. Es gab so viel zu entschuldigen, so viel zu verzeihen. Wenn alle auf ihr Recht bestanden hätten, wäre eine Aussöhnung der Menschen niemals möglich gewesen, und so versöhnten sich Heidemarie und Jacques.

Jacques Clément blieb noch zwei Tage auf dem Bauernhof am Rögen. Lüdders und Clément freundeten sich an. Der Franzose fühlte sich sichtlich erleichtert, dass er diesen Schritt getan hatte und dem Rat seiner Frau Cathérine gefolgt war.

Als sie sich voneinander verabschiedeten, verspürte Lüdders einen Schmerz, als ob ihn ein langjähriger Kamerad verließ, und sie versprachen sich, in Kontakt zu bleiben.

Lüdders dachte noch oft daran, wie verworren die Lebenswege der Menschen sich entwickelten. Auch er hatte so viel Leid erfahren, aber er liebte das Leben.

Kapitel 16

In der *Blume* erfuhren sie von Miriam Schrader, dass Björn Krüger mittags doch noch seinen Hausarzt konsultiert hatte, weil seine Kopfschmerzen zunahmen. Der Doc hatte ihn daraufhin für mehrere Tage dienstuntauglich geschrieben.

Danach trafen sie Chef Pönitz auf dem Flur. Er hatte sich irgendwoher zwei Mettbrötchen organisiert und trug diese auf einem Pappteller vor sich her. Sie gingen gemeinsam in den Besprechungsraum und versorgten sich dort mit Kaffee. Der neue Automat erwies sich als genial. Jeder konnte sich seinen Kaffee ganz nach eigenem Geschmack zubereiten lassen. Ein tolles Gerät.

Pönitz biss beherzt in seine kulinarische Errungenschaft. Dabei blieb ein Zwiebelstückchen auf seinem Nasenrücken kleben, ohne dass er es bemerkte. Hinnerk und Jan blickten sich an und grinsten verstohlen.

Sie berichteten Pönitz von ihren Ermittlungen. Auch der Kriminaloberrat meinte, dass der Suizid des alten Mannes nichts mit dem Fall zu tun hatte. Ein tragischer Zwischenfall. Über den Nervenzusammenbruch Susanne Strombergs zeigte er sich betroffen. Er hielt es für sinnvoll, die Frau in den nächsten Tagen nochmals aufzusuchen, um mit ihr zu reden, soweit es ihr Krankheitsverlauf zuließ und die Ärzte ihr Okay dazu gaben.

Die beiden Mettbrötchen waren inzwischen vertilgt. Pönitz wischte sich mit einer Papierserviette den Mund ab. Dabei beförderte er das Zwiebelstückchen von der Nase auf die Wange, und dort blieb es auch haften. Matthiesen und Jan versuchten sich nicht anzusehen, beide standen kurz vor einem Lachanfall und dachten unabhängig voneinander an Loriots Nudelsketch.

Der Kriminaloberrat meinte, dass auch er interessante Neuigkeiten erfahren hatte. Er räusperte sich, dabei fiel das Zwiebelstück in seinen Kaffeebecher und versank in der schwarzen Brühe. Sie mussten sich aufs Äußerste beherrschen, um nicht laut loszulachen.

»Ich habe heute Vormittag ein wenig recherchiert und einige Fakten über diesen Friedrich Stramm herausbekommen. Er wurde 1922 in Wismar geboren. Sohn eines Polizisten. Mit elf Jahren kam er auf das Plöner Schloss. Dort befand sich damals eine Einrichtung, die sich *Napola* nannte, eine sogenannte Nationalpolitische Lehranstalt. Das waren Eliteschulen, an denen die kommende Führungsschicht der Nazis ausgebildet wurde. Im April 1940 trat er in die Waffen-SS ein. War zuerst in Dänemark und Norwegen stationiert, später nahm er am Russlandfeldzug teil. Kurzzeitig gehörte er sogar zum Wachpersonal vom Konzentrationslager Treblinka. Ende 1944 wurde er nach Kiel abkommandiert, dort verliert sich seine Spur. Offiziellen Berichten zufolge ist er während eines Bombenangriffs gefallen. Mehr habe ich bisher leider nicht herausbekommen. Aber es gibt noch weitere Neuigkeiten. Heute Mittag rief mich Erhard Schröder an. Ein pensionierter Hauptkommissar, der in Maasholm an der Schlei lebt. Ich kenne ihn noch aus früheren Zeiten. Vor etwa fünfzehn Jahren ging er in Pension. Netter Kerl, aber beruflich ein harter Knochen. Früher leitete er lange die K1 in Flensburg. Schröder erzählte mir, dass er mit Kollegen aus Eckernförde gesprochen hätte, die ihm von unseren Ermittlungen erzählt haben. Kurz vor seiner Pensionierung arbeitete er an einem ähnlichen Fall, dabei wurde ebenfalls jemand mit einem Hammer erschlagen. Dieser Mord wurde nie richtig aufgeklärt, weist aber Parallelen zu unseren auf. Schröder meinte, dass er gern mit uns reden wolle. Ich habe mit ihm ausgemacht, dass wir ihn morgen Vormittag besuchen. Scheint sehr interessant zu sein, was er uns mitteilen will. Außerdem hat Herr Krauskopf angerufen. Er wird morgen Vormittag mit seinem Segelboot in Kiel eintreffen. Sobald er hier ist, ruft er mich an und wir vereinbaren einen Termin.«

»Wie ist Ihr Gespräch mit Frau Bullhaupt verlaufen?«, fragte Matthiesen.

Pönitz lächelte versonnen, dabei schaute er in seinen leeren Kaffeebecher, riss die Augen auf und schüttelte erstaunt den Kopf, als er das Zwiebelstückchen erblickte. Er fischte das Teil aus dem Becher und warf es Richtung Mülleimer. Doch er verfehlte den Eimer und das Stück blieb an der Wand kleben. Pönitz räusperte sich verlegen.

»Äh, Frau Bullhaupt. Nun ja, ich glaube, mit der werden wir noch viel Spaß haben. Das zweite Gespräch mit ihr verlief deutlich entspannter. Vielleicht bekommt sie langsam mit, dass wir hier in Kiel keine holsteinischen Barbaren sind.«

Alle drei lachten. Vorerst war Feierabend.

Kapitel 17

Auf der Stadtautobahn zog sich der Verkehr zäh dahin. Rushhour. Am Barkauer Kreuz hatte es zusätzlich wieder einmal einen Verkehrsunfall gegeben. Matthiesen dachte an Björn Krüger und nahm sich vor, ihn anzurufen, um sich nach seinem Gesundheitszustand zu erkundigen. Sie arbeiteten bereits seit zwölf Jahren zusammen und er mochte den Kriminaltechniker.

Über dreißig Minuten quälte er sich durch den Stau, bevor er endlich Gas geben konnte.

Gegen siebzehn Uhr kam er zu Hause an. Ihr Häuschen lag im Süden von Preetz und von dort aus hatten sie einen traumhaften Blick auf den malerischen Lanker See. Vor über zwanzig Jahren hatten sie das Haus gesehen, sich sofort darin verliebt und es gekauft. An zwei Seiten wurde es von dichten Efeuranken umwuchert, weswegen Malin es ihr Hexenhaus nannte.

Als Matthiesen dort ankam, putzte Malin gerade die Fenster und von drinnen hörte man lauthals: »Krrrriiiii … verdammtes Pack. Arbeitet, ihr faulen Schweine! Hahahahahahahah … Pisser, Pisser, Pisser! Geh kacken.«

Hinnerk musste lachen und winkte seiner Frau zu. Anscheinend gab Monsieur Tourette alles.

»Ich hoffe nur, dass keiner unserer Nachbarn uns wegen sittenwidriger Ruhestörung anzeigt«, rief Hinnerk schmunzelnd, doch die Nachbarn kannten den lautstarken Kakadu und amüsierten sich meistens über ihn.

Malin arbeitete als Krankenschwester in der Klinik Preetz und liebte ihren Job, obwohl er ziemlich anstrengend war. Im Wohnzimmer nahmen sie sich zur Begrüßung in den Arm und küssten sich. Währenddessen stieß Monsieur Tourette quietschende Kichertöne aus.

»Pizza?«, fragte Hinnerk.

»Ja läcker«, antwortete sie auf Schwedisch. Sie verfiel gerne in ihre Muttersprache, ab und zu vermisste sie ihre småländische Heimat sehr. Hinnerk beherrschte Schwedisch ebenfalls und liebte das Land, deshalb hatten sie sich dort bereits vor vielen Jahren eine Ferienhütte an einem der vielen Seen zugelegt, dem Storabellen. Ein typisches rotes Haus mit weißen Fenstern, charakteristisch für Småland. Astrid-Lindgren-Idylle. Dort gab es nicht einmal Strom, aber sie liebten es, dort zu sein. Außerdem lebte Malins Mutter in der Nähe.

Matthiesen bestellte bei einem Pizzaservice und sie aßen auf der Terrasse. Als Hinnerk die leeren Schachteln zum Mülleimer brachte, klingelte sein Mobiltelefon. Kuddel Hollmann berichtete, dass Willi in Begleitung der fremden Frau, die er nur schemenhaft erkennen konnte, nach Hause gekommen sei. Kuddel klang sehr aufgeregt, aber gleichzeitig auch amüsiert, und meinte, dass die beiden im Haus verschwunden seien. Hinnerk wurde hellhörig und versprach, dass er sich sofort auf den Weg nach Pohnsdorf machen würde.

Schnell berichtete er Malin von den seltsamen Vorfällen. Sie mochte die beiden alten Männer gern und hörte amüsiert zu.

»Ich finde, wir sollten Willi einen Überraschungsbesuch abstatten. So nach dem Motto: ›Wollen wir mal ein Feierabendbier zusammen trinken?‹«, schlug sie kichernd vor.

Als sie die Haustür schlossen, sang Monsieur Tourette lauthals »Goodbye Johnny, Goodbye Johnny, warst mein bester Freund … kriiiikriiiikriiii«.

Es war mittlerweile halb neun. Nach ein paar Minuten trafen sie in Pohnsdorf ein. Als Hinnerk den Wagen parkte, kam ihnen bereits Kuddel Hollmann entgegen. Gemeinsam gingen sie zum Haus. Hinnerk öffnete die Tür. Aus dem Wohnzimmer hörten sie Musik. Bill Haley & His Comets trällerten *Hot Dog Buddy Buddy*. Sein Vater, schon immer ein waschechter Rock 'n' Roller, liebte diesen Sound.

Plötzlich vernahmen sie Lachen. Kuddel, Malin und Hinnerk sahen sich an und grinsten. Beherzt ging Hinnerk zur Tür, klopfte an und öffnete. Willi und die fremde Frau saßen auf dem Sofa und schauten von einem Fotoalbum erschrocken auf.

»Moin Vaddern ... ich, äh ... wollte nicht stören, nur mal Guten Abend sagen.«

Gleichzeitig dachte er, wie bescheuert dieser Satz gewesen war, aber Willi strahlte übers ganze Gesicht.

»Komm rein, Junge«, meinte er, gleichzeitig erblickte er Malin und Kuddel auf dem Flur.

»Ihr beiden neugierigen Halunken dahinten natürlich auch«, rief er mit gespieltem Zorn, lachte und bat alle ins Wohnzimmer, in dem Bill Haley inzwischen *Rock around the clock* sang.

»Darf ich euch Gisela Newmann vorstellen ...«

»Gisela Missfeld?«, wurde er augenblicklich von Kuddel unterbrochen. »Bist du es wirklich? Gisi? O mein Gott, das ist über fünfzig Jahre her ...«

Die Frau stand auf und kam auf Hollmann zu. Sie nahmen sich in die Arme. Als sie sprach, hatte sie eine belegte Stimme: »Kurt Hollmann, du alter Schwerenöter. Ist das wahr? Bist du es wirklich? Du hast dich kaum verändert, oder höchstens ein wenig.«

Die beiden lachten und sahen sich lange an. Nun musste Willi die ganze Situation aufklären.

An dem Tag, an dem er zum Einkaufen nach Preetz gefahren war, hatte er Gisela zufällig auf dem Marktplatz getroffen. Die beiden erkannten sich sofort wieder. Gisela Missfeld war eine alte Schulfreundin von Willi und Kuddel. Sie hatten in den Sechzigerjahren viel Spaß zusammen gehabt. Waren auf ihren Vesparollern durch die Gegend gefahren und hatten so manche wilde Party gefeiert. Petticoat, Schmalztolle und Rock 'n' Roll waren ihre Markenzeichen gewesen, ganz gegen den Trend der Zeit von Beatles, Rolling Stones und Marihuana.

Irgendwann lernte Gisela einen amerikanischen GI namens Karl Newmann in Hamburg kennen. Die beiden verliebten sich ineinander, heirateten und sie ging mit ihm in die USA, wo sie in Wisconsin ein gut gehendes Geschäft für Angelbedarf betrieben. Mittlerweile hatte einer ihrer vier Söhne den Betrieb übernommen. Vor ein paar Jahren war ihr Mann gestorben. Nun wollte sie ihre alte Heimat noch einmal wiedersehen und reiste deswegen nach Deutschland. Zurzeit besuchte sie eine Cousine in Preetz und hatte zufällig Willi getroffen.

Eine tolle Heiratsschwindlerin, dachte Hinnerk und schämte sich bereits dafür, dass er seinem Vater nachspioniert hatte. Jan würde sich totlachen, wenn er ihm von der Aufklärung dieses Falles erzählte.

Willi holte unterdessen eine Flasche Sekt aus dem Keller und stellte Gläser auf den Tisch.

Die beiden alten Männer und Gisela Newmann genossen ihr Wiedersehen sichtlich und hatten sich viel zu erzählen. Als Hinnerk und Malin irgendwann aufbrachen, merkten die Oldies nicht einmal, dass sie gingen.

Kapitel 18

Am nächsten Morgen wurden sie um fünf Uhr unsanft geweckt.

»Good morning, fucking Crew! Breakfast, zack … zack! Wahrschau, Wahrschau, Wahrschau! Krrrraaaaaaak! All Hands on Bord!«

In solchen Momentan dachte Hinnerk manchmal wirklich daran, seine Dienstwaffe gegen einen nervigen Gelbohr-Rabenkakadu einzusetzen. Doch wie immer verwarf er den Gedanken schnell wieder. Malin würde ihn wahrscheinlich dafür umbringen, und eigentlich fand er den schrillen Vogel sogar äußerst amüsant.

Gegen sieben verließ Hinnerk das Haus und ihn interessierte bereits brennend, was der pensionierte Hauptkommissar ihnen erzählen würde. Er kam relativ schnell durch den Berufsverkehr und erreichte die Bezirkskriminalinspektion pünktlich um acht Uhr. Nach einer schnellen Tasse Kaffee aus dem neuen Automaten stiegen die Männer in den BMW und fuhren Richtung Norden. Pönitz wollte Matthiesen und Paul unbedingt begleiten. Die Fahrt verlief schnell. Jan Pauls sportlicher Fahrstil war legendär. Teilweise zeigte die Tachonadel mehr als hundertfünfzig Stundenkilometer. Obwohl sie größtenteils Bundes- und Landstraßen fuhren, übersah der Kriminaloberrat die Übertretungen großzügig. Unterwegs erzählte Pönitz den beiden, dass er mit Björn Krüger telefoniert hatte. Ihrem Kollegen ging es bereits wesentlich besser und er würde höchstwahrscheinlich morgen wieder zum Dienst kommen.

Das Wetter wurde immer schlechter. Aus westlicher Richtung zogen immer größere Regenwolken heran. Auch der Wind nahm zu. Im Autoradio hörten sie, dass sich über

Schottland ein Sturmtief zusammenbraute, das auf Norddeutschland zusteuerte.

Kurz nach neun Uhr erreichten sie Maasholm. Sie umfuhren den kleinen Fischerort an der Schleimündung, denn Schröder wohnte etwas außerhalb der Ansiedlung. Sein Haus lag ziemlich einsam. Von hier aus hatte man einen großartigen Blick auf die Schlei. In einiger Entfernung konnte man sogar den grün-weißen Leuchtturm von Schleimünde und die Ostsee sehen. Eine riesige Schar Wildgänse zog über ihnen hinweg Richtung Binnenland. *Ein traumhafter Wohnort*, dachte Matthiesen.

Als sie auf die Auffahrt von Schröders Anwesen fuhren, kam ihnen der alte Hauptkommissar bereits entgegen. Matthiesen schätzte ihn auf achtzig. Er war untersetzt und hatte nur noch einen spärlichen, grauen Haarkranz. Auf seiner Nase thronte eine ovale Nickelbrille. Beim Anblick des Mannes dachte Hinnerk unwillkürlich an den ehemaligen Politiker Norbert Blüm.

Schröder begrüßte seine Kollegen. Er schien freundlich und humorvoll zu sein. Der ehemalige Hauptkommissar bat die Männer in sein Haus. Im Wohnzimmer deckte eine Frau gerade den Tisch. Schröder stellte sie als »seine ihm angetraute Mathilde« vor. Sie lächelte den Männern freundlich zu. Nachdem sie ihrem Mann eine Kanne Kaffee in die Hand gedrückt hatte, verließ sie den Raum.

Matthiesen schaute aus dem Fenster. Ein riesiger Garten umgab das Haus, in dessen Mitte ein mächtiger Ginkgobaum thronte. Der stetig zunehmende Wind wirbelte die Blätter durcheinander, die von den Kronen herabtrudelten. Durch die kahlen Äste sah man auf das sturmgepeitschte Meer.

Nach ein paar Worten über das scheußliche Wetter und den wunderschönen Wohnort Schröders sah man dem alten

Hauptkommissar förmlich an, dass er sich für den Fall der Kieler Kripo interessierte. Pönitz gab einen kurzen, aber detaillierten Bericht. Erhard Schröder hörte aufmerksam zu. Nach der Ausführung des Kriminaloberrats schwieg Schröder einige Zeit. Sie tranken alle einen Schluck Kaffee. Pönitz naschte von den Keksen, die auf dem Tisch standen.

»Das erinnert mich stark an den Fall, den wir hier vor fünfzehn Jahren bearbeiteten«, begann Schröder. »Einer aus meinen letzten Ermittlungen und einer der wenigen, die ich nie aufgeklärt habe. Damals wurde ein toter Mann auf einem Segelboot im Flensburger Hafen entdeckt. Sein Schädel war eingeschlagen. Es stellte sich heraus, dass er mit ziemlicher Sicherheit mit einem Zimmermannshammer erschlagen wurde. Zuerst konnten wir nicht herausfinden, um wen es sich bei dem Toten handelte. Aber irgendwann gelang es uns doch, seine Identität festzustellen. Es war ein achtunddreißig Jahre alter Soldat aus Hamburg. Sein Name war Thomas Fischer. Hauptfeldwebel beim Heer. Panzergrenadier. Er lebte allein in einer kleinen Wohnung in Wilhelmsburg. Keine Verwandten, kaum Freunde. Erst recht spät bekamen wir heraus, dass er Verbindungen zu alten Nazioffizieren unterhielt, die in Chile und auch in Deutschland lebten. Warum er damals in Flensburg war und wer ihn umgebracht hat, das konnten wir niemals herausbekommen. Das Bild des eingeschlagenen Schädels werde ich aber niemals vergessen. Furchtbar.« Schröder schüttelte den Kopf, bevor er weitererzählte.

»Der Kontakt zu ehemaligen SS-Leuten beschäftigte uns allerdings sehr. Einige seiner Bekannten haben wir ausfindig gemacht und sie besucht. Ein verschworener Haufen alter Männer, die uns nichts erzählt haben. Viele von denen waren weit über achtzig Jahre alt. Natürlich stritten sie alle ab, Thomas Fischer zu kennen. Aber bei einem seiner Bundeswehrkameraden wurden wir fündig.«

Schröder räusperte sich und nahm einen Schluck Kaffee. Mittlerweile konnte man hören, dass der Sturm draußen immer heftiger wurde. Regen prasselte immer wieder gegen die große Wohnzimmerscheibe.

»Dieser Kamerad von Fischer kam eines Tages überraschend zu uns nach Flensburg ins Präsidium. Er war ebenfalls Hauptfeldwebel in Fischers Kompanie und hieß Günter Albrecht ...«

»Hieß? Bedeutet das, dass er ebenfalls tot ist?«, unterbrach Pönitz.

»Ganz genau. Nur einige Tage nachdem dieser Albrecht bei uns war, hatte er einen schweren Verkehrsunfall. Er verstarb noch auf dem Weg ins Krankenhaus. Der Unfall konnte nie richtig aufgeklärt werden, da der Verursacher Fahrerflucht beging.«

»Äußerst merkwürdig«, kommentierte Matthiesen.

»Das kann man wohl sagen, junger Mann«, erwiderte Schröder. »Gerade auch deshalb, weil die Angaben von diesem Albrecht ziemlich eigenartig waren. Bei uns im Präsidium wirkte er, als stände er unter der Wirkung von Beruhigungsmitteln oder Drogen. Teilweise lallte er sogar. Albrecht erzählte wirres Zeug und faselte davon, dass sein Kamerad Thomas Fischer von einem alten Goldschatz der Nazis wüsste, den einige ehemalige SS-Offiziere kurz vor Kriegsende irgendwo an der deutschen Ostseeküste versteckt hätten. Albrecht tat recht geheimnisvoll. Bei einem Freund hatte er offenbar alte Aufzeichnungen darüber gelesen. Anscheinend befand sich dieser Albrecht auf der Suche nach dem Goldschatz. Mehr hat er uns damals leider nicht verraten. Zum Glück wurde er von einer Frau begleitet, die auch das Auto fuhr. In seinem Zustand hätten wir ihn sonst niemals auf die Straße gelassen.«

»Wissen Sie, wer diese Frau war?«, fragte Pönitz.

»Leider nein. Dieser Albrecht ist damals ziemlich schnell verschwunden. Wir nahmen uns vor, ihn nach ein paar Tagen in Ratzeburg, seinem Wohnort, zu besuchen. Aber da weilte er leider nicht mehr unter den Lebenden.«

»Haben Sie versucht, mit der Frau zu sprechen?«

»Selbstverständlich. Aber wir wussten ja nicht, um wen es sich handelte, denn wir besaßen keine Personalien von ihr. Also blieb die Suche erfolglos. Diese ehemaligen SS-Leute waren damals die einzige Spur, die wir in diesem Mordfall verfolgen konnten, leider ohne Erfolg. Nach etwas über einem Jahr mussten wir den Fall zu den Akten liegen. Ein schwerer Schlag für mich, denn ich galt immer als derjenige mit der höchsten Aufklärungsrate.«

»Ich kann mich noch gut daran erinnern, dass Sie im ganzen norddeutschen Raum unter Kollegen den Spitznamen ›Inspector Maigret‹ hatten«, meinte Pönitz trocken.

Die Männer lachten. Schröder nahm seine Brille ab, rieb sich den Nasenrücken.

»Ja, so war es«, stimmte er schmunzelnd zu. »Ich war immer sehr gern Polizist. Aber trotzdem genieße ich nun meinen Ruhestand und beschäftige mich jetzt hauptsächlich mit der Botanik meines Gartens. Die einzigen Leichen, die ich dort gelegentlich finde, sind Nagetiere oder kleine Vögel, die Nachbars Kater Chukki umgebracht hat.«

Der alte Hauptkommissar hatte ihnen wirklich weitergeholfen, obwohl der ganze Fall immer undurchsichtiger wurde. Pönitz nahm sich vor, sich die alten Akten kommen zu lassen. Dieser Mordfall hatte anscheinend tatsächlich etwas mit ihren jetzigen Morden zu tun. Sie mussten versuchen, diese geheimnisvolle Frau ausfindig zu machen, obwohl dies höchstwahrscheinlich ziemlich mühselig werden würde.

Auf dem Rückweg von Kiel schlug das Organtief

richtig zu. Heftige Sturmböen trieben dicke Regenwolken übers Land. Als sie in der Kieler Blumenstraße ankamen, hatte Miriam Schrader eine Nachricht für sie. Krauskopf war in Kiel eingetroffen. Anscheinend hatte der Segelfreund und Bundeswehrkamerad von Jörg Stromberg es gerade eben noch rechtzeitig vor dem Sturmtief geschafft, den sicheren Kieler Hafen zu erreichen. Sein Boot befand sich nun im Tirpitzhafen.

Krauskopf wartete nun in seiner Wohnung auf Pönitz' Anruf. Der Kriminaloberrat beschloss, dass Matthiesen und Paul sofort zu ihm fahren sollten. Also mussten die beiden Kripobeamten erneut hinaus ins norddeutsche Mistwetter.

Das Wiedersehen, Kiel, Sommer 1955

Zehn Jahre waren seit den Vorkommnissen im Frühjahr 1945 vergangen. Ferdinand Lüdders und seiner Frau ging es gut. Der Bauernhof warf hervorragende Erträge ab. Der ehemalige Kapitänleutnant gewöhnte sich an das Landleben und fühlte sich mittlerweile als Landwirt mit Leib und Seele.

Der Kontakt zu Jacques Clément riss tatsächlich nicht ab. Immer wieder schickten sie sich lange Briefe. Nur ein paar Monate nach dem Besuch des Franzosen bekam der kleine Frédéric eine Schwester namens Marie.

Margarete Schlichting, Lüdders Schwiegermutter, war vor einiger Zeit überraschend gestorben. Ein äußerst aggressiver Bronchialkrebs. Von der Diagnose bis zu ihrem Tod blieben ihr nur wenige Wochen. Heidemarie trauerte lange. Leider bekam Margaret die Geburt des ersten Stammhalters nicht mehr mit. Im Winter 1948 wurde Manfred geboren. Zwei Jahre später Tochter Traute. Ferdinand und Heidemarie liebten ihre Kinder über alles. An den Wochenenden unternahm die kleine Familie häufig Ausflüge mit ihrem Borgward-Lloyd.

Das Wirtschaftswunder begann und der noch jungen Bundesrepublik Deutschland ging es gut. Auch die Lüdders' profitierten vom Aufschwung.

An einem Sommertag 1955 waren die Lüdders wieder einmal unterwegs. An diesem Tag spazierten sie zuerst in Laboe am Strand entlang. Danach fuhren sie nach Kiel, um in der Innenstadt ein paar Einkäufe zu tätigen. Die Kinder benötigten wieder einmal neue Kleidung. Als sie am Alten Markt aus dem Kaufhaus Jacobsen herauskamen, wollten sie die Holstenstraße überqueren und hinüber zum Kaufhaus Karstadt gehen. Da erblickte Ferdinand einen

Mann zwischen den Passanten und erbleichte innerhalb von Sekunden. Seine Nackenhaare sträubten sich und ihm wurde schwindlig.

»Ist alle in Ordnung mit dir, Ferdinand?«, fragte Heidemarie besorgt. »Du siehst aus, als hättest du ein Gespenst gesehen.«

»Das habe ich auch. Bleib mit den Kindern hier. Ich komme gleich zurück«, antwortete er aufgeregt und verschwand in der Menschenmenge. Er folgte einem Mann, der etwa zehn Meter vor ihm ging und mittlerweile hinter einer Ecke der Nikolaikirche verschwand. Ferdinand Lüdders lief schneller. Als er um die Kirchenecke bog, befand sich der Mann nur noch wenige Meter von ihm entfernt. Der ehemalige Kapitänleutnant konnte kaum glauben, wen er da gerade erkannte. Tatsächlich. *Wie war das möglich?*

»Klaus?«, rief er dem Mann hinterher.

Der Angesprochene stoppte abrupt und schaute sich überrascht um. Als er den Rufer erkannte, verlor auch er mit einem Schlag sämtliche Farbe aus dem Gesicht. Er blickte seinen Verfolger ungläubig an.

»Johann … Johann von Stackeldorf … Herr Kaleu? … Mein Gott … wie ist das … ?«, stammelte der Mann.

Die Männer fielen sich in die Arme und klopften sich gegenseitig auf den Rücken. Beide hatten Tränen in den Augen. Es war tatsächlich Klaus Brodersen. Oberleutnant Brodersen. Erster Wachoffizier von U 796 und Kriegskamerad Johann von Stackeldorfs. Nicht nur Kamerad, die Männer hatten sich miteinander angefreundet. Ungeniert lagen sie sich in den Armen und weinten.

Ferdinand Lüdders merkte plötzlich, wie jemand an seiner Jacke zog, und schaute hinunter.

»Papa, wer ist der Mann?«, fragte sein Sohn Manfred.

»Ein Freund!«, antwortete Lüdders, der sich die Tränen aus dem Gesicht wischte. »Ein sehr guter Freund, von dem ich dachte, dass er tot sei.«

Kapitel 19

Unterwegs zu Krauskopf hielten Hinnerk und Jan auf dem Kieler Ostufer an. In der Schönberger Straße betrieb ein gemeinsamer Freund ein kleines Lokal. Eigentlich eher ein Imbiss, aber seine Currywurst und die selbst gemachten Pommes schmeckten sensationell.

Gestärkt fuhren sie weiter nach Mönkeberg. Es regnete und stürmte ununterbrochen. Die Scheibenwischer bekamen die Wassermassen kaum von der Windschutzscheibe.

Oberleutnant Krauskropf wohnte in einem Mehrfamilienhaus in der Heikendorfer Straße. Als sie an der Haustür klingelten, dauerte es geraume Zeit, bis geöffnet wurde.

Das Erscheinungsbild des Oberleutnants machte Eindruck. Groß, muskulös und durchtrainiert, wirkte er wie ein Seebär. Seine Haare waren nur wenige Millimeter lang und sein Gesicht zierte ein ausgeprägter Dreitagebart. Krauskopf trug eine Jogginghose und ein olivfarbenes T-Shirt mit der Aufschrift »Bundeswehr«. Es sah aus, als wenn er gerade aus der Dusche kam.

Die Kripobeamten zeigten ihre Legitimation. Krauskopf bat sie in die Wohnung und führte sie in sein Wohnzimmer. Die Einrichtung war karg. Es wirkte, als wenn sich der Marineoffizier nicht häufig zu Hause aufhielt. Das Einzige, was auffiel, war eine kostspielig aussehende Stereoanlage. Sie setzten sich. An einer Wand fiel Matthiesen eine Kuckucksuhr auf, die laut vor sich hin tickte. So eine Uhr hatten ihm seine Eltern einmal zu Weihnachten geschenkt, es war das furchtbarste Weihnachten seines Lebens gewesen.

»Ich bin erst seit ein paar Stunden zu Hause«, entschuldigte sich Krauskopf. »Die Überfahrt von Langeland nach

Kiel entwickelte sich zur ruppigen Sturmfahrt. Der Wind nahm immer mehr zu. Wir waren froh, als wir Kiel erreicht hatten. Ich bin jetzt über eine Woche nicht hier gewesen.«

Krauskopf starrte Matthiesen und Paul an, dann senkte er den Kopf. Sein Gesichtsausdruck trübte sich. Doch irgendetwas gefiel Hinnerk nicht an dem Mann. Er empfand Krauskopfs Gesten als gekünstelt.

»Ich kann gar nicht fassen, was mit Jörg passiert ist. Ich habe gerade im Stützpunkt angerufen, um mir Informationen zu holen. Sie wissen nicht, wie durcheinander ich deswegen bin. Wissen Sie schon, wer Jörg umgebracht hat?«

Sie ignorierten die Frage.

»Wann haben Sie Stromberg das letzte Mal gesehen?«, fragte Jan Paul.

»Das war genau vor einer Woche. Wir hatten eigentlich schon lange geplant, zusammen in die dänische Südsee zu segeln.«

»So eine Seereise im Herbst? Da müssen Sie aber ein hochseetaugliches Boot haben.«

»Die *Nautilus* ist ein alter, zwanzig Meter langer Schärenkreuzer aus Schweden. Über sechzig Jahre alt. Ein großartiges Boot.«

Krauskopf lächelte stolz, trotzdem wirkte er auf Hinnerk irgendwie verhalten.

»Worüber haben Sie sich mit Stromberg gestritten?«

»Sie wissen davon?«, fragte Krauskopf irritiert, aber im gleichen Moment erinnerte er sich daran, dass er dies Pönitz am Telefon mitgeteilt hatte.

Matthiesen schaute ihn fragend an. Krauskopfs Mundwinkel zuckten. Der Mann versuchte locker zu wirken, war aber aufs Äußerste angespannt.

»Wie gesagt, eigentlich wollten wir zu viert nach Dänemark.«

»Wer sind die anderen beiden Mitsegler?«, warf Paul ein und zog einen Notizblock aus seiner Jacke.

»Freddy Koch und Lars Luther. Zwei Freunde von mir aus dem Jachtklub. Stromberg und die beiden kannten sich nur flüchtig, aber wir freuten uns alle auf den gemeinsamen Trip.«

»Und warum kam es mit Stromberg zu einem Streit, sodass er nicht mitgesegelt ist?«

Plötzlich sprang die Klappe der Kuckucksuhr auf. Der Vogel ließ drei Mal sein »Kuckuck« erschallen. Hinnerk musste schmunzeln, so ein Ding hatte er seit seiner Kindheit nicht mehr gesehen. Er schaute auf seine Armbanduhr. 14.34 Uhr. Anscheinend konnte man sich auf diesen Vogel nicht verlassen.

»Wir hatten uns bereits ein paar Tage vorher schon mächtig in die Wolle gekriegt.«

»Warum?«

»Jörg hat mich gefragt, ob ich mit ihm statt der Dänemarkreise eine andere Unternehmung machen könnte. Doch ich war überhaupt nicht angetan von seiner Idee. Der Törn in die dänische Südsee war ja schließlich schon lange geplant.«

Krauskopf druckste bei den letzten Worten herum; er wirkte immer nervöser. Hinnerk und Jan warfen sich einen schnellen Blick zu.

»Und?«

»Er hatte etwas ziemlich Verrücktes vor. Dabei wollte ich nicht mitmachen, weil es einfach zu absurd klang. Ich habe ihn gefragt, ob er vielleicht zu viel *Indiana Jones* geschaut hätte. Was er mir erzählte, klang völlig bescheuert. Absolut bekloppt.«

Matthiesen wurde langsam ungeduldig, verdrehte innerlich die Augen, doch Krauskopf sprach weiter.

»Jörg meinte, dass er wüsste, wo ein Goldschatz der Nazis versteckt sei. Ist das nicht wirklich absurd?«

Wieder warfen sich die Kommissare einen Blick zu. Beide dachten das Gleiche. Hatte nicht auch der alte Schröder von einem Nazi-Goldschatz gesprochen, den dieser verstorbene Hauptfeldwebel Günter Albrecht ebenfalls suchte? In Matthiesens Kopf begann eine Alarmsirene zu klingen. Sollte dies die erste richtig heiße Spur sein?

»Erzählen Sie uns, was Stromberg zu Ihnen sagte«, forderte Matthiesen Krauskopf auf.

Krauskopf schaute die ganze Zeit auf seine Fingernägel und Matthiesen fiel auf, dass sie abgekaut waren. Es wirkte, als ob der Offizier immer nervöser wurde. Er biss die Zähne zusammen, sodass seine Wangenmuskeln hervortraten.

»Er meinte, dass er aus verlässlichen Quellen wüsste, wo dieser Schatz liegen soll. Natürlich habe ich ihn gefragt, ob er noch alle Tassen im Schrank hat. So etwas liest man doch sonst nur in irgendwelchen Gangsterromanen.«

»Hat Stromberg erzählt, wo dieser Goldschatz versteckt sein soll?«

Krauskopf schüttelte den Kopf. Auf seiner Stirn bildeten sich Schweißperlen.

»Nicht direkt. Er meinte, dass dieser ominöse Schatz unweit von Kiel vergraben wäre. Er faselte etwas von einem Waldstück. Er sagte außerdem, dass es sich dabei um fünf Kisten handeln sollte, die nicht weit von Kiel entfernt liegen würden. Er wollte, dass ich ihm und seinem Sohn Victor half, dieses Gold zu finden. Ich hielt das für eine absolute Spinnerei und wollte mit so einer bescheuerten Geschichte nichts zu tun haben. Jörg ist dann stinksauer geworden. Er drohte mir und sagte, ich solle niemandem davon erzählen.«

»Er hat seinen Sohn Victor erwähnt?«

»Ja, er sprach davon, dass die beiden diesen Schatz bergen wollten.«

»Hat Stromberg wirklich nicht erzählt, wo genau dieser Goldschatz liegt?«

»Nein. Er machte nur diese Andeutung, dass es in der Nähe von Kiel sei. Irgendwo an der Küste. Aber den genauen Ort hat er nicht preisgegeben.«

»Woher er diese Informationen besaß, hat er nicht erzählt?«

»Nein. Ich muss dazu sagen, dass ich Jörg so gar nicht kannte. Eigentlich ist … war er ein besonnener Offizier, aber an diesem Abend wirkte er richtig … gierig. Wie im Goldrausch.«

»Und Sie haben sich dann im Streit getrennt?«

»Seitdem habe ich ihn nicht mehr gesehen. Er war stinksauer und ist abgedampft wie ein wütender Büffel. So habe ich ihn vorher noch nie erlebt.«

Matthiesen und Paul schauten sich an; sie hatten vorerst genug von Krauskopf erfahren. Sie gaben ihm ihre Visitenkarte und baten ihn, sich zu melden, wenn ihm noch etwas einfiel.

Matthiesen konnte sich meistens auf seine Menschenkenntnis und Intuition verlassen. Dieser Krauskopf gefiel ihm nicht. Der Mann versuchte zwar, einen betroffenen Eindruck zu machen, aber er wirkte viel zu nervös. Irgendetwas stimmte mit dem Typen nicht. Außerdem beschäftigte ihn ein anderer Gedanke. Anscheinend hatten Vater und Sohn Stromberg gemeinsame Sache gemacht. Was war dran an diesem Goldschatz der Nazis? Sollte es ihn tatsächlich geben? Wurden die beiden Strombergs deshalb umgebracht? War Habgier im Spiel? Fünf Kisten Gold wären auf jeden Fall ein lohnendes Motiv für einen Doppelmord.

Je mehr sie in diesem Fall erfuhren, desto undurchsichtiger wurde er.

* * *

Gegen fünfzehn Uhr trafen sie wieder im Präsidium ein. In Pönitz' Büro berichteten sie dem Kriminaloberrat vom Gespräch mit Krauskopf. Pönitz war ebenfalls der Meinung, dass sie Krauskopf im Auge behalten und nochmals befragen sollten. Das nächste Mal allerdings in der *Blume* und mit wesentlich höherem Druck.

Pönitz hatte auch neue Nachrichten in petto. Er hatte tatsächlich herausgefunden, wer die Frau gewesen war, die Günter Albrecht damals ins Präsidium nach Flensburg fuhr.

Matthiesen und Paul konnten es kaum glauben, aber Pönitz verfügte über eine Unzahl guter Kontakte. Sein Netzwerk hatte er im Laufe der Jahrzehnte gut ausgesponnen. Er kannte Vertrauenspersonen in sämtlichen Behörden des Landes. Sogar die Kieler Unterwelt war ihm nicht fremd und es gab dort einige Informanten. Pönitz kannte Gott und die Welt, nutzte jede Quelle, jeden Kontaktmann und jede Verbindung. Den Kollegen der K1 war es oft ein Rätsel, ja geradezu ein Mirakel, woher der Kriminaloberrat seine Informationen bekam, aber er bekam sie und das hatte ihnen bereits oft weitergeholfen. Auch diesmal telefonierte er stundenlang herum. Dabei stieß er auf eine Spur und machte die Frau ausfindig.

Die ehemalige Verlobte von Günter Albrecht hieß Wiebke Knoop. Als Albrecht durch den mysteriösen Verkehrsunfall umkam, verschwand Wiebke Knoop plötzlich von der Bildfläche. Sie lebte einige Jahre in Gelsenkirchen. Erst vor etwas über zwei Jahren kam sie zurück in den Norden der Republik. Mittlerweile wohnte sie in Bargteheide und arbeitete dort als Verkäuferin in einem Discounter. Pönitz hatte sogar ihre Adresse herausbekommen.

Da es inzwischen bereits siebzehn Uhr war, nahmen sie sich vor, am nächsten Vormittag nach Bargteheide zu fahren, um Wiebke Knoop einen Besuch abzustatten. Außerdem wollten sie versuchen, Susanne Stromberg in der Neurologie der Universitätsklinik zu besuchen.

Irgendwie wurde dieser Fall immer undurchsichtiger. Wann würden sie einen entscheidenden Hinweis finden, der den Knoten endlich zum Platzen brachte?

Kapitel 20

Als Hinnerk sich auf dem Parkplatz vor der Dienststelle von Jan verabschiedete und in den Wagen einstieg, grübelte er immer noch über den Fall. Der Regen hatte etwas nachgelassen, aber der Wind blies unablässig. Bedrohlich schwarze Wolkenberge türmten sich auf. Wahrscheinlich würde der Sturm den Norden in dieser Nacht nochmals mit ganzer Wucht treffen.

Matthiesens Smartphone klingelte. Er rechnete damit, dass Malin ihn anrief, aber als er aufs Display schaute, erkannte er Kuddels Nummer. Er wunderte sich, denn es kam eigentlich äußerst selten vor, dass der Kumpel seines Vaters anrief.

»Dein Vadder ist völlig verrückt geworden«, erzählte Hollmann, der sich sehr aufgeregt anhörte. »Wenn ich ihn nicht so gut kennen würde, dann könnte ich denken, er will uns verarschen. Aber er ist tatsächlich völlig von Sinnen.«

Hinnerk musste schmunzeln. So atemlos hatte er Kuddel noch niemals zuvor gehört.

»Mensch, Kurt, was ist denn los?«

»Dein Vadder will … er will … er will tatsächlich sein Haus verkaufen und mit Gisela nach Wisconsin in die USA gehen … einfach so … von heute auf morgen.«

»Was?«, schrie Matthiesen in den Hörer. Er konnte nicht glauben, was er gerade hörte.

»Hinnerk, wenn ich es doch sage. Er ist tatsächlich völlig durchgeknallt. Gisela anscheinend auch. Heute Vormittag haben wir noch alle drei zusammen gefrühstückt. Dann sind die beiden fast den ganzen Tag über unterwegs gewesen. Als sie zurückkamen, bin ich zu ihnen in die Küche. Die beiden haben mir von ihrem Plan berichtet. Ich konnte es kaum fassen, aber es ist tatsächlich sein Ernst. Er will in die USA. Ich bin fix und fertig. Das kann doch nicht sein, oder?«

Matthiesen war völlig verwirrt. Konnte nicht glauben, was Kuddel ihm gerade berichtete. Er wusste nicht, ob er einen Wutanfall bekommen, heulen oder lachen sollte.

»Pass auf«, sagte er, »ich bin in einer Dreiviertelstunde bei dir. Ich hole nur schnell Malin aus Preetz ab und komme so schnell wie möglich nach Pohnsdorf.«

Während der Fahrt nach Preetz überschlugen sich seine Gedanken. Alles wirbelte durcheinander. Dörte Knoop, Susanne Stromberg, Willi, Krauskopf, die explodierende Motorjacht, Kuddel, Wisconsin, USA. Hinnerk fühlte sich, als befände er sich in einem schlechten Film.

Als er in Preetz aus dem Wagen stieg, empfing ihn Malin bereits an der Haustür. Aus dem Wohnzimmer krächzte es: »Scheißbulle! Scheißbulle!«, doch er nahm den Kakadu gar nicht wahr. In der Küche erzählte er Malin vom Telefonat mit Kuddel. Sie schüttelte ungläubig den Kopf.

»Kann es sein, dass die Oldies dich verarschen wollen?«

»Ich weiß es nicht. Ich habe Kuddel noch nie so aufgeregt erlebt. Obwohl, zutrauen würde ich es den beiden.«

»Lass uns hinfahren, um der Sache auf den Grund zu gehen«, schlug Malin vor.

»Verschwinde und geh kacken!«, antwortete ein schwarzes Wesen mit gelben Ohrfedern. Malin und Hinnerk mussten lachen. Wie konnte ein Vogel nur so viel dummes Zeug sabbeln?

Als sie in Pohnsdorf parkten, erkannten sie verwundert, dass dort mehrere Autos vor Willis Haus standen. Von dort hallten Stimmengewirr und Musik zu ihnen herüber. Chubby Checker sang *Lets Twist Again.* Hinter ihnen hielt ein weiterer Wagen, aus dem ein älteres Pärchen ausstieg. Hinnerk kannte die beiden, es waren Freunde von Willi aus dem Nachbardorf.

Malin und Hinnerk schauten sich verwundert an.

»Anscheinend steigt hier gerade eine zünftige Oldie-Party. Hinnerk, ich glaube, die beiden Alten haben dich ordentlich veräppelt.«

Sie gingen zum Haus. Dort trällerte inzwischen Elvis Presley seinen Hit *Jailhouse Rock*. Im ausgeräumten Wohnzimmer befanden sich etwa dreißig ältere Leute. Willi unterhielt sich mit einigen von ihnen. Zwei Pärchen tanzten nach der Musik. Auf einem Tisch stand ein Bierfass und einer der Senioren füllte den Gerstensaft in große Humpen. Wahrhaftig, hier fand tatsächlich eine Party statt. Kuddel erblickte Malin und Hinnerk und kam grinsend auf sie zu.

»Wollt ihr etwas trinken?«

Er reichte ihnen zwei Bierkrüge und meinte lächelnd: »Anscheten, Herr Paster! Nichts für ungut, kleiner Ulk zur Feier des Tages.«

Tatsächlich hatten die alten Männer Hinnerk veräppelt. Kurzfristig hatten sie eine Wiedersehensfeier für Gisela organisiert und dazu sämtliche erreichbaren Freunde von damals eingeladen. Seit einigen Stunden trudelten nun immer mehr Mitglieder der Clique ein. Die alten Herrschaften amüsierten sich prima. Willi schlug seinem Sohn freundschaftlich auf die Schulter und drückte ihm lachend eine Bratwurst in die Hand, bevor er wieder tänzelnd in der Menge verschwand.

Hinnerk konnte den Oldies einfach nicht böse sein, er amüsierte sich mittlerweile köstlich über die Situation. Es wurde ein vergnügter Abend und Hinnerk dachte, da solle noch jemand von alten Leuten reden. Quietschfidele Rock-'n'-Roll-Opas und -Omas.

Als er sich mit Malin gegen Mitternacht auf den Heimweg machte, war die Party noch in vollem Gange.

Todmüde fielen sie zu Hause ins Bett. Das Letzte, was Hinnerk hörte, war: »Blödmann!«

Grinsend schlief er ein.

Kapitel 21

Matthiesen und Paul trafen sich am nächsten Morgen im Besprechungsraum. Bei einer Tasse Kaffee aus dem neuen Automaten erzählte Matthiesen, dass die Oldies ihn an der Nase herumgeführt und eine wilde Rock-'n'-Roll-Party gefeiert hatten. Pönitz stieß dazu und die Beamten amüsierten sich köstlich.

Nach ihrem »Klönsnack« fuhren sie nach Bargteheide. Die kleine Stadt lag vor den Toren Hamburgs und gehörte zum sogenannten Speckgürtel der Hansestadt. Sie benötigten circa neunzig Minuten dorthin. Zum Glück ließ der Sturm etwas nach, dafür regnete es nun ununterbrochen.

Wiebke Knoop wohnte in einem Mehrfamilienhaus im Traberstieg. Ihre Wohnung befand sich im dritten Stock, ohne Fahrstuhl. Als Matthiesen an der Haustür klingelte, bellte in der Nachbarwohnung ein Hund. Eine Frauenstimme rief das Tier zur Ordnung. Es wurde sofort ruhig, allerdings hörten sie nun ein Knurren hinter der Tür.

Auch nach mehrmaligem Klingeln öffnete niemand. Matthiesen meinte, dass sie zum Discounter fahren sollten, in dem Wiebke Knoop arbeitete. Als sie die Treppe wieder hinuntergingen, kam ihnen in der ersten Etage eine Frau entgegen. Sie war etwa Mitte vierzig und trug eine Einkaufstasche, aus der zwei Stangen Porree herausragten.

»Frau Knoop?«, fragte Matthiesen.

Die Frau blickte erschrocken auf und schaute die Treppe hinunter. Es sah aus, als suchte sie einen Fluchtweg, fing sich aber schnell wieder und wirkte nun eher kämpferisch.

»Wer will das wissen?«, antwortete sie gereizt.

Jan Paul fischte seinen Dienstausweis aus seiner

Lederjacke und zeigte ihn der Frau. Ihr Gesichtsausdruck entspannte sich.

»Polizei? Was wollen Sie von mir? Ich habe nichts verbrochen und ich zahl auch regelmäßig meine Steuern.« Nun schmunzelte die Frau schelmisch. »Oder seid ihr von der Sitte? Mensch, Jungs, ich geh schon seit zwanzig Jahren nicht mehr auf den Strich. Mich alte Schachtel will doch keiner mehr. Ihr seid spät dran.«

»Könnten wir in Ihrer Wohnung sprechen?«, mischte sich Matthiesen ein, der nun ebenfalls lächelte.

Wiebke Knoop quetschte sich an den beiden Kommissaren vorbei, stieg die Treppen hinauf und schloss ihre Wohnungstür auf. Matthiesen und Paul folgten ihr. Der Hund in der Nachbarwohnung bellte wieder. Wiebke Knoop stellte ihre Einkaufstaschen ab und führte ihre Gäste ins Wohnzimmer. Dort zündete sie sich sofort eine Zigarette an. Die einfach eingerichtete Wohnung wirkte sauber und ordentlich, fast schon ein wenig pedantisch, aber man sah den Einrichtungsgegenständen an, dass Wiebke Knoop nicht viel Geld besaß.

Sie setzten sich an einen Esstisch, auf dem noch die Reste vom Frühstück standen.

»Es geht um Günter? Günter Albrecht, nicht wahr?«, fragte sie, wobei sie Matthiesen fest in die Augen blickte.

Matthiesen nickte. Ihm gefiel die Frau.

»Wir untersuchen einen Fall, in dem es um ein Kapitalverbrechen geht. Dabei sind wir auf den Namen von Günter Albrecht gestoßen. Wir haben ein paar Fragen zu seinem Tod.«

»Ein tragischer Unfall. Jemand hat ihn von der Straße gedrängt und Fahrerflucht begangen«, antwortete sie schnell und zog nervös an ihrer Kippe.

»Offiziell schon«, meinte Paul. »Aber wir vermuten,

dass wesentlich mehr dahintersteckt. Warum sind Sie nach seinem Tod so schnell von der Bildfläche verschwunden und in Gelsenkirchen untergetaucht?«

Wiebke Knoop sah zuerst Jan Paul an, dann Matthiesen.

»Sie wissen gut Bescheid«, sagte sie lächelnd. Gleichzeitig erahnte Matthiesen, dass die Frau ihnen wichtige Informationen geben konnte. »Okay, ich erzähle Ihnen die Geschichte, die zu Günters Tod führte. Ich hoffe, Sie haben etwas Zeit mitgebracht. Möchten Sie einen Kaffee?«

Sie nahmen das Angebot gern an. Wiebke Knoop verschwand in der Küche. Die Männer hörten sie dort hantieren. Aus der Nachbarwohnung vernahmen sie wieder das Bellen. Nach ein paar Minuten kam Wiebke Knoop mit drei Kaffeebechern zurück und stellte sie auf den Tisch. Sie fingerte eine Schachtel aus ihrer Handtasche und steckte sich erneut eine Zigarette an. Matthiesen fiel auf, dass sie filterlose Zigaretten bevorzugte. Eine ziemlich starke Marke, ungewöhnlich für eine Frau. Gleichzeitig bemerkte er, dass die Kuppen von Daumen, Zeige- und Mittelfinger durch das Nikotin gelb-bräunlich verfärbt waren. Sie inhalierte mehrfach tief, bevor sie anfing zu sprechen, dabei bildeten sich kleine Wölkchen vor ihrem Mund.

»Wir waren damals bereits mehrere Jahre zusammen und einige Zeit verlobt. Im Herbst wollten wir heiraten. Günter war Soldat. Wir haben uns im Puff kennengelernt. Ich war seit meinem fünfzehnten Lebensjahr Nutte. Er zog mich quasi aus der ganzen Scheiße heraus und es hat geklappt. Mann, fühlte ich mich damals froh, dass ich den Dreck hinter mir hatte. Günter war der erste richtig nette Typ, nicht so einer, der nur ficken will. Konnte es damals kaum glauben, dass es auch sympathische Männer gab. Aber ich habe mich tatsächlich in ihn verliebt. Er war sowieso bis über beide Ohren in mich verknallt. Günter war ein toller Kerl. Ich vermisse ihn immer noch sehr. Nachdem wir ein paar Jahre verheiratet waren, kam er eines Tages nach Hause und erzählte mir, dass wir bald alle Geldsorgen los wären. Ich war amüsiert und fragte ihn, ob er sechs Richtige im Lotto gewonnen hätte. Viel besser, sagte er. Er hätte von einem Schatz erfahren, den einige Nazis kurz vor Kriegsende versteckt hatten. Dieser Schatz sollte immer noch in diesem Versteck liegen. Ich habe mich zuerst totgelacht, aber schnell wurde mir bewusst, dass Günter es ernst meinte. Ich dachte, ich wäre in einem falschen Film.«

»Hat er Ihnen erzählt, von wem er diese Information hatte?«, unterbrach sie Matthiesen.

Wiebke Knoop schüttelte zuerst den Kopf. Sie starrte an die Wand und überlegte. Es dauerte einige Minuten, sie schien in ihren Gedanken sehr weit weg. Als sie Matthiesen wieder ansah, nickte sie.

»Doch, hat er. Ein Bundeswehrkamerad aus seiner Einheit hat ihm davon erzählt. Er war Panzergrenadier. Hauptfeldwebel. Im nächsten Jahr sollte er zum Spieß der Kompanie ernannt werden.«

»Dieser Kamerad hieß Thomas Fischer?«

Sie sah Matthiesen überrascht an und hob die Augenbrauen.

»Sie wissen, dass er in Flensburg umgebracht worden ist?«, fragte sie. Wieder zündete sie sich eine Zigarette an.

Matthiesen nickte.

»Erzählen Sie ruhig weiter!«

»Schnell wurde mir klar, dass Thomas Fischer Kontakte zu alten Nazi-Veteranen pflegte, darunter auch Angehörige der SS. Alles alte Männer und Ewiggestrige. Aber auch viele Jüngere, die sie in ihren Bann zogen. Unangenehme Zeitgenossen. Fragen Sie mich bitte nicht nach Namen, damit kann ich Ihnen leider nicht dienen. Aber anscheinend erhielt

Thomas Fischer auf einem dieser Veteranentreffen Aufzeichnungen und Dokumente, die zu einem mysteriösen Nazischatz führen sollten. Ich muss dazu sagen, dass ich diesen Thomas überhaupt nicht mochte. Er war ein regelrechter Kotzbrocken. Er trank zu viel und wurde dann ziemlich aggressiv. Aber Günter war ganz vernarrt in die Geschichten, die ihm Fischer erzählte. Ich habe es gehasst, wenn die beiden zusammen waren. Günter kam in der Zeit oft sturzbetrunken nach Hause. Auf jeden Fall haben die beiden in dieser Schatzsache recherchiert. Tatsächlich sind sie fündig geworden. Zum Glück, oder Unglück, je nach dem, hat Günter mir alles erzählt. Durch diese Dokumente erfuhren sie, dass kurz vor Ende des Zweiten Weltkriegs ein mysteriöses Unterseeboot aus dem Kieler Hafen ausgelaufen sein soll. U 796. An Bord befanden sich mehrere Kisten Gold, das die Nazis noch vor Kriegsende aus dem Land herausbringen wollten. Ich denke mal vorsorglich, um nach dem Krieg nicht mittellos dazustehen. Doch die Reise dieses Unterseebootes war anscheinend ziemlich kurz.«

Wiebke Knoop griff erneut zur Zigarettenschachtel. Mittlerweile war dies die vierte Zigarette innerhalb kürzester Zeit. Doch Matthiesen und Paul lauschten interessiert ihren Worten. Tat sich hier endlich eine heiße Spur auf?

»An Bord dieses Schiffes waren auch einige SS-Offiziere, die das Unterseeboot irgendwie in ihre Gewalt brachten. Offenbar war alles nur ein riesengroßer Fake. Man wollte wohl feindliche Spione der Alliierten auf eine falsche Fährte locken. Dieses Unterseeboot muss irgendwo an der Ostseeküste seine wertvolle Fracht wieder ausgeladen haben. Was mit dem Boot passiert ist, weiß ich nicht. Es ist anscheinend völlig von der Bildfläche verschwunden. Auch von der Besatzung ist nie wieder jemand aufgetaucht. Günter hat angenommen, dass sie alle gekillt wurden.«

»Und das Gold? Diese Goldkisten? Wissen Sie, wo die abgeblieben sind?«, fragte Jan Paul.

»Etwas mehr Geduld, Jungelchen, dazu komme ich gleich«, erwiderte Wiebke Knoop grinsend und zündete sich eine Zigarette an.

»Aus diesen Unterlagen ging hervor, dass eine Einheit der Waffen-SS das Gold unter sich aufgeteilt hat. Es handelte sich wohl um circa fünfzig Kisten. Fünf davon sind gleich nach dem Entladen vom U-Boot spurlos verschwunden. Desgleichen auch mehrere Lkw-Ladungen. Aber über den Verbleib einiger Kisten gab es eine Aufzeichnung. Diese Kisten sollen nach Preetz gebracht worden sein.«

»Nach Preetz?«, entfuhr es Matthiesen. »Sie meinen Preetz in Holstein?«

Matthiesen konnte kaum glauben, was er da gerade hörte. Wiebke Knoop lachte amüsiert auf.

»Ja, tatsächlich. Günter meinte, dass das so in den Unterlagen stand.«

»Wissen Sie auch, wohin man diese Fracht dort gebracht hat?«

»In der Tat, das weiß ich. Einige dieser SS-Leute haben die Goldkisten dort in einem alten Bunker versteckt. Doch durch die Wirren bei Kriegsende hat anscheinend keiner dieser Offiziere überlebt. Bei Bombenangriffen umgekommen, kurz nach dem Krieg von den Engländern hingerichtet oder einfach verschollen. Dieser Goldschatz soll immer noch in dem Bunker liegen. Günter meinte, dass diese Kisten dort in einem kleinen Nebenraum eingemauert wurden. Bisher hat noch niemand davon erfahren und der Schatz liegt höchstwahrscheinlich immer noch dort.«

»Ich bin in der Gegend aufgewachsen, aber ich habe noch niemals zuvor von so einem Bunker in Preetz gehört«, meinte Matthiesen. »Wo soll sich denn dieser ominöse Bunker befinden?«

»Das kann ich Ihnen nicht sagen, aber ich weiß, dass es damals einen weiteren Bahnhof etwas außerhalb von Preetz gab. Außerdem sprach Günter einmal von einem Lazarett und von so etwas Ähnlichem wie einer Artillerieschule der Reichsmarine.«

Die Kommissare warfen sich einen schnellen Blick zu. Sie mussten jemanden in Preetz ausfindig machen, der sich mit der jüngeren Geschichte der Schusterstadt auskannte, und diese Spur verfolgen.

»Wissen Sie, warum Thomas Fischer umgebracht wurde?«

»Ich weiß von Günter, dass Thomas sich mit jemandem in Flensburg treffen wollte, um mit dem über den Schatz zu reden. Bitte lachen Sie mich nicht aus, aber Günter meinte, dass dieser Mann sich ›Indianer‹ nannte. Merkwürdig, oder? Dieser Indianer besaß anscheinend Informationen, wo sich weitere Kisten des Schatzes befanden, aber wie Sie ja wissen, hat man Thomas Fischer kurze Zeit später tot im Hafen gefunden. Vielleicht hat dieser Indianer ihn umgelegt? Günter war total fertig. Er hatte Angst und fing in dieser Zeit an, starke Beruhigungsmittel zu nehmen. Zudem hat er gesoffen wie ein Loch. Ein bis zwei Flaschen Whisky am Tag und dann noch die ganzen Tabletten. Eines Tages wollte er in seinem Rausch unbedingt zur Kripo nach Flensburg. Ich habe ihn dorthin gefahren. Allerdings kam er völlig verwirrt von dort zurück. Nur wenige Tage später war auch Günter tot. Die Polizei meinte, es sei ein tragischer Verkehrsunfall mit Fahrerflucht gewesen, aber ich bin mir hundertprozentig sicher, dass es Mord war. Ich hatte damals große Angst, dass man auch mir etwas antun würde. Deshalb bin ich zu meiner Cousine nach Gelsenkirchen gezogen. Aber ich bin und bleibe ein Nordlicht. So kam ich also zurück. Aber anscheinend ist doch nicht so viel Gras über die Sache gewachsen, wie ich dachte.«

Matthiesen überlegte. Dieser Fall wurde immer suspekter, aber er spürte, dass langsam ein kleines Licht am Horizont aufflackerte. Er konnte sich nur noch keinen Reim auf alles machen, doch das Gespräch mit Wiebke Knoop war sehr informativ gewesen. Er hoffte, dass der Nebel sich bald legen würde.

Der Aschenbecher auf dem Tisch füllte sich immer mehr. Matthiesen rauchte bereits seit einigen Jahren nicht mehr. Er war froh darüber, dass er dieses Laster aufgegeben hatte.

Als sie Wiebke Knoop verließen, bellte der Hund in der Nachbarwohnung erneut. Der Regen hatte aufgehört.

Auf der Rückfahrt nach Kiel blinkten sogar einige Sonnenstrahlen durch die schwarze Wolkendecke. Die Zeit bei Wiebke Knoop war wie im Flug vergangen. Hinnerk und Jan sprachen über diesen mysteriösen Schatz. Ob er wirklich noch in diesem Bunker lag? Konnte ihnen diese Spur weiterhelfen? Sie mussten ebenso recherchieren, was mit U 796 geschah. Wer war dieser geheimnisvolle Indianer? Konnte das der Mörder von Thomas Fischer gewesen sein, und vielleicht auch der von den Strombergs?

Indianer? Matthiesen musste unwillkürlich an Winnetou denken.

In Kiel stoppten sie erneut in der Schönberger Straße. Auch heute würde es Currywurst Pommes geben, zur Abwechslung diesmal mit Mayonnaise.

Die Männer konnten es immer noch nicht fassen, dass sie sich nach so langer Zeit zufällig begegneten. Beide waren davon überzeugt gewesen, dass der jeweils andere nicht mehr lebte. Unfassbar.

Mittlerweile war auch Heidemarie Lüdders mit der kleinen Traute hinter der Nikolaikirche angekommen. Aus den Erzählungen ihres Mannes wusste sie sofort, wer Klaus Brodersen war. Sie freute sich sehr, ihn kennenzulernen.

Gemeinsam machten sie sich auf den Weg zurück zum Alten Markt. Sie suchten eine Gaststätte und fanden schnell einen Tisch im *Café Fiedler* in der Holstenstraße. Dort setzten sie sich in eine ruhige, abgeschiedene Ecke. Aus einem Lautsprecher dudelte Caterina Valentes »Ganz Paris träumt von der Liebe«. Draußen hörte man alle paar Minuten die Straßenbahn vorbeirumpeln. Die Kinder freuten sich über einen gigantischen Eisbecher mit Schlagsahne, den Brodersen ihnen spendierte. Die Erwachsenen tranken schwarzen Bohnenkaffee.

»Es ist ein Wunder, dass du lebst«, sagte Klaus Brodersen zum zigsten Mal.

»Ja, dass wir beide leben, ist ein Wunder. Als ich dich gerade auf der Straße erkannte, dachte ich, mich trifft der Schlag. Ich habe gedacht, du wärst tot«, erwiderte Lüdders.

Er wollte damit beginnen, Brodersen seine Geschichte zu erzählen, doch die Kinder fingen an zu nörgeln, denn der Eisbecher war ausgelöffelt. Also verabredeten die Männer, dass Klaus Brodersen mit in die Probstei kommen sollte. Ferdinand und Heidemarie Lüdders luden ihn zum Essen ein. Er sagte sofort zu.

Brodersen fuhr einen schwarzen VW Käfer und folgte den Lüdders Richtung Osten zu ihrem Bauernhof. Sie schafften die Strecke in vierzig Minuten.

Brodersen zeigte sich beeindruckt vom schönen Bauernhof.

Heidemarie begann das Essen vorzubereiten. Die beiden Männer gingen am Waldrand spazieren. Sie konnten es immer noch nicht fassen, dass sie sich wiedergefunden hatten.

Nun erzählte Lüdders seinem Gast, was damals vorgefallen war, verheimlichte aber, dass er die Goldkisten geborgen hatte. Er log und erzählte nur, dass die Kisten verschwunden waren. Dass Johann von Stackeldorf die Identität von Ferdinand Lüdders angenommen hatte, konnte Brodersen gut verstehen. Er lauschte gespannt dem Bericht seines ehemaligen Kriegskameraden.

Sie ließen sich auf einem umgestürzten Baumstumpf nieder. Der Wind rauschte in den Wipfeln der Bäume. Nachdem Lüdders seine Geschichte beendet hatte, begann der ehemalige Oberleutnant zu erzählen.

Er berichtete, dass eine halbe Stunde, nachdem die Lastkraftwagen weggefahren waren, ein Fahrzeug zurückkam. Brodersen stand auf der Brücke und konnte in der dämmrigen Nacht erkennen, dass etwas auf die Motorboote verladen wurde und diese sich auf den Weg zum U-Boot machten. Er dachte, die Matrosen vom Unterseeboot kämen zurück, aber er hatte sich getäuscht. Es waren der Hauptsturmführer Lehmann und vier weitere Männer in SS-Uniformen. Nachdem sie auf den Turm von U 796 geklettert waren, erschoss Lehmann ohne Vorwarnung die beiden Marinesoldaten, die sich auf dem Turm befanden, und hielt Brodersen die Pistole an den Kopf, der sich bereits tot neben seinen Kameraden sah.

Hauptsturmführer Lehmann entpuppte sich als eiskaltes Schwein. Ein brutaler Mörder. Seine Helfershelfer schafften die Leichen der beiden erschossenen Soldaten auf eines der Motorboote und legten sie aufs Vordeck. Danach schlugen sie Löcher in die Rümpfe der kleinen Boote und versenkten sie.

Die SS-Männer brachten U 796 schnell in ihre Gewalt. Sie zwangen die Besatzung, das Unterseeboot Richtung Norden, auf die offene See zu steuern. Brodersen versuchte mehrfach zu erfahren, was Lehmann plante, bekam aber nur ein diabolisches Grinsen zur Antwort.

Als die Morgendämmerung des neuen Tages anbrach, befanden sie sich fünfzehn Seemeilen auf der Ostsee. Leichter Seenebel lag über dem ruhigen Meer. Kein Land mehr in Sicht. Ein vor Rost strotzendes Küstenschutzboot der Kriegsmarine bewegte sich auf sie zu. Wie aus dem Nichts war es aus dem Nebel aufgetaucht.

U 796 musste die Dieselmotoren stoppen. Das fünfundzwanzig Meter lange Küstenschutzboot kam schnell auf sie zu. Auf dem Vordeck zielte ein 40-mm-Doppelgeschütz bedrohlich in ihre Richtung. Das graue Schiff verlangsamte die Fahrt. Kurze Zeit später lag es längsseits. Die SS-Männer kletterten die Jakobsleiter hinauf auf das andere Schiff. Hauptsturmführer Lehmann wechselte als Letzter hinüber, grinste Brodersen an und wünschte ihm sowie der Mannschaft noch einen schönen Tag.

Dem Oberleutnant wurde mit einem Mal bewusst, was nun geschehen würde. Alle Zeugen sollten beseitigt werden. Das Doppelgeschütz sollte ihnen den Garaus machen. Da U 796 kein Jagd-U-Boot war, sondern ein Minenleger, besaß es zum Eigenschutz über Wasser nur eine 2-cm-Flugabwehrkanone auf dem Turm. Der Mannschaft blieb nicht die geringste Chance, sich zu wehren, denn bis sie die Kanone bestückt hatten, würden ihnen bereits tödliche 40-mm-Granaten um die Ohren fliegen.

Das Küstenschutzboot entfernte sich bis auf achtzig Meter. Panik ergriff Brodersen. Er schrie, dass alle Männer so schnell wie möglich aus dem Inneren des Bootes herauskommen sollten. Bloß raus aus dem eisernen Sarg. Draußen gab es vielleicht noch eine kleine Möglichkeit zu überleben.

Ein Wummern erschallte und die ersten Granaten schlugen auf dem Vordeck ein. Noch ein Wummern und ein Stück vom Schanzkleid wurde krachend herausgerissen.

Plötzlich donnerten noch weitere Geräusche durch die Luft. Hercules-Doppelsternmotoren. Voller Entsetzen erblickte Oberleutnant Brodersen jetzt zwei britische Langstrecken-Jagdflugzeuge. Es waren Bristol Beaufigther TF MkX. Sie tauchten auf wie Gespenster. Im gleichen Moment schoss ein gewaltiger Lichtblitz empor. Das Küstenmotorboot explodierte durch den Volltreffer einer Bombe. Innerhalb von wenigen Minuten verschwand es in den Fluten.

Das zweite Jagdflugzeug flog eine Kehrtwende und raste auf U 796 zu. Brodersen konnte sehen, wie sich ein Torpedo unter dem Rumpf der Bristol Beaufighters löste, in die Ostsee eintauchte und auf das Unterseeboot zuraste. Er konnte sich noch daran erinnern, dass er irgendetwas brüllte. Eine brutale Druckwelle riss ihn von den Beinen und schleuderte ihn über das zerrissene Schanzkleid. Wahnsinnige Schmerzen durchfuhren seinen Körper, dann wurde alles schwarz um ihn herum.

Jemand rief. Eine Kinderstimme. Der kleine Manfred sollte die Männer zum Essen holen. Sie gingen zurück zum Bauernhof und nahmen in der gemütlichen Küche Platz. Heidemarie hatte Kartoffeln gekocht. Dazu gab es Bratwurst und eingeweckte grüne Bohnen. Es schmeckte ausgesprochen gut.

Nachdem sie gegessen hatten, gingen sie ins Wohnzimmer. Die Männer zündeten sich Zigaretten an, schenkten sich einen Weinbrand ein und Brodersen erzählte weiter.

Als er aufwachte, schwamm er im Meer. Anscheinend hatte er es irgendwie geschafft, an eine Schwimmweste zu kommen, die ihn an der Wasseroberfläche hielt. Aber es war kalt. Bitter kalt. Wenn nicht ein Wunder geschah, würde er in kürzester Zeit vor Erschöpfung und Kälte sterben. Zudem klaffte eine große Wunde an seiner Schulter, die aber nicht mehr blutete.

U 796 konnte er nirgends sehen. Nur diverse Trümmerteile dümpelten um ihn herum. Eine schillernde Öllache trieb auf der Wasseroberfläche, in der eine Schirmmütze der Kriegsmarine schwamm.

War er der einzige Überlebende?

Er erinnerte sich daran, dass es nur wenige Männer schafften, aus dem Unterseeboot herauszukommen. Trauer und Verzweiflung erfassten ihn.

Ist das hier das Ende? Sterbe ich?

Irgendwann tauchte eine graue Wand neben ihm auf. Jemand schrie. Es waren Rufe. Eine Stimme rief etwas auf Englisch. Brodersen spürte, wie ihn Hände packten und emporzogen. Als er zu sich kam, blickte er in die Gesichter von Männern. Sie trugen britische Marineuniformen. Einer der Männer sagte grinsend: »Welcome on Bord, Kraut.«

Der aufmerksame Wachoffizier eines britischen Zerstörers der Hunt-Klasse, die *HMS Lobster,* rettete ihm das Leben. Zufällig sah er ihn im Meer treiben.

Brodersen war der einzige Überlebende von U 796. Alle Männer des Unterseebootes waren bei dem Angriff umgekommen. Auch auf dem Küstenschutzboot hatte niemand überlebt. Ihre Leichen wurden nie gefunden. Sie lagen alle in Neptuns Reich auf dem Grund des Baltischen Meeres.

Die Briten behandelten den Oberleutnant gut. Er verbrachte ein Jahr in Kriegsgefangenschaft in Wales. 1946 kehrte er nach Deutschland zurück.

Nach langer Suche mithilfe des Deutschen Roten Kreuzes fand er die Spur seiner Familie. Nur seine Mutter hatte die Flucht aus Danzig überlebt. Sie schlug sich aus dem Osten nach Hannover durch. Dort arbeitete sie inzwischen als Sekretärin und lebte in einer kleinen Wohnung. Brodersen zog zu ihr. Er beendete sein Ingenieurs-Studium an der Leibniz-Universität in Hannover. Bedingt durch den Krieg hatte er sein Studium an der Technischen Universität in Danzig 1940 abgebrochen und war zur Kriegsmarine gegangen. Er heiratete und war inzwischen Vater eines dreijährigen Mädchens. Brodersen lebte und arbeitete als Ingenieur bei Volkswagen in Wolfsburg.

Weil er einen Gastvortrag an der Christian-Albrechts-Universität hielt, war er nach Kiel gekommen. Dass er seinen totgeglaubten Kriegskameraden hier treffen würde, daran hätte er im Traum nicht gedacht.

An diesem Abend sprachen sie auch über die SS-Männer, die sich damals an Bord von U 796 befunden hatten. Die meisten dieser Leute waren bei dem Angriff der britischen Jagdflugzeuge umgekommen. Nur dieser Obersturmführer Friedrich Stramm und ein weiterer junger SS-Offizier blieben an Land. Von beiden wurde nie wieder etwas gehört. Sie blieben verschwunden und kamen wahrscheinlich in den Wirren der letzten Kriegstage um. Brodersen bestätigte, dass es eine gute Idee gewesen sei, eine andere Identität anzunehmen. Falls diese Bestien tatsächlich noch lebten, war es besser, alle Spuren zu beseitigen.

Diese Aussage stürzte Ferdinand Lüdders in eine tiefe Nachdenklichkeit. Dieses verdammte Gold … dieses verfluchte Nazigold. Er nahm sich vor, diese fünf Kisten, die immer noch unter seiner Scheune schlummerten, endgültig verschwinden zu lassen. An diesem Gold klebte so viel Blut und er wollte, dass nicht noch weiteres dazu kam.

Kapitel 22

Nach einer ausgiebigen Mahlzeit und mehreren Tassen Kaffee fuhren sie zurück zum Präsidium. Matthiesen dachte an Malin, die schon seit einiger Zeit vegetarisch lebte. Auch er spielte mit dem Gedanken, aß aber für sein Leben gern Fleisch und fand einfach nicht den Absprung.

Von Miriam Schrader erfuhren sie, dass Pönitz kurzzeitig außer Haus sei. Er wollte ein Geschenk für den Geburtstag seiner Frau am nächsten Tag besorgen.

Als die beiden Männer in den Besprechungsraum gingen, um sich Kaffee zu besorgen, kam der Kriminaloberrat ihnen auf dem Flur entgegen. Er lächelte gut gelaunt. Miriam Schrader hatte ihnen bereits erzählt, dass Dörte Bullhaupt heute den ganzen Tag über in Hamburg auf einem Kongress weilte. Vielleicht war seine Laune deswegen so gut. Sie gingen gemeinsam in den Besprechungsraum. Matthiesen berichtete über Wiebke Knoop. Wie immer hörte der Kriminaloberrat interessiert zu und faltete seine Hände zur Raute.

Pönitz meinte, dass er nach diesem mysteriösen Unterseeboot recherchierte. Er kannte einen Marinehistoriker, den er dazu befragen wollte. Wieder einmal einer seiner vielen Kontakte. Zudem glaubte er, dass man dazu auch im Internet Informationen finden könnte. Pönitz suchte auch jemanden, der sich mit der Preetzer Geschichte auskannte und etwas über diesen Bunker wusste. Matthiesen und Paul waren sich sicher, dass die Verbindungen des Kriminaloberrats ihnen helfen würden.

Sie selbst machten sich auf den Weg zum Universitätskrankenhaus und erreichten nach wenigen Minuten das *Zentrum für Integrative Psychiatrie*, das sich im Niemannsweg befand. Die Parkplatzsuche stellte sich als heikel heraus.

Es dauerte eine Viertelstunde, bis sie endlich einen Platz in einer Nebenstraße fanden, allerdings im Halteverbot. Jan Paul meinte grinsend, dies wäre egal, sie seien schließlich Polizisten und im Dienst.

Im Klinikgebäude mussten sie an mehreren Stellen fragen, bevor sie endlich die Station fanden, auf der sich Susanne Stromberg aufhielt.

Zuerst wurden sie von einer ziemlich unfreundlichen Stationsschwester begrüßt, die meinte, dass es absolut keine Chance gab, eine Patientin zu sprechen, die sich im akuten Entzug befand. Matthiesen musste seinen ganzen Charme spielen lassen. Er schilderte der Krankenschwester die Dringlichkeit in dieser Angelegenheit, da es sich um eine Ermittlung in einem Mordfall handelte. Die grimmige Schwester gab achselzuckend nach. Sie rief den Oberarzt an, der wenige Minuten später zu ihnen kam.

Matthiesen erklärte dem Mediziner ihr Anliegen. Oberarzt Dr. Klugmann entpuppte sich als freundlich und kooperativ. Die Kommissare blickten sich an und mussten unwillkürlich über den Psychiater schmunzeln. Wie fast immer verstanden sich die beiden nonverbal.

Dr. Klugmann ähnelte dem Schauspieler Peter Falk in seiner Paraderolle als Inspektor Columbo, besaß sogar den gleichen Silberblick. Der Psychiater meinte, dass es Susanne Stromberg zwar nicht gut ginge, ihr Zustand sei aber einigermaßen stabil. Deshalb erlaubte er ein kurzes Gespräch, wollte dabei aber anwesend sein. Matthiesen und Paul willigten zähneknirschend ein. Der Mediziner verschwand und die Kommissare warteten. Nach zehn Minuten kam die griesgrämige Krankenschwester hinein. Wortlos knallte sie zwei Becher Kaffee auf den Tisch und verschwand wieder.

Es dauerte weitere fünfzehn Minuten, bis Dr. Klugmann

mit seiner Patientin zurückkam. Susanne Stromberg sah aus wie der Tod. Ihre Gesichtsfarbe war aschfahl, die Haare zerzaust und Matthiesen bemerkte einen extremen Tremor an ihren Händen. Aber sie wirkte gefasst. Dr. Klugmann und Susanne Stromberg setzten sich. Als Hinnerk ihr in die Augen blickte, sah er, dass sie ihn erkannte. Sie lächelte.

»Ich danke Ihnen, dass Sie mich aus dieser misslichen Situation herausgeholt haben«, sagte sie leise.

»Können Sie sich daran erinnern, was wir Ihnen vorgestern erzählt haben?«, fragte Matthiesen.

Stromberg nickte. Ihre Hände begannen noch mehr zu zittern.

»Sie haben mir vom Tod meines Vaters und Bruders erzählt. Sie sind beide ermordet worden.«

Matthiesen erzählte ihr nochmals die Zusammenhänge. Sie hörte schweigend zu und starrte dabei aus dem Fenster. Tränen liefen ihr übers Gesicht. Dr. Klugmann kramte in seinem Kittel und reichte ihr ein Papiertaschentuch. Gleichzeitig signalisierte er Matthiesen weiterzumachen.

»Können Sie sich vorstellen, wer Ihren Vater und Bruder ermordet haben könnte? Hatten sie Feinde?«

Sie schüttelte den Kopf und schniefte in das Taschentuch.

»Nein! Aber ich habe beide schon lange nicht mehr gesehen. Wir haben uns nicht gut verstanden. Mit meinem Bruder habe ich gelegentlich telefoniert, aber meinen Vater …«

Sie stockte und wischte sich mit dem Taschentuch über die Augen. Ihr Blick fiel auf Dr. Klugmann, doch der nickte ihr aufmunternd zu.

»Mein Vater war ein Schwein. Als ich achtzehn wurde, bin ich sofort zu Hause ausgezogen. Ich habe es einfach nicht mehr ausgehalten, diesen Mann ertragen zu müssen.«

Hinnerk fiel es schwer, die nächste Frage zu stellen, aber er musste es tun.

»Hat sich Ihr Vater an Ihnen vergangen?«

Sie schnäuzte in ihr Taschentuch. Erneut schaute sie zu Dr. Klugmann.

»Darf ich eine Zigarette rauchen?«, fragte sie.

Der Psychiater nickte, griff in seinen Kittel und holte eine Schachtel hervor. Mit zittrigen Fingern zündete Susanne Stromberg sich eine Zigarette an und inhalierte tief.

»Er hat damit angefangen, als ich etwa zehn Jahre alt war. Immer wenn meine Mutter aus dem Haus ging, kam er zu mir ins Kinderzimmer und …«

Sie zog nochmals an der Zigarette, hustete und drückte die Kippe in einen Aschenbecher.

»War Ihr Bruder Victor auch von diesen Übergriffen betroffen?«

»Nein. Victor war sein Prinz. Dem wurde jeder Wunsch erfüllt. Mein Vater und Victor haben sich immer gut verstanden. Aber für mich war es die Hölle. Nach meinem Auszug habe ich mich gelegentlich heimlich mit meiner Mutter getroffen. Sie hat mir dann erzählt, dass es immer häufiger vorkam, dass er sie schlug. Ich kann nicht verstehen, dass sie so lange bei ihm geblieben ist. Unvorstellbar. Sie können sich nicht vorstellen, wie sehr mein Vater sich verstellen konnte. Nach außen hin und bei der Bundeswehr der absolute Gentleman, ein Vorzeige-Offizier. Aber zu Hause hat er sein wahres Gesicht gezeigt. Ich muss gestehen, ich bin nicht sehr traurig darüber, dass er tot ist. Aber dass mein Bruder ebenfalls ermordet wurde, das schockiert mich bis ins Mark. Wer macht so etwas, und warum?«

»Das versuchen wir herauszufinden«, antwortete Matthiesen. »Können Sie sich vorstellen, dass Ihr Vater oder Victor Feinde hatten?«

»Ich kann Ihnen darauf keine Antwort geben …«

Mitten im Satz brach sie ab und krümmte sich unter Bauchkrämpfen. Dr. Klugmann sah Matthiesen an.

»Ich glaube, es ist besser, wenn wir das Gespräch nun abbrechen. Der Entzug!«

Matthiesen nickte, fragte Susanne Stromberg, ob er noch eine letzte Frage stellen dürfte. Die Frau nickte. Ihre Haltung entspannte sich etwas.

»Hat Ihr Bruder einmal etwas von einem geheimen Nazischatz erwähnt?«

Susanne Stromberg schaute ihn überrascht an.

»Von so einem Blödsinn habe ich wirklich noch niemals etwas gehört«, sagte sie. Dann krümmte sie sich erneut und Dr. Klugmann brach das Gespräch vollends ab. Sie verabschiedeten sich voneinander. Die Kommissare wünschten ihr noch gute Besserung und reichten ihr eine Visitenkarte.

Auf dem Weg zum Parkplatz unterhielten sie sich kurz über das Gespräch. Beide waren sich darüber einig, dass sie jede Art von Kindesmissbrauch verabscheuten.

Matthiesen dachte nach. Jörg Stromberg war anscheinend ein Mann mit zwei Gesichtern gewesen. Eines, das ihn nach außen hin als korrekten Familienvater und Offizier aussehen ließ. Das andere zeigte er, wenn er seine pädophilen Neigungen an seiner Tochter ausließ. Was für ein krankes Hirn. Hinnerk konnte sich, trotz der Tragik der Familiengeschichte, nicht vorstellen, dass Susanne Stromberg die beiden ermordet hatte. Sie tat ihm sogar unendlich leid.

Hinter diesen Morden musste etwas anderes stecken. Die Geschichte mit dem Gold ging ihm nicht aus dem Kopf. Habgier war ein großer Motor, und es gab wahrscheinlich etliche Menschen, die für mehrere Kisten Gold töten würden.

Als sie in ihren Wagen einstiegen, bemerkten sie einen Zettel an der Windschutzscheibe. Sie standen im Halteverbot und hatten ein »Ticket« bekommen. Jan fluchte.

Matthiesens Smartphone klingelte. Chef Pönitz rief an, denn er hatte interessante Neuigkeiten zum Verbleib von U 796.

Pönitz erwartete sie bereits im Besprechungsraum der *Blume*. Auf dem Tisch standen drei Becher Kaffee. Außerdem ein Pappteller mit Apfeltaschen und Berlinern, zu denen der Kriminaloberrat sie einlud. Während sie aßen, berichtete Matthiesen von ihrem Gespräch mit Susanne Stromberg. Pönitz zeigte sich betroffen über die Familientragödie. Doch sie mussten vorankommen und er meinte, dass sie Oberleutnant Krauskopf nochmals gehörig auf den Zahn fühlen sollten. Dessen Verhalten missfiel nicht nur dem Kriminaloberrat. Sie hielten ihn mittlerweile für einen der Hauptverdächtigen, auch wenn er durch seinen Dänemarkurlaub ein Alibi besaß.

Nun berichtete Pönitz von den Ergebnissen seiner Ermittlungen. Zuerst hatte er nach dem Verbleib von U 796 geforscht. Sein Bekannter, ein Marinehistoriker aus dem Kieler Seefahrtsmuseum, erklärte, dass laut offiziellen Berichten das Unterseeboot im Frühjahr 1945 den Kieler Hafen verließ. Zwei Tage später sei es in der norwegischen Hafenstadt Kristiansand, die damals noch unter deutscher Besatzung stand, eingetroffen. Nur wenige Stunden später sei U 796 wieder aus dem Hafen ausgelaufen. Ziel: unbekannt. Man hatte nie wieder etwas von dem Boot und seiner Mannschaft gehört. Vermutlich sei es auf dem Nordatlantik angegriffen und versenkt worden.

Pönitz meinte, dass sein Freund die ganze Sache merkwürdig fand, denn anscheinend seien viele der

Dokumente nur unvollständig gewesen oder auf mysteriöse Weise verschwunden. Auch im Internet fand Pönitz keine weiteren Informationen über den Verbleib des Bootes. Wie so vieles in diesem Fall ein weiteres Rätsel.

Pönitz trank seinen letzten Schluck Kaffee.

»Ich habe aber noch eine gute Neuigkeit. Ich habe jemanden gefunden, der sich in der Preetzer Geschichte gut auskennt und uns Auskunft über diesen Bunker geben kann. Sie kennen diesen Preetzer Historiker sogar. Soweit ich weiß, ist es ein Nachbar von Ihnen, Herr Matthiesen«, sagte Pönitz.

Hinnerk blickte überrascht auf und zog fragend die Augenbrauen nach oben. »Und wer soll das sein?«, fragte er.

»Pastor Pieper.«

Matthiesen kannte ihn als netten Nachbarn. Familie Pieper wohnte nur wenige Häuser neben ihm. Hinnerk hatte den in ganz Preetz beliebten Geistlichen bereits ein paar Mal in einem Gottesdienst erlebt und es kam gelegentlich vor, dass die beiden über den Gartenzaun hinweg miteinander klönten. Er mochte Pastor Pieper und musste jedes Mal schmunzeln, wenn er sah, wie dieser auf seinem Motorroller durch Preetz zu seinen Schäfchen fuhr und sein roter Schal dabei hinter ihm her flatterte. Irgendwie erinnerte er ihn ein wenig an Don Camillo.

»Pastor Pieper ist anscheinend leidenschaftlicher Hobbyhistoriker. Er kennt sich in der Preetzer Geschichte gut aus. Besonders in seinem eigenen Bezirk, im Süden von Preetz, dort wo Sie ebenfalls wohnen. Ich habe vorhin mit ihm telefoniert. Ein äußerst sympathischer Zeitgenosse. Und nun kommt das Beste. Diesen ominösen Bunker gibt es tatsächlich. Leider hatte Pastor Pieper heute und am Wochenende viel zu tun«, sagte Pönitz mit leichtem

Bedauern. »Aber wir sind am Montagvormittag mit ihm verabredet. Er wird uns alles Wissenswerte über diesen Bunker erzählen. Wir werden mit ihm zusammen eine kleine Exkursion unternehmen. Ich bin sehr gespannt.«

Matthiesen und Paul konnten kaum fassen, was Pönitz ihnen mitteilte. Auch sie waren sehr gespannt darauf, was es mit diesem Nazi-Bunker auf sich hatte.

Konnte es sein, dass sich das versteckte Gold dort immer noch befand?

Kapitel 23

Den Abend verbrachten Matthiesen und Malin zu Hause und sie gingen früh ins Bett. Hinnerk träumte davon, dass er zusammen mit seinem Vater und Kuddel auf der Ostsee segelte. Immer wieder tauchte eine blaue Motorjacht auf. Das Schiff wollte ihr kleines Boot rammen, doch Willi, der an der Pinne saß, konnte dem Angreifer immer wieder geschickt ausweichen. Plötzlich explodierte die Jacht in einem Feuerball und versank im Meer. Es wurde jedoch immer schlimmer, ein gewaltiger Sturm zog auf. Die Wellen türmten sich haushoch und die Brecher krachten ununterbrochen auf das Boot. Kuddel schöpfte Wasser, aber ihr kleiner Segler drohte zu kentern. Willi fluchte ununterbrochen. Plötzlich fing jemand an zu schreien: »Alarm! Alarm! Aaaaalllaaaaarrrrmmmmmm!«

Hinnerk wachte auf. Im Halbschlaf hörte er Schreie. Monsieur Tourette. Der Kakadu rief: »Alarm! All Hands on Deck! Ihr verfluchten Landratten! Alarm! All Hands on Deck! Ring Ring! Kirrrrikirrrrr!«

Noch etwas drang an Hinnerks Ohr. Das Telefon klingelte. Mit einem Mal war er hellwach und schaute auf den Wecker. 2.48 Uhr. Sofort sprang er aus dem Bett. Wenn nachts das Telefon klingelte, konnte es eigentlich nur dienstlich sein.

»Matthiesen.«

»Hier ist Wiebke Knoop.«

Sie klang sehr aufgeregt. Außerdem vernahm er noch etwas in ihrer Stimme. Angst. Panische Angst.

»Jemand ist hinter mir her«, flüsterte sie. »Ich fürchte mich zu Tode und weiß nicht, an wen ich mich wenden soll.«

»Was ist los? Was kann ich für Sie tun?«, fragte er besorgt.

Im Hintergrund kreischte Monsieur Tourette ununterbrochen: »Alarm! Alarm! All Hands on Deck. Stuurrrrrmfahrt!« Hinnerk ging in die Küche, um von dort aus in Ruhe zu telefonieren, und schloss die Tür.

»Als ich heute Abend von der Arbeit nach Hause kam, habe ich bemerkt, dass jemand in meiner Wohnung gewesen sein musste. Die Tür war nur einmal abgeschlossen. Ich drehe den Schlüssel aber immer zweimal herum. Auch waren in der Wohnung einige Dinge verändert. Ich musste sofort an Günters merkwürdigen Tod denken, bekam Angst und wollte nur noch raus aus der Wohnung. Ich nahm meine Handtasche und ging zur Treppe, da hörte ich, dass zwei Männer heraufkamen. Ich schlich eine Etage höher und bekam mit, wie diese Typen erneut in meine Wohnung eindrangen. Als sie drin waren, habe ich meine Schuhe ausgezogen und bin leise die Treppe runter. Draußen habe ich mir das erstbeste Taxi geschnappt und bin nach Hamburg gefahren. In meiner Panik wusste ich nicht wohin. Dann sind Sie mir eingefallen ...«

»Wo sind Sie jetzt?«, unterbrach Matthiesen.

»Auf dem Kieler Hauptbahnhof.«

»In Kiel?«, fragte er verwundert.

»Ich bin von Hamburg aus mit dem Zug nach Kiel gefahren. Ich weiß auch nicht, warum. Aber in meiner Panik erschien es mir am besten, nach Kiel zu fahren. Bitte helfen Sie mir, ich habe solche Angst.«

»Haben Sie noch irgendetwas von diesen Männern gesehen? Wurden Sie verfolgt?«

»Nein! Ich glaube nicht.«

»Okay, ich komme so schnell wie möglich zu Ihnen. Gehen Sie zur Dienststelle der Bundespolizei, die Beamten helfen Ihnen. Die Wache ist auf dem Bahnhof.«

»Nein, ich vertraue nur Ihnen. Ich warte. Bitte ...« Ihre Stimme klang verzweifelt.

Matthiesen fluchte. Er konnte die Frau auf gar keinen Fall allein lassen.

»Ich bin so schnell wie möglich bei Ihnen.«

»Danke.«

Während Hinnerk sich anzog, versuchte er seine Gedanken zu ordnen. Monsieur Tourette hatte seinen Alarm überraschenderweise beendet. Das Tier gackerte leise, wie ein Huhn, steckte seinen Kopf ins Gefieder und schlief. Er hatte seine Schuldigkeit getan und alle alarmiert.

Malin kam ihm entgegen und gähnte. Hinnerk erklärte ihr kurz, worum es ging. Sie meinte besorgt, dass er Jan Paul und Pönitz anrufen sollte. Hinnerk versprach, dies von unterwegs aus zu tun. Wenig später saß er im Wagen und raste durch die Nacht Richtung Kiel.

Seine Gedanken überschlugen sich. Was war nur los? Warum wurde Wiebke Knoop verfolgt? Verheimlichte sie ihnen etwas? Matthiesen dachte kurz daran, seine Dienstwaffe aus dem Präsidium zu holen, aber er verwarf den Gedanken sofort wieder. Dafür hatte er jetzt keine Zeit. Er musste sich beeilen und hoffte, dass Wiebke Knoop nichts passieren würde.

Die Straßen waren frei. Nur fünfzehn Minuten später kam Matthiesen am Hauptbahnhof in Kiel an. Es nieselte die ganze Zeit über. Er parkte den Oldtimer an der Raiffeisenstraße, gegenüber vom Bahnhof. Suchend blickte er sich um, als er dem Haupteingang zustrebte. Nichts zu sehen von Wiebke Knoop. In der Aufregung hatte Hinnerk völlig vergessen, seine Kollegen anzurufen. Mist! Nun musste er allein damit fertigwerden.

Die Rolltreppe am Eingang war außer Betrieb, also sprang er die Stufen zur Bahnhofshalle hinauf. Die Frau konnte er nirgendwo entdecken. Nur einige Nachtschwärmer bewegten sich auf dem fast menschenleeren Gelände.

Ein Flaschensammler durchsuchte die Mülleimer. Ein Bediensteter der Bahn fuhr mit einem Reinigungsgerät durch die Halle. Drei betrunkene junge Männer torkelten zum Ausgang Kaistraße und grölten die Holstein-Kiel-Hymne: »Keine andere Stadt, keine andere Liebe, kein anderer Verein – nur Holstein.«

Wo war Wiebke Knoop?

Hinnerk machte sich Sorgen, die Frau hatte sich am Telefon sehr ängstlich angehört. Schnell ging er zum westlichen Nebeneingang des Bahnhofs. Von dort aus blickte er über die Straße. Auch auf dem Sophienblatt war niemand zu sehen. Ein Taxi fuhr die Straße hinunter. In den Pfützen spiegelten sich die nächtlichen Lichter der Straßenbeleuchtung.

Dann sah er sie plötzlich. Wiebke Knoop stand im Lichtschatten einer Überdachung des Sophienhofs, der größten Einkaufspassage Kiels. Sie wartete zwischen einer Apotheke und einem Blumenladen. In Höhe der Bushaltestelle befand sich eine Baustelle. Blinkende Warnlichter warnten davor.

Als Wiebke Knoop Hinnerk ebenfalls erkannte, hob sie den Arm. Der Hauptkommissar ging auf sie zu. Auch sie verließ ihren Unterstand und trat auf die Straße. Sie war etwa dreißig Meter von Matthiesen entfernt, als ein Wagen aus der Ringstraße nach links abbog und auf dem Sophienblatt abrupt beschleunigte. Das Fahrzeug raste auf Wiebke Knoop zu. Sie nahm den Wagen immer noch nicht wahr. Matthiesen erkannte, dass es sich um einen dunkelblauen Mercedes handelte. Er rannte los und brüllte ihr warnend entgegen. Das fremde Auto war nur noch wenige Meter von der Frau entfernt, als Matthiesen sie erreichte und umriss. Sie landeten beide hart auf dem Asphalt. Rollten Richtung Sophienhof. Der Wagen raste nur wenige

Zentimeter an ihnen vorbei. Schnell stand Matthiesen wieder auf und zog Wiebke Knoop hoch. Das Entsetzen stand ihr ins Gesicht geschrieben. Der Mercedes beschleunigte, doch als er nach etwa vierzig Metern an der Abzweigung zur Raiffeisenstraße war, bremste er plötzlich. Auf der Beifahrerseite stieg jemand aus. Der Fremde schaute über das Dach des Wagens zu ihnen hinüber. Er hielt etwas in der Hand, das er auf sie beide richtete. Erschrocken erkannte Matthiesen Mündungsblitze, unmittelbar danach hörten sie die Schüsse. Der Hauptkommissar nahm erneut die Hand der Frau und sie rannten los. Nur ein paar Meter von ihnen entfernt befand sich die Baustelle. Noch während des Laufens griff Hinnerk in die Jacke und suchte seine Dienstwaffe. Scheiße! Gleichzeitig verfluchte er sich dafür, dass er seine Pistole nicht geholt hatte. Hinter einem Sandhaufen sprangen sie in Deckung. Der Fremde schoss immer noch auf sie. Die Schüsse grollten wie Donner in der Nacht. Von den Einschlägen der Geschosse spritzten ihnen Sand und kleine Steine entgegen.

Plötzlich hörte Matthiesen, dass jemand gegen ein Fenster klopfte. Hinter einer der großen Scheiben der riesigen Glasfront stand ein Mann. Groß, breitschultrig, glatzköpfig. Auf seiner blauen Uniform stand in großen gelben Lettern *Security*. Ein Wachmann. Aufgeregt wies er auf den Haupteingang, der nur zehn Meter entfernt war. Der Wachmann rannte auf die Tür zu und schloss sie auf. Er zog eine Waffe aus seinem Gürtel, baute sich auf wie John Wayne in seinen besten Zeiten. Schnell hintereinander feuerte er mehrere Schüsse auf den Mercedes. Anscheinend war der Wachmann ein geübter Schütze, denn der Angreifer schrie kurz auf, bevor er in den Wagen zurücksprang. Mit quietschenden Reifen verschwand das Fahrzeug in der Auguste-Victoria-Straße.

Der Wachmann grinste Matthiesen und Wiebke Knoop an. Theatralisch blies er über den Lauf seiner Waffe und steckte sie zurück in den Gürtel. Langsam kam er auf die beiden zu, half zuerst der Frau beim Aufstehen, reichte danach dem Hauptkommissar die Hand und sagte: »Moin, Herr Matthiesen. Schön, dass wir uns mal wiedersehen.«

Kapitel 24

Nur kurze Zeit später herrschte ein wahres Blaulichtgewitter vor dem Sophienhof. Vier Polizeiwagen sowie ein Rettungswagen standen vor dem Einkaufszentrum.

Matthiesen, Wiebke Knoop, Kriminaloberrat Pönitz und zwei Wachmänner saßen im Büro des Sicherheitsdienstes. Ihr treffsicherer Lebensretter hieß Thorsten Wallert. Vor einigen Jahren noch hatte er beim Kriminaldauerdienst gearbeitet. Matthiesen kannte ihn als netten Kerl. Aufgrund von massiven Alkoholproblemen musste Wallert die Kripo verlassen, stürzte damals ordentlich ab, hatte sich inzwischen aber wieder gefangen. Nach einer Alkoholentwöhnung in der Fachklinik Freudenholm-Ruhleben hatte er sein Leben wieder in den Griff bekommen und arbeitete nun bereits seit einiger Zeit für einen renommierten Kieler Wachdienst.

Es war wirklich Glück gewesen, dass Wallert den Überfall beobachtet und ihnen geholfen hatte. Bis auf einige leichte Hautabschürfungen an den Armen waren der Hauptkommissar und die Frau unverletzt geblieben. Wiebke Knoop stand allerdings immer noch unter Schock, weigerte sich aber, in ein Krankenhaus gebracht zu werden.

Die Fahndung nach dem dunkelblauen Mercedes lief auf Hochtouren. Die Spurensicherung fand tatsächlich Blut am Standort der Angreifer auf dem Asphalt. Der Gangster musste verletzt sein. Außerdem lagen dort mehrere Patronenhülsen.

»Wollen Sie uns nicht endlich sagen, wer diese Männer sind?«, fragte Pönitz mit sanfter Stimme.

Wiebke Knoop wollte gerade antworten, als es anklopfte. Eine junge Streifenbeamtin kam in den Raum, blickte sich um und lächelte dem Kriminaloberrat zu.

»Herr Pönitz, wir haben den Mercedes gefunden. Er stand gar nicht weit weg von hier, im Düsternbrooker Weg. Der Wagen war natürlich leer. Die Spusi ist bereits dort. Die Kollegen, die ihn gefunden haben, meinten, dass sich im Wagen Blutspuren befinden, aber nicht sehr viele. Wir haben bereits eine Kfz-Halteranfrage vorgenommen. Der Mercedes gehört einem Geschäftsmann aus Itzehoe, allerdings wurde das Fahrzeug vor einer Woche als gestohlen gemeldet. Der Wagen hatte falsche Kennzeichen montiert. Die echten Nummernschilder lagen hinten im Kofferraum. Außerdem befand sich dort auch noch eine abgesägte Schrotflinte. Die hat die Spusi ebenfalls sichergestellt.«

Pönitz bedankte sich für die Information und die Streifenbeamtin verließ den Raum. Er blickte in die Runde und wollte etwas sagen, da klopfte es erneut an die Tür. Jan Paul betrat den Raum. Der Oberkommissar wohnte in Neumünster und benötigte deshalb etwas länger, um zum Tatort zu kommen. Matthiesen setzte seinen Kollegen kurz über den Vorfall in Kenntnis. Pönitz startete einen weiteren Versuch und fragte Wiebke Knoop erneut. Diese steckte sich eine Zigarette nach der anderen an und wirkte sehr angespannt.

Doch es war wie verhext. Im gleichen Moment, als sie anfangen wollte zu erzählen, klingelte Pönitz' Telefon.

Ein Mitarbeiter vom Kriminaldauerdienst berichtete ihm, dass vor ein paar Stunden Oberleutnant Krauskopf gefunden worden war. Der Mann hatte anscheinend Selbstmord begangen. Er war mit seinem Auto nach Raisdorf gefahren. Dort hatte er seinen Wagen auf dem einsamen Parkplatz eines Wildparks abgestellt. Im Fahrzeug hatte er sich den Lauf einer Pistole in den Mund gesteckt und den Abzug gedrückt. Pönitz versprach, dass sie so schnell wie möglich dorthin kommen würden.

Der Kriminaloberrat ging mit Matthiesen und Jan aus dem Zimmer und berichtete den beiden, was er am Telefon gehört hatte.

»Jetzt spielt anscheinend die ganze Welt verrückt«, kommentierte Matthiesen das Geschehen. Die Männer sahen sich verständnislos an. Was wurde hier nur für ein seltsames Spiel gespielt?

Matthiesen und Paul sollten umgehend nach Raisdorf fahren. Der Kriminaloberrat wollte unterdessen mit Wiebke Knoop in die *Blume* fahren, um dort mit ihr zu sprechen.

In dieser Nacht würden sie alle keinen Schlaf mehr bekommen.

Im Wald, Rögen, Sommer 1960

Nach ihrem überraschenden Wiedersehen blieben Ferdinand Lüdders und Klaus Brodersen in Kontakt. Sie telefonierten gelegentlich miteinander. Aber die räumliche Distanz zwischen Wolfsburg und der Probstei ließ nur selten Besuche zu.

Fünf Jahre nach ihrem Treffen in Kiel ereignete sich etwas Unerwartetes. In den ersten Jahren hatte Lüdders häufig damit gerechnet, aber nun, fast fünfzehn Jahre nach Kriegsende, war die Angelegenheit fast vergessen.

Ferdinand Lüdders arbeitete mit einem Knecht im Wald. Bereits im Jahr zuvor hatten sie einige Bäume gefällt und die Stämme an einem Waldweg aufgestapelt. Nun wollten sie diese zersägen und auf einen Anhänger verladen, um sie zum Bauernhof zu bringen. Brennholz für die nächsten Winter sowie einiges Bauholz für eine Tischlerei in Stakendorf.

Lüdders saß auf seinem Hanomag R55. Er brachte gerade mit dem Traktor den Anhänger in Position, als ihm ein Mann auffiel, der durchs Unterholz stapfte. Er fragte seinen Mitarbeiter, ob er wüsste, wer das sei. Doch Krause zog nur die Achseln nach oben und spuckte seinen dunkelbraunen Pfriem auf den Waldboden.

Als der Fremde sich näherte, erschrak Lüdders. Er erkannte den Mann. Seine Nackenhaare stellten sich auf. Er hatte lange damit gerechnet, dass irgendwann einmal jemand auftauchen würde. Aber nun, nach so langer Zeit, wurde ihm regelrecht schlecht bei dem Anblick des Mannes.

Es war einer der jungen SS-Offiziere, die damals am Strand von Stakendorf bei den Lastkraftwagen warteten. Einer von Friedrich Stramms Spießgesellen. Der Vorfall im Rögen war inzwischen zwanzig Jahre her. Würde dieser

Kerl ihn erkennen? Lüdders trug jetzt einen Vollbart und sie hatten sich damals nur kurz gesehen.

Der Landwirt stoppte den Motor des Traktors und kletterte vom Sitz. Als er an der hinteren Ladefläche des Anhängers ankam, erreichte ihn der Fremde.

»Guten Tag. Das ist ein schönes Fleckchen Erde.«

»Moin«, antwortete Lüdders kurz angebunden. Zusammen mit seinem Helfer wuchtete er die schweren Holzscheite auf den Anhänger. Lüdders hatte zwar durch seine Behinderung eine leichte Einschränkung beim Gehen, war aber ansonsten, bedingt durch die schwere körperliche Arbeit auf dem Hof, kräftig wie ein Bär.

Der Fremde musterte die beiden Männer.

»Wohnen Sie hier in der Nähe?«, fragte der ehemalige SS-Scherge.

»Jo, warüm?«, antwortete Lüdders. Er fing an, Plattdeutsch zu reden, zudem versuchte er seine Stimme dunkler klingen zu lassen. *Hat er mich erkannt? Das kann nicht sein, durch meinen Vollbart bin ich kaum wiederzukennen*, dachte Lüdders. *Außerdem sind die Jahre auch nicht gerade spurlos an mir vorübergegangen.*

»Kennen wir uns vielleicht?«, fragte der Fremde mit einem Lächeln.

»Nich dat ik wüsst«, antwortete Lüdders. »Deit mi leed, aver wi müüt wat doon. Keen Tiet.«

Der Mann nickte, lächelte und ging langsam den Waldweg hinunter. Immer wieder drehte er sich um und schaute zurück.

Krause grinste: »Mensch Ferdi, ich hab ja gar nicht gewusst, dass du Plattdeutsch sprechen tust.«

»Halt den Sabbel und arbeite weiter!«, antwortete der Landwirt barsch. Er überlegte. Was dieser Mann hier wollte, war klar. Hundertprozentig suchte er nach dem Gold. War

Friedrich Stramm auch in der Nähe? Ob er schon an der Stelle nachgesehen hatte, an welcher der Schatz vergraben wurde? *Was ist, wenn er merkt, dass das Gold nicht mehr da ist? Hat er mich erkannt?*

Seine Gedanken sprangen hin und her. Nach zwei Stunden waren sie mit dem Beladen des Anhängers fertig. Fast Mittag. Es wurde Zeit, zurück zum Hof zu fahren.

Als Lüdders dort eintraf, kamen Manfred und Traute gerade aus der Schule. Sie gingen jeden Tag in die zwei Kilometer entfernte Dorfschule von Bendfeld, einem kleinen Ort am Rande der Probstei.

Sie begaben sich alle in die Küche. Das Mittagessen stand schon auf dem Tisch. Es gab Erbsensuppe, eigentlich Ferdinands Lieblingsgericht. Doch er aß ohne Appetit. Immerzu dachte er an den Fremden.

»Vorhin war ein Mann hier auf dem Hof und hat sich umgeschaut«, sagte Heidemarie.

Lüdders wurde hellhörig und sah seine Frau fragend an.

»Ich habe ihn gefragt, ob ich ihm behilflich sein kann. Er erwiderte, dass er an der Ostsee Urlaub macht. Er sei von Stakendorf aus aufgebrochen und hätte sich im Wald verlaufen. Hat mich nach dem Weg gefragt. Außerdem wollte er wissen, ob ich schon lange hier wohne. Der Herr sah aus wie ein typischer Stadtmensch.«

Lüdders wollte nicht vor den Kindern darüber reden und wartete, bis Manfred und Traute in ihren Zimmern verschwanden, um Hausaufgaben zu machen.

Als er mit Heidemarie allein in der Küche saß, erzählte er ihr von der Begegnung im Wald. Sie zeigte sich besorgt darüber, dass ein ehemaliger SS-Offizier hier nach so langer Zeit auftauchte. Auch Lüdders machte sich Gedanken, spielte das Ereignis aber herunter.

Nach dem Essen wollte er nochmals in den Wald, um dort Bäume auszusuchen, die in den nächsten Tagen gefällt werden sollten. Also kletterte er auf seinen Hanomag und machte sich auf den Weg.

An der Stelle angekommen, an der er am Vormittag zusammen mit seinem Hilfsarbeiter das Brennholz verladen hatte, kletterte Lüdders vom Traktor. Er wählte einige Bäume aus, um sie fürs Fällen zu markieren. Immer wieder überfiel ihn das Gefühl, beobachtet zu werden. Lüdders fühlte sich unwohl. Zurück am Hanomag, wollte er gerade auf den Fahrersitz klettern, als der Fremde plötzlich um den Traktor herumkam. Lüdders konnte seinen Schrecken kaum verbergen. Der Mann packte ihn am Kragen und rammte ihn gegen den mannshohen Reifen des Treckers. Plötzlich hielt er ein Klappmesser in der Hand und drückte es Lüdders an die Kehle.

»Wo ist das Gold? Wo hast du das Gold versteckt? Rede, oder ich mach dich kalt!«

Lüdders spürte den scharfen Stahl auf seiner Haut. Ohne lange zu überlegen, rammte er dem Angreifer sein gesundes Knie zwischen die Beine. Dieser schrie auf und lockerte seinen Griff, sodass Lüdders ihn von sich stoßen konnte. Der Mann taumelte nach hinten, stolperte über einen morschen Ast und stürzte auf den Waldboden.

Lüdders griff unter den Sitz des Traktors. Dort lag ein schwerer, halbmeterlanger Schraubenschlüssel. Er bekam ihn zu fassen und drehte sich um. Der Fremde stand bereits wieder auf den Füßen und stürmte auf ihn zu. Der ehemalige Kapitänleutnant starrte entsetzt auf die Klinge. Ohne zu zögern schlug Lüdders zu und traf den Angreifer direkt über dessen Ohr. Der Mann schrie auf und hielt sich den Kopf. Er blutete. Ferdinand stürzte sich auf ihn und schlug immer wieder auf den Schädel des

Mannes ein. Dieser schrie. Zuerst vor Wut, doch immer mehr vor Entsetzen und dann in Todesangst. Der Schrei wurde zu einem unbeschreiblichen Ton. Lüdders schlug und schlug und schlug den stählernen Schraubenschlüssel immer wieder gegen den Kopf des Fremden. Wie von Sinnen krachte der Stahl immer wieder gegen den Schädel.

Plötzlich wurde es ruhig. In den Bäumen sangen die Waldvögel. Ein Specht klopfte.

Lüdders erwachte, wie aus einer Trance. Entsetzt blickte er auf den Mann. Der Kopf des Fremden bestand nur noch aus einer blutigen Masse. Der Landwirt wich erschrocken zurück. Hatte er das getan? Hatte er in seiner Wut den Mann tatsächlich erschlagen?

Um Himmels willen, mit einem Mal wurde ihm bewusst, was er gerade getan hatte. In seiner unbändigen Wut hatte er diesen Kerl umgebracht. Totgeschlagen.

Obwohl der Mann tot am Boden lag, fing er in Lüdders Kopf wieder an zu schreien. Der Tote schrie. Lüdders hielt sich die Ohren zu, doch es nützte nichts, der Mann schrie weiter. Verzweifelt sackte er neben dem Traktor auf den Waldboden und weinte. *Was habe ich getan? Was habe ich nur getan?*

Irgendwann erwachte er aus seiner Lethargie und stand wieder auf. Notwehr, sagte er sich, es war Notwehr, doch das würde ihm niemand glauben. Er musste den Fremden verschwinden lassen. Niemand durfte wissen, was hier geschehen war.

Lüdders holte einen Spaten, der auf dem Anhänger lag, und begann ein Loch zu graben. Er wusste nicht mehr, wie lange er gegraben hatte, aber irgendwann war das Loch groß genug, um den Mann darin verschwinden zu lassen. Fast zwei Meter tief. Lüdders zerrte den Toten zum Loch und ließ ihn hineingleiten.

Nachdem er das Grab wieder zugeschaufelt hatte, warf er Laub und Äste darauf. Es unterschied sich nicht mehr von der Umgebung.

Immer wieder drang der Schrei in seine Ohren.

Als er den Spaten auf den Hänger warf, stand Manfred plötzlich neben ihm. Lüdders sah entsetzt auf seinen zwölfjährigen Sohn. Er konnte in den Augen des Jungen erkennen, dass dieser alles beobachtet hatte. Sie sahen sich lange an. Keiner sagte ein Wort. Schweigend standen sie da. Dann nahmen sie sich in die Arme und weinten.

Vater und Sohn wussten, dass ihr Leben nie mehr wieder so sein würde, wie es bisher verlaufen war. Sie wurden zu Komplizen. Würden schweigen und niemals darüber reden. Dieses Ereignis würde ihr ewiges Geheimnis bleiben. Ein Bund zwischen Vater und Sohn.

Gemeinsam fuhren sie nach Hause, einer ungewissen Zukunft entgegen.

Kapitel 25

Pönitz, Wiebke Knoop und Miriam Schrader saßen im Büro des Kriminaloberrats. Er hatte seine Sekretärin gebeten, an dem Gespräch als Zeugin teilzunehmen, und die gute Seele der K1 sagte sofort zu. Vor jedem stand ein dampfender Pott Kaffee.

»Ich finde, es wird Zeit, dass Sie uns endlich die ganze Wahrheit erzählen«, sagte Pönitz in sanftmütigem Ton. »Sie haben uns doch etwas verheimlicht, oder?«

Wiebke Knoop pustete über ihren Kaffee, nahm einen winzigen Schluck und entzündete sich danach mit zittrigen Fingern eine Zigarette. Langsam begann sie sich zu beruhigen. Miriam Schrader stellte einen Aschenbecher auf den Tisch und zwinkerte der Frau aufmunternd zu.

»Sie können sich gar nicht vorstellen, wie gefährlich diese Männer sind.«

»Wer auch immer das ist, hier können diese Typen Ihnen nichts antun. Wir werden Sie sowieso vorerst unter Polizeischutz stellen und ich kenne einen guten Ort, an dem Sie vorerst in Sicherheit sind.«

Wiebke Knoop schaute Pönitz mit großen Augen an, nickte dann aber zustimmend.

»Ich kann Ihnen gar nicht so ganz genau sagen, wer diese Typen sind. Kurz nachdem Günter seinen tödlichen Autounfall hatte, kamen zwei Männer zu mir. Sie fragten nach Unterlagen, die sie noch von Günter zu bekommen hätten.«

»Was waren das für Männer? Wie sahen sie aus?«

»Eigentlich ganz normal. Kleidung, Frisur, das ganze Aussehen war völlig normal. Trotzdem machten sie mir Angst.«

»Was für Unterlagen wollten sie?«

»Alles, was mit diesem Nazischatz zu tun hatte. Aber die Akten hatte Günter einige Tage vorher alle fortgebracht. Wohin, kann ich nicht sagen. Die Typen haben mir natürlich nicht geglaubt und die ganze Wohnung durchsucht.«

»Warum haben Sie nicht die Polizei gerufen?«

»Weil ich immer mehr Angst bekam. Wer weiß, was diese Männer noch alles angestellt hätten? Außerdem, wer glaubt schon einer Nutte?«

Pönitz nickte. Miriam Schrader schenkte Kaffee nach.

»Als sie weg waren, habe ich innerhalb kürzester Zeit einen Umzug organisiert und ich bin zu meiner Cousine nach Gelsenkirchen gezogen. Dort habe ich einige Zeit in ihrem Geschäft gearbeitet, einer kleinen Boutique. Aber ich bin eben ein Nordlicht. Mich hat es wieder nach oben gezogen, so bin ich hierher zurückgekehrt.«

»Gibt es vielleicht jemanden, der uns mehr über diese Männer sagen kann? Vielleicht einen alten Kameraden oder Freund von Herrn Albrecht?«, fragte Pönitz.

Wiebke Knoop schien in ihren Gedanken weit weg zu sein, doch auf einmal nickte sie.

»Christoph«, erwiderte sie. »Christoph Petersen. An den habe ich lange nicht mehr gedacht.«

Pönitz rückte auf seinem Bürostuhl nach vorn. Der Stuhl ächzte unter dem Gewicht.

»Wer ist das?«

»Ein alter Jugendfreund von Günter. Die beiden sind zusammen zur Schule gegangen und haben in ihrer Jugend viel zusammen unternommen. Günter sagte einmal, dass er Christoph vertrauen würde wie keinem anderem. Ich könnte mir vorstellen, dass Christoph etwas vom Verbleib der Akten und der dazugehörigen Geschichte weiß. Er ist ein netter Kerl, ein Baum von einem Kerl, aber total gutmütig.«

»Wissen Sie, wo wir diesen Petersen finden können?«

»Früher wohnte er in Laboe und arbeitete auf einer Werft. Er ist Bootsbauer und hat sich auf die Reparatur von alten Segelbooten spezialisiert. Ich weiß noch, dass er oft in der ganzen Welt unterwegs war, um irgendwo Schiffe zu begutachten und so was. Wo er jetzt wohnt, kann ich Ihnen aber nicht sagen, denn ich habe ihn lange nicht gesehen.«

Pönitz horchte auf. Dieser Spur mussten sie unbedingt nachgehen. Vielleicht konnte Petersen ihnen sagen, um wen es sich bei diesen ominösen Typen handelte. Welche kriminelle Organisation steckte wohl dahinter?

»Das hört sich interessant an. Sollte dieser Christoph noch in Laboe wohnen, dann bekommen wir auch heraus, wo«, resümierte der Kriminaloberrat. »Jetzt müssen wir Sie allerdings erst einmal an einen sicheren Ort bringen. Dazu muss ich in Ruhe ein Telefonat führen. Frau Schrader zeigt Ihnen, wo Sie sich inzwischen ein wenig frisch machen können.«

Wiebke Knoop lächelte. Sie vertraute den Mitarbeitern der Kieler Mordkommission. Als die beiden Frauen das Büro verließen, griff Pönitz grinsend zum Telefon.

Kapitel 26

Hinnerk und Jan erreichten Raisdorf gegen sechs Uhr morgens. Auf dem weitläufigen Parkplatz des Wildgeheges, zu dem auch das Gelände eines Freibads gehörte, standen zwei Streifenwagen sowie ein Fahrzeug der Kriminaltechnik. Als sie aus ihrem Wagen ausstiegen, kam ihnen bereits Björn Krüger entgegen. Auf seiner Stirn zeichnete sich immer noch eine dunkelblaue Beule ab und sein Veilchen leuchtete in einer Mischung aus violetten Farben.

»Hallo Björn. Ich dachte, du bist immer noch krankgeschrieben«, begrüßte ihn Matthiesen.

»Unkraut vergeht nicht. Ich fühle mich wieder ganz fit. Als ich hörte, was hier los ist, konnte mich nichts mehr halten. Außerdem wohne ich ja nur ein paar Hundert Meter von hier entfernt. Wir sind gerade dabei, Krauskopfs Wagen zu untersuchen.«

»Und?«

»Kein schönes Bild, aber ich glaube, das kann Doktor Kreuzfeld euch besser erzählen. Ziemlich miese Sache hier.«

»Wieso mies? Ich dachte, Krauskopf hat Selbstmord verübt.«

Krüger schüttelte entgeistert den Kopf.

Während sie sprachen, gingen sie zu Krauskopfs Auto, das in der hintersten Ecke, unter einer alten Eiche stand. Dr. Kreuzfeld, der Rechtsmediziner, streifte sich gerade die Latexhandschuhe ab und warf sie in einen Plastikbeutel. Kreuzfeld war ein kleiner untersetzter Vierziger, meistens wortkarg, aber er verfasste seine Berichte stets in präzisen Worten.

Die Männer begrüßten sich.

»Hat Herr Krüger Ihnen schon mitgeteilt, was hier

passiert ist?«, fragte der Mediziner. »Das ist offenbar alles andere als ein Suizid.«

Matthiesen und Paul schauten ihn überrascht an.

»Ich würde mich freuen, wenn Sie das übernehmen könnten«, wandte Kreuzfeld sich an Björn Krüger. »Natürlich schicke ich Ihnen bis Montag den ausführlichen Bericht. Die Obduktion wird heute allerdings ein Kollege übernehmen. Heute ist Sonnabend und ich muss bis zum Mittag in Hannover sein, sonst bringt meine Frau mich um und dann hat der Kollege noch eine Obduktion, nämlich mich. Meine Schwiegermutter feiert heute ihren achtzigsten Geburtstag. Eigentlich wollten wir bereits unterwegs sein, aber ich wurde hierhergerufen. Ich wünsche Ihnen allen noch ein schönes Wochenende.«

Krüger versprach, dies zu übernehmen, und Dr. Kreuzfeld griff seine Tasche und ging zu seinem Wagen. An der Fahrzeugtür drehte er sich um, zwinkerte und fügte grinsend hinzu: »Ach, Herr Krüger, nicht vergessen, das Hämatom immer schon kühlen, sonst könnte ein bleibender Schaden zurückbleiben.«

»Blödmann«, erwiderte der Kriminaltechniker leise.

Matthiesen und Paul grinsten.

»Ein spöttisches Wort von euch und ihr könnt euren Scheiß allein machen«, sagte Krüger in gespieltem Zorn.

»Nun erzähl schon, was ist hier los?«

Als Kreuzfeld vom Parkplatz fuhr, traf gerade der Leichenwagen ein, der den Toten ins Rechtsmedizinische Institut bringen sollte.

Der Anblick im Fahrzeug war nicht gerade angenehm. Krauskopf saß in seinem Wagen, einem silbergrauen VW Golf. Sein Hinterkopf existierte nicht mehr. Im gesamten Innenraum waren Blut, Gehirnmasse und Knochensplitter verteilt.

Krüger erzählte ihnen, dass Krauskopf um 1.35 Uhr gefunden worden war. Ein Streifenwagen patrouillierte routinemäßig auf dem Parkplatz. Einer der Beamten leuchtete in den Wagen und fand Krauskopf so vor. Zuerst vermuteten sie, dass es sich um einen Suizid handelte, da Krauskopf die Waffe, eine HK P8, noch immer in der Hand hielt.

Doch Krauskopfs Unterarme wiesen mehrere blaue Flecken auf, was auf einen Kampf hindeutete. Zudem hatte er eine Einstichstelle in der linken Armbeuge. Kreuzfeld vermutete, eine Injektion. Näheres würde die Obduktion ergeben.

Rund um das Fahrzeug konnte die Kriminaltechnik diverse Fußabdrücke sicherstellen. Außerdem befanden sich in der unmittelbaren Nähe frische Reifenspuren neben den Pfützen. Alles wies aber darauf hin, dass Krauskopf vorsätzlich getötet wurde.

Sie konnten vorerst nur die Obduktion und die weiteren Erkenntnisse der Kriminaltechnik abwarten. Sie verabschiedeten sich von Krüger und fuhren zurück nach Kiel. Vorerst langten diese Ereignisse für eine Nacht und sie waren gespannt darauf, was Wiebke Knoop Pönitz mitgeteilt hatte.

Kapitel 27

Man konnte den beiden Kommissaren ihre Müdigkeit ansehen, als sie gegen acht Uhr in die Bezirkskriminalinspektion zurückkehrten.

Sie trafen ihren Chef im Besprechungsraum. Er versuchte gerade vergebens, den modernen Kaffeeautomaten zu bedienen. Jan erlöste ihn von der Qual und bereitete für alle eine Tasse zu, die sie nach dieser Nacht gut gebrauchen konnten. Sie setzten sich und Matthiesen berichtete von den Vorkommnissen in Raisdorf. Pönitz hörte stillschweigend zu und meinte, dass er bereits geraume Zeit befürchtete, dass in diesem Tohuwabohu mehrere Täter oder sogar Tätergruppen agieren könnten. Warum und wieso, das blieb ihm vorerst noch ein Rätsel.

Sie waren sich darin einig, dass sie Christoph Petersen sofort aufsuchen wollten. Pönitz war nicht untätig gewesen und hatte die Adresse herausbekommen. Der Bootsbauer lebte immer noch in Laboe und arbeitete in der gleichen Werft wie damals. Nach einem Telefonat mit Pönitz erwartete Petersen sie an seinem Arbeitsplatz, da er momentan fast Tag und Nacht an einer Terminarbeit werkelte.

Auf dem Weg zum Auto fragte Matthiesen Pönitz, wohin er Wiebke Knoop bringen ließ. Pönitz erklärte ihm lapidar, dass sie unter Polizeischutz stand. Sie befand sich, zusammen mit zwei Beamten des Kriminaldauerdienstes, an einem sicheren Ort.

Hinnerk wurde neugierig. Er wusste, dass sein Vorgesetzter sich häufig außergewöhnliche Methoden ausdachte. Doch als der Kriminaloberrat seinen Mitarbeitern mitteilte, wo sich Wiebke Knoop momentan befand, standen Matthiesen die Haare zu Berge und er wusste nicht, ob er lachen oder weinen sollte.

Wiebke Knoop war auf dem Weg nach Pohnsdorf.

* * *

Unterwegs nach Laboe erklärte Pönitz sein Vorgehen. Er hielt Pohnsdorf für einen sicheren und abgelegenen Ort, deshalb war er auf die Idee gekommen, Wiebke Knoop dort zu verbergen.

Pönitz hatte den alten Matthiesen vor ein paar Jahren auf Hinnerks vierzigstem Geburtstag kennengelernt. Die beiden mochten sich sofort und redeten den ganzen Abend miteinander. Also dachte sich Pönitz dieses Versteck aus, rief Willi an, und der erklärte sich sofort bereit, die Frau und die Sicherheitsleute so lange zu beherbergen, bis sich die Lage entspannte. Der Kriminaloberrat meinte, dass Willi sich geradezu darüber freute, Hinnerks Vorgesetztem zu helfen. Die Sache wäre zwar nicht ganz legal, aber irgendwo mussten sie Wiebke Knoop ja schließlich an diesem Wochenende verstecken.

Zuerst hatte Hinnerk große Bedenken, aber je länger er darüber nachdachte, desto mehr stimmte er Pönitz zu. Pohnsdorf lag tatsächlich ziemlich abseits und niemand würde auf die Idee kommen, Wiebke Knoop dort zu suchen. Zudem kannte er die beiden Beamten, die die Frau bewachten, und wusste, dass es sich um erfahrene und besonnene Kollegen handelte.

* * *

Die Bootswerft mit dem Namen Baltic Sailboat Shipyard in Laboe fanden sie schnell. Sie befand sich direkt am Hafen, unmittelbar neben dem Pier, an dem auch die Deutsche Gesellschaft zur Rettung Schiffbrüchiger ihren Standort hatte.

Auf dem Weg zum Werftgelände beeilten sie sich, denn der starke Wind trieb immer wieder Regenböen vor sich her. Am Ende der Pier konnte Hinnerk das Schiff der Seenotretter, die *Berlin,* sehen. Er hoffte insgeheim, dass die Männer der DGzRS jetzt nicht auslaufen mussten; bei dem Sturm würde das bestimmt kein Zuckerschlecken sein.

Auf dem Areal der Werft befanden sich mehrere Jachten verschiedenster Bootsklassen, die darauf warteten, restauriert zu werden. Allesamt hatten sie etwas gemeinsam: Es waren wunderschöne historische und schnittige Holzboote. Jedes von ihnen kostete wahrscheinlich ein Vermögen.

Aus der Werkshalle hörten sie laute Geräusche und steuerten auf das offen stehende Tor zu. Dort wurden sie von einem jungen Mann aufgehalten, der fragte, ob er ihnen behilflich sein könnte. Pönitz erkundigte sich nach Christoph Petersen und der junge Mann erklärte ihnen den Weg. Petersen kletterte gerade von einer Leiter, die auf das Deck einer Zwölf-Meter-Jacht führte. Der Kriminaloberrat wies sich aus und stellte auch die anderen vor. Der Bootsbauer wirkte wie ein Riese. Matthiesen schätzte ihn auf weit über zwei Meter und mindestens hundertvierzig Kilogramm Körpergewicht. Sein Gesicht zierte ein dichter Vollbart. Petersen musste etwas älter sein als Matthiesen. Der Mann würde bei jedem Casting zu einem Wikingerfilm eine Hauptrolle ergattern. Pönitz wirkte neben ihm wie ein Zwerg. Hinnerk dachte amüsiert an Gimli aus *Herr der Ringe* und stellte sich seinen Vorgesetzten mit langem Vollbart und Streitaxt vor. Gimli neben einem Recken Rohans. Er liebte Fantasy-Romane und bereits in seiner Jugend hatte er alle Werke Tolkiens gelesen. Er besaß sogar eine englische Erstausgabe aus dem Jahr 1954 und hütete sie wie einen Schatz.

Petersen meinte, dass es besser wäre, wenn sie in sein Büro gingen, und er führte sie über das Gelände zu einem Gebäude in der Hafenstraße. Das Büro war unaufgeräumt. Überall lagen Baupläne von Booten und Unterlagen herum, ein absolutes Chaos.

Nachdem sie sich gesetzt hatten, erklärte Pönitz ihr Anliegen. Als der Name Günter Albrecht fiel, verdüsterten sich Petersens Gesichtszüge sofort.

»Endlich tut die Polizei mal was«, brummte er. »Günter wurde umgebracht, das ist so klar wie Kloßbrühe!«

»Wie kommen Sie darauf?«, fragte Pönitz. »Es soll doch ein Verkehrsunfall mit Fahrerflucht gewesen sein.«

»Wenn das ein Unfall war, dann bin ich der Kaiser von China. Ich habe damals der Polizei erklärt, dass es kein Verkehrsunfall gewesen sein kann, aber die haben nicht auf mich gehört. Ich bin mir hundertprozentig sicher, dass diese Mistkerle ihn umgebracht haben.«

»Welche Mistkerle?«

»Na, Stromberg und seine Konsorten.«

Die Kommissare warfen sich einen überraschten Blick zu.

»Stromberg?«, fragte Hinnerk ungläubig. »Jörg Stromberg oder Victor?«

»Weder noch. Ich kenne keinen Jörg Stromberg und auch keinen Victor. Ich meine Egon Stromberg.«

Immer wieder warfen sich die Beamten fragende Blicke zu. Petersen musste lachen.

»Okay, also der Reihe nach. Ich sehe schon, Sie haben überhaupt keinen blassen Schimmer. Egon Stromberg ist erst vor einiger Zeit gestorben. Der alte Zausel ist weit über neunzig geworden. Er war der Boss einer Gangsterbande, die sich aus alten Nazikameradschaften entwickelt hatte. Während des Zweiten Weltkriegs gehörte er zur SS und nannte sich damals noch Friedrich Stramm ...«

»Nein, woher wissen Sie das?«, unterbrach ihn Pönitz barsch.

»Doch! Kannten Sie den alten Drecksack etwa?«, erwiderte Petersen verstört. »Das stand in den Unterlagen, die Günter mir kurz vor seinem Tod brachte.«

Die Beamten blickten sich immer wieder entgeistert an. Konnte es möglich sein, dass dieser Egon Stromberg Jörgs Vater war? Das galt es schnellstmöglich zu überprüfen. Was für ein mysteriöses Loch tat sich hier auf.

Der Kriminaloberrat wirkte kurzzeitig völlig verdattert, sagte aber zu Petersen, er solle in seiner Ausführung fortfahren.

»Also, diese Unterlagen brachte Günter mir kurz vor seinem Tod. Er meinte, ich solle sie für ihn aufbewahren. Kurz nachdem er umgebracht wurde, bin ich neugierig geworden und hab mir die Papiere angesehen. Diese Aufzeichnungen sind echt der Hammer, das kann ich Ihnen sagen. Darin wird berichtet, dass kurz vor Kriegsende ein geheimnisvolles Unterseeboot aus Kiel ausgelaufen sei, vollbepackt mit Goldkisten. Dieser Schatz wurde aber, nur wenige Stunden nachdem das Boot Kiel verließ, an einem Strand in der Probstei wieder ausgeladen, auf Lastkraftwagen verfrachtet und ist dann auf Nimmerwiedersehen verschwunden. Ferner stand dort, dass Friedrich Stramm in britische Kriegsgefangenschaft geriet. Aber irgendwie gelang es ihm, von dort zu fliehen, und er hat sich, wie so viele andere führende Nazis, nach Südamerika abgesetzt. Etwa zehn Jahre später ist er dann wieder in Deutschland aufgetaucht und nannte sich fortan Egon Stromberg. Er soll Geld wie Heu gehabt haben. Damit kaufte er sich in die Hamburger Unterwelt ein. Bis kurz vor seinem Tod agierte er als Zuhälter und Unterweltboss auf dem Hamburger

Kiez. Er soll ein äußerst brutales Image gehabt haben und besaß eine Armee von Schlägern und Handlangern. Mehr kann ich Ihnen dazu auch nicht sagen, aber wenn Sie wollen, kann ich Ihnen die Unterlagen geben. Vielleicht können Sie etwas damit anfangen und diesen Gangstern das Handwerk legen.«

Petersen stand auf. An der Wand hing ein großformatiges Bild einer Dreimastbark. Er schob den Rahmen zur Seite und ein Safe kam zum Vorschein. Nachdem er ihn geöffnet hatte, entnahm er ihm einen braunen Umschlag und reichte ihn Pönitz.

»Sie wissen gar nicht, wie sehr Sie uns damit geholfen haben«, resümierte der Kriminaloberrat.

»Ich hoffe, dass Sie diese Schweine erwischen, die Günter auf dem Gewissen haben«, meinte Petersen.

Sie verabschiedeten sich von dem Riesen und fuhren zurück in die Blumenstraße. Langsam begannen sich die Nebel in dem Fall zu lichten. Diese Information und die Unterlagen brachten jedenfalls ein wenig Helligkeit ins Dunkel. Pönitz wollte sich am Wochenende die Papiere ansehen und versuchen, etwas über Egon Stromberg alias Friedrich Stramm herauszubekommen.

Wenn Egon Stromberg tatsächlich der Vater von Jörg Stromberg gewesen war, konnte es gut sein, dass dieser nach dem Tod des Alten von dessen Nazi-Vergangenheit erfahren hatte und auf die Spur des Goldes gekommen war. Konnte es sein, dass die beiden Strombergs aus Gier nach dem Gold umgebracht wurden, oder war, wie Pönitz schon vermutete, noch ein unbekannter Dritter mit im Spiel, der eine private Rechnung mit dem Stromberg-Clan offen hatte? Die Männer waren gespannt, ob sie am kommenden Montag noch weitere Erkenntnisse in dem Nazibunker finden würden, durch den Pastor Pieper sie führen wollte.

Doch vorerst konnten sie nichts tun. Pönitz meinte, dass es für alle das Beste wäre, bis Montag zu warten und das Wochenende zu genießen. Wiebke Knoop sei vorerst in Sicherheit und der Rest konnte warten. Matthiesen und Paul waren todmüde und machten sich auf den Weg ins wohlverdiente Frei. Pönitz ließ sich unterdessen in seinen Bürostuhl plumpsen, öffnete den braunen Umschlag und begann zu lesen.

Kapitel 28

Hinnerk gähnte bereits zum zigsten Mal, nachdem er am Samstagmittag in Preetz eingetroffen war. Er fühlte sich matt und erschlagen, zudem plagten ihn zunehmend Kopfschmerzen.

Malin begrüßte ihn mit einem mitleidigen Lächeln, ein schwarzes Federwesen mit gelben Ohren warf ihm allerdings ein »Scheißbulle« an den Kopf. Irgendwie wurde ihm dieser Quatschkopf immer vertrauter.

Auf der Couch nickte Hinnerk ein und dämmerte vor sich hin. Er träumte erneut von der blauen Jacht, die plötzlich explodierte, sah eingeschlagene Schädel und Krauskopfs weggepusteten Kopf. Seine Träume wurden immer wieder von Schimpfworten unterbrochen, die wie von weither in sein Bewusstsein drangen.

Irgendwann weckte ihn eine sanfte Berührung auf. Malin saß neben ihm und wies auf den Tisch, auf dem zwei gefüllte Rotweingläser, ein Teller mit selbst gemachten Bruschetta und ein Tomaten-Oliven-Salat standen. Monsieur Tourette vergnügte sich ebenfalls mit einer kulinarischen Köstlichkeit. Er knabberte an einem Apfel und kicherte jedes Mal, bevor er ein Stück herunterschluckte.

Hinnerk fühlte sich immer miserabler. Der Kopf dröhnte inzwischen und Halsschmerzen gesellten sich dazu. Ein grippaler Infekt. Verdammter Mist! Das konnte er momentan überhaupt nicht gebrauchen. Also ging er ins Badezimmer und schluckte vorsorglich zwei Tabletten.

Während sie aßen, erzählte Hinnerk von der Nacht und von Pönitz' Entscheidung, Wiebke Knoop in Pohnsdorf zu verstecken. Malin schaute ihn erstaunt an und wollte gerade etwas erwidern, als es furchtbar schepperte, sodass sie sich fürchterlich erschreckten. Treffsicher hatte Monsieur

Tourette den angefressenen Apfel gegen das Kaminbesteck geworfen. Der Vogel stieß dazu einen hohen Pfeifton aus, plusterte sich auf und gluckste vor Vergnügen. Hinnerk und Malin lachten und lagen sich plötzlich in den Armen. Die Tabletten schienen zu wirken.

Hinnerk dachte immer wieder an die Ereignisse der letzten Tage. Ließ alle Geschehnisse noch einmal Revue passieren. Trotzdem blieb er in allem ratlos.

Schließlich kam er zu dem Entschluss, nach Pohnsdorf zu fahren, um dort nach dem Rechten zu sehen. Er wollte wissen, wie es Willi, den Beamten und Wiebke Knoop ging. Malin entschied sich mitzukommen. Da Hinnerk gesundheitlich etwas angeschlagen war, wollte sie fahren, und so machten sie sich auf den Weg.

In Pohnsdorf fanden sie die gesamte Mannschaft in Willis Wohnzimmer beim Fernsehen vor. Die Beamten des Kriminaldauerdienstes teilten sich den Personenschutz auf, momentan wachte Kommissar Lars Kaufmann über Wiebke Knoops Wohlergehen. Kaufmann war ein lebenslustiger Mann Anfang dreißig, der ständig irgendwelche Witze und Anekdoten erzählte. Hinnerk kannte Kaufmann schon einige Jahre und mochte ihn.

Sie begrüßten sich. Wiebke Knoop schien erfreut darüber zu sein, dass Hinnerk nach ihr schaute. Sie fühlte sich in ihrem Versteck sichtlich wohl und es sah so aus, als wenn sämtliche Anspannung von ihr gewichen sei.

Hinnerk und Malin blieben eine Stunde dort. Der Hauptkommissar spürte allerdings, dass die Wirkung der Grippetabletten nachließ. Seine Kopfschmerzen kehrten zurück und er fühlte sich immer zerschlagener, also verabschiedeten sie sich. Gegen zweiundzwanzig Uhr fiel er todmüde ins Bett.

***

Den Sonntag über wurde seine Erkältung nicht besser und er fühlte sich hundeelend, grinsend musste er jedoch an Witze über »Männerschnupfen« denken.

Am Nachmittag fuhren sie erneut nach Pohnsdorf. Diesmal tat Marco Paustian seinen Wachdienst. Ein ruhiger und besonnener Mann Anfang fünfzig.

Da Hinnerk sich immer noch krank fühlte, lag er auch an diesem Abend bereits früh im Bett, denn er wollte für den nächsten Tag fit sein, an dem Pastor Pieper sie in den Preetzer Nazibunker führen sollte.

Kurz nach zwei Uhr nachts klingelte das Telefon. Pönitz teilte Matthiesen mit, dass er auf dem Weg zu ihm sei und ihn in zehn Minuten abholen würde. Der Kriminaloberrat klang sehr aufgeregt. In Pohnsdorf hatte es vor einer halben Stunde einen Überfall mitsamt einer wilden Schießerei gegeben.

***

So schnell er konnte, begab Hinnerk sich ins Badezimmer, um sich frisch zu machen und anzuziehen. Er machte sich große Sorgen.

Monsieur Tourette kreischte ununterbrochen: »Ruhe im Puff! Ruhe im Puff!«

Als er ins Wohnzimmer zurückkam, stand Pönitz bereits dort und wartete. Malin hatte ihn hereingelassen. Sie begrüßten sich, Hinnerk nahm seine Jacke und folgte Pönitz, der sich schon wieder auf dem Weg nach draußen befand.

»Goooood bye, hässlicher Fettsack!«, trällerte der Kakadu.

Pönitz blieb abrupt stehen. Blickte abwechselnd Hinnerk, Malin und den Vogel an, bevor er schallend anfing zu lachen. »Das ist ja ein äußerst begabtes Tier!«, sagte er und erntete dafür ein »Scheißbulle!«.

Als sie im Auto saßen, lachte Pönitz immer noch.

»Was ist passiert?«, fragte Matthiesen besorgt. »Wurde jemand verletzt?«

»Zum Glück nicht«, antwortete Pönitz. »Vor etwa einer halben Stunde wurde ich von Herrn Paustian angerufen. Anscheinend ist dort ein Wagen auf den Hof gefahren mit mehreren Insassen, und diese Gangster gaben mehrere Schüsse auf die Fenster des Gebäudes ab.«

»Warum? Was soll dieser Mist? Was wird hier gespielt?« Hinnerk machte sich ernsthaft Sorgen um seinen Vater und die anderen.

»Das wüsste ich auch gern, Herr Matthiesen«, erwiderte Pönitz. »Ich denke mal, dass wir uns diese Knoop nochmals ordentlich zur Brust nehmen müssen. Die verheimlicht uns doch immer noch etwas, oder wissen Sie einen triftigen Grund, warum jemand versucht, sie umzubringen?«

In Pohnsdorf standen bereits zwei Streifenwagen vor Willis Haus. Zwei Beamte mit geschulterten Heckler-&-Koch-Maschinenpistolen sicherten das Grundstück. Matthiesen und Pönitz fanden die gesammelte Mannschaft im Wohnzimmer. Marco Paustian erklärte ihnen die Sachlage.

Gegen Mitternacht hatte er einen Kontrollgang über den Hof unternommen. Kurz nachdem er zurückgekehrt war, hielt ein unbeleuchtetes Fahrzeug auf der Straße. Paustian schaute beunruhigt aus dem Fenster. Im selben Moment wurde das Feuer eröffnet. Die Angreifer schossen gezielt auf mehrere Fenster und verschwanden wieder. Paustian lief noch einige Meter hinter dem Auto her und feuerte einige Schüsse auf den Wagen ab, aber die Angreifer verschwanden in der Dunkelheit der Nacht.

Auf dem Rückweg fand er einen Briefumschlag auf dem Kiesboden. Er öffnete ihn und las:

»Verräterin! Wir kriegen dich, du elende Nutte!«

Mehr stand nicht darin. Danach rief Paustian Verstärkung und Pönitz an.

Matthiesen und Pönitz lauschten dem Bericht. Der Hauptkommissar kannte seinen Chef gut und erahnte, dass dieser immer wütender wurde. Der Kriminaloberrat wandte sich an Wiebke Knoop: »Es reicht jetzt!«, donnerte er. »Entweder Sie erzählen uns sofort, was hier gespielt wird, oder ich garantiere für nichts mehr.«

Wiebke Knoop steckte sich eine Zigarette an. Ihre Hände zitterten. Aus ihren geröteten Augen liefen Tränen. Sie nickte.

»Das sind Zuhälter gewesen. Strombergs Männer vom Kiez.«

Matthiesen und Pönitz warfen sich einen schnellen Blick zu.

»Egon Stromberg?«, fragte Pönitz, dessen Wut langsam Verwunderung wich.

»Sie wissen, wer das ist?«, erkundigte sich Knoop, ebenfalls verwundert.

Pönitz reichte ihr ein Taschentuch und sie wischte sich die Tränen damit ab, bevor sie weitersprach.

»Stromberg war ein alter Mann, aber gleichzeitig einer der schlimmsten und brutalsten Luden in ganz Hamburg. Er ist vor einiger Zeit gestorben. Deshalb bin ich auch zurück in den Norden gekommen. Ich dachte, nun würde endlich Ruhe herrschen. Aber denkste, Puppe.«

»Was haben Sie mit Stromberg zu tun? Warum wollen seine Leute Sie umbringen?«

»Erstens wegen der Sache mit Günter. Der hat ihm damals diese Papiere abgeluchst, aber hauptsächlich wegen einer vorherigen Sache.«

»Und die wäre?«

»Ich habe Ihnen ja erzählt, dass ich früher als Prostituierte gearbeitet habe und Günter mich aus dem Rotlichtmilieu herausholte. Aber die Sache war noch etwas anders. Stromberg hasste Günter regelrecht. Nachdem ich ihn kennengelernt hatte, verliebten wir uns tatsächlich sehr schnell ineinander. Er meinte, dass es Mittel und Wege geben würde, mich aus den Fängen meines Zuhälters zu befreien. Zuerst versuchte Günter mit Strombergs Schergen zu sprechen, aber welcher Lude lässt sich schon seine Pferdchen wegnehmen? Also hat er es auf eine andere Weise versucht.«

»Erpressung durch die Erkenntnisse aus den Akten?«, warf Matthiesen ein und musste niesen. Er merkte, wie seine Nasennebenhöhlen anschwollen, und er bekam kaum noch Luft. Die Erkältung hatte ihn voll erwischt.

»Gesundheit«, erwiderte Wiebke Knoop. »Sie sind ein kluges Köpfchen. Günter hat anhand dieser Unterlagen, in denen er eigentlich den Weg zum Goldschatz vermutete, tatsächlich herausbekommen, dass Stromberg im Krieg ein hohes Tier gewesen ist. Ein Nazischwein der übelsten Sorte. Er hieß Friedrich Stramm und war bei der SS. Diese Tatsachen rieb er Stromberg unter die Nase und erklärte ihm, dass er damit zur *Hamburger Morgenpost* gehen würde, wenn er mich nicht aus seinen Fängen ließe.«

»Und er hat sich erpressen lassen und eingewilligt. Gleichzeitig aber ewige Rache geschworen, stimmt's?«, fügte Matthiesen hinzu.

»Genau so war es. Zuerst hat Stromberg uns auch in Ruhe gelassen. Obwohl ich seine fiese Ader mehrfach am eigenen Leib zu spüren bekam, glaubte ich, dass es tatsächlich klappen könnte. Wie naiv von uns. Insgeheim wartete Stromberg nur auf seine Rache. Als Günter und Thomas Fischer auch noch anfingen, nach dem Goldschatz zu suchen, brachte dies das Fass zum überlaufen. Thomas wurde erschlagen und Günter starb an den Folgen seines Verkehrsunfalls.

Nur ein paar Tage nach Günters Tod lauerten mir Strombergs Schläger auf. Drei Männer gegen eine Frau. Können Sie sich das vorstellen? Was für feige Schweine. Sie haben mich furchtbar zusammengeschlagen und ich glaube, dass sie mich wirklich umbringen wollten. Zu meinem großen Glück kam zufällig ein Streifenwagen vorbei. Die Schläger sind getürmt. Die Bullen haben mich ins Krankenhaus gebracht. Ich bin fast gestorben vor Angst. Am nächsten Tag bin ich aus der Klinik abgehauen. Still und heimlich habe ich mich an der Nachtschwester vorbeigeschlichen. Einige Tage konnte ich bei einer Freundin in Sankt Pauli untertauchen. Nachdem ich mich körperlich fit genug fühlte, bin ich auf und davon. Zuerst einige Zeit nach Frankfurt. Dort wohnte ich, unter anderem Namen und einer fiktiven Geschichte, in einem Frauenhaus. Danach bin ich zu meiner Cousine nach Gelsenkirchen gegangen.«

»Als Sie hörten, dass Stromberg gestorben ist, sind Sie zurück in den Norden gekommen, in der Hoffnung, dass nun genug Gras über die Sache gewachsen sei?«, fragte Matthiesen unter einem Niesanfall.

»Ich hätte nicht gedacht, dass Strombergs Leute auch nach seinem Tod noch Rachegelüste hegten. Aber in diesem Milieu geht es um Ehre, und wenn jemand einmal ein Brandmal an sich trägt, dann wird er so lange gejagt, bis man ihn zur Strecke gebracht hat«, resümierte Knoop.

Pönitz nickte zustimmend. Seine Gedanken waren schon weitergewandert. Er überlegte, wie sie Wiebke Knoop weiterhin schützen und verbergen konnten. Doch das überstieg seine Kompetenzen. Er benötigte Hilfe und musste sich an die Staatsanwaltschaft sowie ans Bundeskriminalamt wenden. Wiebke Knoop besaß anscheinend ein umfassendes Wissen über die Hamburger Unterwelt. Damit wäre sie den staatlichen Behörden bestimmt eine große Hilfe, aber momentan schwebte sie in akuter Lebensgefahr. Sie benötigte dringend professionelle Hilfe von Stellen, die sich mit solchen Dingen besser auskannten. Nachdem sie dort ihre Aussagen gemacht hatte, müsste man ihr einen vollständigen Identitätsschutz sowie einen Umfeldwechsel und weitere finanzielle und berufliche Hilfen zukommen lassen.

Schweren Herzens griff er zum Telefon und rief die neue Staatsanwältin Dörte Bullhaupt an. Zu seiner Verwunderung hörte sie sich seine Geschichte kommentarlos an. In einem freundlichen Ton versprach sie, sich schnellstmöglich wieder zu melden. Pönitz musste überrascht feststellen, dass diese Staatsanwältin nette Züge zeigte.

Nur zehn Minuten später klingelte sein Handy. Dörte Bullhaupt teilte ihm mit, dass sie mit einem Kollegen des Verfassungsschutzes gesprochen hatte. Dieser hatte das Landeskriminalamt informiert. Mitarbeiter dieser Behörde befanden sich bereits auf dem Weg zu ihnen, um den weiteren Schutz Wiebke Knoops zu übernehmen. Pönitz atmete erleichtert auf und bedankte sich bei ihr.

Der Kriminaloberrat teilte Wiebke Knoop die Vorgehensweise mit und die Frau erklärte sich zur Mitarbeit bereit. Momentan fürchtete sie sich zu Tode und war froh, dass man ihr nun helfen würde. Ihr war alles egal, Hauptsache, sie konnte endlich zur Ruhe kommen.

Willi war bereits vor einiger Zeit in der Küche verschwunden und kehrte nun zurück, vor sich trug er ein Tablett mit Kaffee, den alle gut gebrauchen konnten.

Eine Dreiviertelstunde später fuhren zwei schwarze Limousinen auf den Hof. Die Beamten des LKA. Einige von ihnen trugen großkalibrige Waffen. Die Männer wollten sich ausweisen, aber Pönitz hielt das nicht für nötig, da er den Einsatzleiter Martin Lau gut kannte. Der Kriminaloberrat benötigte lange, um ihnen einen detaillierten Bericht über die Geschehnisse zu geben. Schweigend hörten die Männer zu. Danach erklärte Lau Wiebke Knoop, dass man sie nun in Sicherheit bringen würde. Den Ort gab er nicht bekannt, er meinte nur, dass sie Schleswig-Holstein dafür verlassen würden.

Als sie aufbrachen, verabschiedete Wiebke Knoop sich von Matthiesen und Pönitz. Sie umarmte jeden der beiden lange und bedankte sich für deren Hilfe. Die Limousinen verließen das Dorf und fuhren davon.

Sie würden Wiebke Knoop wahrscheinlich niemals wiedersehen und hofften, dass die Frau einer besseren Zukunft, ohne Angst, entgegenfuhr.

* * *

Marco Paustian wollte sicherheitshalber noch für den Rest der Nacht bei Willi bleiben.

Pönitz und Matthiesen waren auf dem Weg zurück nach Preetz. Unterwegs erzählte Pönitz, dass er den gesamten Sonntag am Computer gesessen und auch telefonisch recherchiert hatte. Dabei war er zu einigen interessanten Ergebnissen gekommen.

Egon Stromberg entpuppte sich tatsächlich als Vater von Jörg Stromberg. Dieser wuchs zuerst in Hamburg auf und wurde von seinem strengen Vater einige Jahre später in ein Schweizer Internat geschickt. Vater und Sohn verstanden sich überhaupt nicht. Als Jörg Stromberg alt genug war, um zu begreifen, welcher Tätigkeit sein Vater nachging, trennten sich ihre Wege vollends. Schon mit achtzehn ging Stromberg junior zur Marine, wo er geradezu die Karriereleiter hinauffiel. Von seinem Vater wollte er absolut nichts wissen und verschwieg dessen Dasein. Seiner Frau und den Kindern erzählte er stets, dass sein Vater nicht mehr lebte. Durch die ganze Situation entwickelte sich in seiner Jugend dabei aber anscheinend eine Psychose, die er in häuslicher Gewalt und pädophilen Neigungen auslebte. Außerdem trank er häufig, was die ganze Sache noch verschlimmerte. Seit Langem befand er sich deswegen bereits in psychologischer Betreuung und hatte schon mehrere Klinikaufenthalte hinter sich.

Nachdem der alte Stromberg gestorben war, musste Jörg den Nachlass verwalten. Dabei stieß er höchstwahrscheinlich auf die Spur des Goldschatzes und die Gier ergriff Besitz von ihm.

Matthiesen und Pönitz quälte die Frage, ob Mitglieder aus dem Milieu der Hamburger Unterwelt Jörg Stromberg und seinen Sohn deswegen umgebracht hatten. Waren die Strombergs tatsächlich Opfer dieser Gangster geworden? Warum musste Krauskopf sterben?

An solche organisierten Verbrecherbanden kam man nur sehr schwer heran. Pönitz meinte, dass sein sechster Sinn ihm immer wieder sagte, dass noch ein Dritter, ein Unbekannter, in diesem Spiel mitmischte. Irgendetwas hatte er übersehen, er wusste nur noch nicht, was.

Gegen sechs Uhr morgens kam Hinnerk zu Hause an und er verabschiedete sich von Pönitz. Für den nächsten Tag vereinbarten sie, dass sie sich am Mittag in Preetz treffen wollten. Sie würden beide nur wenige Stunden schlafen können, denn der Termin mit Pastor Pieper stand kurz bevor. Der Bunker rief.

Kapitel 29

Die Nacht steckte Matthiesen und Pönitz noch in den Knochen, als sie sich vormittags in Preetz trafen. Dieser Fall wurde immer undurchsichtiger, und nun auch noch dieser nächtliche Überfall. Was würde als Nächstes passieren? Zum Glück befand sich Wiebke Knoop in Sicherheit.

Malin konnte kaum glauben, was für eine abenteuerliche Geschichte ihr Hinnerk erzählte. Kurz danach legte er sich auf die Couch. Während er einschlief, fing Monsieur Tourette an, einen alten Freddy-Quinn-Schlager zu trällern: »Junge, komm bald wieder, bald wieder nach Haus … Junge … geh kacken … kriiriiiriiirii.«

Hinnerk schlief einige Zeit, ohne dass Malin oder Monsieur Tourette ihn störten. Als er wieder aufwachte, begrüßte ihn der Vogel mit einem »Moin Moin!«, gefolgt von einem irren Gekicher. Kurz danach stellte der quirlige Kakadu seine plüschigen Kopffedern auf und pfiff den *River Kwai March*. Hinnerk wunderte sich immer wieder, was für ein unendliches Repertoire der Kakadu besaß. Malin hatte Brötchen besorgt und sie frühstückten zusammen.

Da Hinnerk im Waldweg wohnte, ging er den kurzen Weg zum Treffpunkt zu Fuß. Die frische Luft tat ihm gut. Er wartete am Parkplatz in der Kührener Straße, direkt vor einem Lottogeschäft. Das Wetter war über Nacht aufgeklart und zwischen den dicken Wolken traten gelegentlich sogar Sonnenstrahlen hervor.

Kurze Zeit später trafen auch Pönitz und Jan Paul ein. Der Kriminaloberrat hatte Jan bereits die nächtlichen Ereignisse mitgeteilt und nur ein entsetzt schweigendes Kopfschütteln geerntet.

Ein Vespa-Roller kam knatternd den Zappenweg herauf, bog ab und hielt direkt hinter dem Dienstwagen der

Beamten. Pastor Pieper war eingetroffen.

Der Geistliche trug einen schwarzen Anzug, darüber einen dunklen Parka und einen roten Schal. Die Männer begrüßten sich und der Kriminaloberrat erklärte Pieper, dass sie in einem Mordfall ermittelten, in dem der Bunker eventuell eine Rolle spielte. Die Geschichte um den mysteriösen Goldschatz verschwieg Pönitz allerdings.

Pieper führte die Männer etwa hundert Meter den Zappenweg hinunter, wo sich auf der rechten Seite mehrere Mehrfamilienhäuser befanden. Dabei erklärte er den Kripobeamten, dass sich unter dem gesamten Areal, zwischen Kührener Straße und der Bahntrasse, der unterirdische Bunker erstreckte. Mehrere verzweigte Gänge und ehemalige Schutzräume befänden sich immer noch dort unten, viele seien allerdings kurz nach dem Krieg zugemauert oder zugeschüttet worden.

Vor dem Eingang eines der mittleren Wohnhäuser blieb Pieper stehen. Die Tür wurde geöffnet und ein älterer Mann kam heraus. Als er Pastor Pieper erblickte, lächelte er und sagte: »Moin, Paster.« Pieper erwiderte den Gruß und lächelte ebenfalls.

»Hier befindet sich im Keller einer der Eingänge zum Bunker«, erklärte er, als sie in das Gebäude hineingingen.

»Preetz ist eine kleine Stadt. Wofür benötigten die Nazis hier einen so großen Bunker?«, fragte Hinnerk. Er hatte vorher noch niemals etwas von der unterirdischen Anlage gehört.

»Dieser Gedanke beschäftigt mich schon lange«, antwortete Pieper. »Die Bunkeranlage ist wirklich ziemlich groß und umfangreich gewesen für so einen kleinen Ort, zumal Preetz ja damals noch wesentlich kleiner war als heutzutage. Das Gelände befand sich zu der Zeit außerhalb des Ortes. Es gab hier die SAS der Kriegsmarine, die

Schiffs-Artillerie-Schule. Damals wurden dort die Soldaten an den Kanonen ausgebildet. Noch während des Krieges wurde die SAS allerdings aufgelöst und man nutzte die Baracken als Lazarett und Kreiskrankenhaus. Kurz vor Kriegsende, und noch einige Zeit danach, kamen viele Flüchtlinge aus dem Osten hierher. Die Bunkergänge reichten bis hinunter zu den Bahnschienen. Dort kamen die Züge an, vollgestopft mit Menschen. Oft wurden diese Transporte von alliierten Kampffliegern angegriffen und die sowieso schon verstörten Seelen waren froh, hier in Sicherheit zu sein. Diese Leute hatten ihr Hab und Gut verloren und konnten auf ihrer Flucht vor den Russen nichts mitnehmen. Viele führten nur das bei sich, was sie am Leib trugen. Durch die Gänge konnten die Flüchtlinge zu den Baracken und unterirdischen Räumen gelangen, die als Behelfsunterkünfte dienten.«

»Und diese SAS, die Artillerie-Schule, was ist aus dieser militärischen Einrichtung geworden?«

»Die wurde bereits vor Ende des Krieges aufgelöst. Man brauchte ja damals alle verfügbaren Männer an den Waffen. Zum sogenannten Endsieg. Es muss eine furchtbare Zeit gewesen sein. Krieg ist so sinnlos. Zum Glück gingen in Preetz kaum Bomben runter, dafür wurde aber Kiel fast vollständig zerstört«, erwiderte der Geistliche nachdenklich.

Aus seiner Jackentasche holte er nun ein Schlüsselbund hervor und öffnete die Haustür. Sie gingen die Treppe hinunter und kamen in einen typischen Kellergang. Links und rechts befanden sich Türen aus Maschendraht, die Kellerräume der Mieter. Am Ende des Ganges sahen sie nun eine Feuerschutztür, die Pieper ebenfalls öffnete. Er fingerte in seinem Rucksack herum und förderte eine LED-Taschenlampe zutage. Auch die Kripobeamten schalteten ihre mitgebrachten Lampen ein.

Sie kamen in einen kleinen Vorraum, der überquoll von alten Möbeln, Teppichen, Bauschutt und anderem Schrott. Sie mussten über das Gerümpel hinübersteigen, um an eine weitere Eisentür zu kommen. Diese war allerdings wesentlich älter. Nachdem Pieper auch diese geöffnet hatte, schlug ihnen ein modriger und muffiger Geruch entgegen. Matthiesen kam es wie der Eingang zur Unterwelt vor.

»Sie werden sehen, dass diese Anlage schon mal bessere Tage gesehen hat. Die Gänge verzweigen sich in ein scheinbar unendliches Labyrinth. Aber nur noch wenige der Gänge sind begehbar. Allerdings kommt es äußerst selten vor, dass sich hier unten noch jemand aufhält«, meinte der Pastor.

Sie passierten die Pforte zum Hades und kamen in einen langen Gang. An den Wänden bröckelte der Beton. Von der Decke hingen uralte Spinnweben herunter. Die Luft war staubgeschwängert, stickig und feucht. Auf dem Boden befanden sich jede Menge alter Kabel und Rohre, die irgendwann von den Wänden und Decken heruntergefallen waren. Ein paar leere Bier- und Schnapsflaschen krönten das Bild des Verfalls.

Der Gang, den sie nun entlanggingen, war ziemlich eng. Zum Glück litt keiner der Männer an Klaustrophobie. Am Ende des Tunnels befanden sich die Reste einer ehemaligen Markierung, ein weißer Pfeil, der nach rechts wies.

»Wir müssen hier hinunter, dann kommen wir in weitere Gänge und Kammern«, erklärte Pieper. Außerdem erzählte der Gottesmann alles, was er über diesen Bunker wusste. Er freute sich sichtlich, den Beamten sein Wissen mitzuteilen.

Pönitz musste immer wieder husten. Die stickige Luft war Gift für sein Asthma. Erst als er mehrfach mit einem Dosierspray inhaliert hatte, wurde es besser. Ihre

Schritte hallten durch die unterirdische Welt. Trotz der Taschenlampen befanden sie sich in einem unheimlichen, schummerigen Licht. Die Strahlen der Scheinwerfer wirkten wie Laserschwerter in der staubigen Luft, die gegen unsichtbare Feinde des Imperiums aus *Star Wars* kämpften.

Nachdem sie eine der vielen Ecken passiert hatten, kamen sie in einen neuen, wesentlich längeren Gang. Auch hier das gleiche Bild. Links und rechts befanden sich zugemauerte Türen. An den Wänden waren Eisensprossen angebracht, die einmal weiter in die Tiefe geführt haben mussten. Doch auch diese Zugänge waren verschlossen.

Sie bewegten sich immer tiefer in das Bunkersystem hinein. Wenn die Männer sprachen, hallte das Echo noch lange nach. Die Gänge des Bunkers schienen tatsächlich unendlich zu sein. Sie fühlten sich unwohl in diesem System, das einmal in der braunen Vergangenheit erbaut worden war. Eine beklemmende Szenerie.

An einer der vielen zugemauerten Türen musste Matthiesen sich den Schnürsenkel binden. Er bemerkte zufällig, dass etwas in dem damals noch frischen Zement markiert worden war. Er richtete den Strahl seiner Taschenlampe darauf. Als er erkannte, was sich dort befand, stellten sich seine Nackenhaare auf. Er hatte noch nie an Zufälle geglaubt.

Die braune Vergangenheit Deutschlands, über siebzig Jahre her, befand sich plötzlich direkt vor ihm. Eine kleine SS-Rune war in den Zement gezeichnet worden.

Hinnerk fragte Pieper, ob er solche Zeichen kennen würde und es noch mehr davon gab. Der Angesprochene schaute ihn verwundert an und besah sich die Rune. Sie befand sich auf Kniehöhe, war nur zwei Zentimeter groß und kaum wahrnehmbar. Ein Wunder, dass Hinnerk sie überhaupt bemerkt hatte.

»Ich bin schon oft hier unten gewesen, aber so etwas habe ich noch niemals zuvor …«

Pastor Pieper wurde von einem lauten Geräusch unterbrochen, einem Knall, von dem sie alle erschraken. Der Krach hallte in der ganzen Unterwelt nach.

»Hallo, ist dort jemand?«, rief Pönitz. Sie lauschten in die Dunkelheit. Keine Antwort. Aber dort musste jemand gewesen sein. Pieper meinte, dass das eigentlich unmöglich sei, da alle Eingänge stets verschlossen seien.

Pönitz rief nochmals. Stille. Im Licht der Taschenlampe sahen sie, wie eine Ratte in einem Abwasserrohr verschwand.

Plötzlich ein erneutes Geräusch. Scheppern. Es klang, als ob ein Blecheimer über den Boden rutschte. Diesmal konnten sie die Richtung ungefähr orten.

Matthiesen, Paul und der Kriminaloberrat stürmten den Tunnel hinunter. Pastor Pieper wollte ebenfalls hinterherlaufen, aber seine Jacke verfing sich an einem Wandhaken, wobei er sich den Ärmel des Parkas aufriss. Der Gottesmann schimpfte über seine Ungeschicklichkeit und versuchte seine Jacke von dem rostigen Nagel zu lösen.

Völlig unerwartet packte ihn jemand von hinten und hielt ihm den Mund zu. Piepers Taschenlampe fiel zu Boden und erlosch. Er wollte schreien, aber der Griff des Fremden hielt ihn eisern fest. Panik ergriff Pieper und er wollte versuchen, sich zu befreien, wurde aber wie von einem Schraubstock festgehalten. Voller Entsetzen sah er, wie die Lichter der Polizisten in der Dunkelheit verschwanden. Als der letzte Lichtkegel ihrer Strahler erlosch, traf ihn ein harter Schlag am Kopf. Es schmerzte furchtbar, aber er wurde nicht ohnmächtig. Pieper bemerkte, dass eine warme Flüssigkeit über seine Wange lief. Blut. Verzweifelt versuchte sich der Gottesmann zu befreien. Er roch den

Schweiß des Angreifers. Allen Mut zusammennehmend stieß er dem Fremden seinen Ellenbogen in die Rippen. Dieser stöhnte vor Schmerz auf. Der Griff lockerte sich etwas und Pieper wirbelte herum. In seiner Not schlug er in die absolute Dunkelheit. Vergebens. Wo befand sich der Angreifer? Furcht ergriff ihn.

In dem Moment, als er um Hilfe rufen wollte, traf ihn urplötzlich ein schwerer Schlag auf die Nase, gefolgt von einem Hieb in die Magengrube. Sein Kopf schmerzte, Übelkeit breitete sich in ihm aus. Dann krachte es erneut gegen seinen Kopf. Blitzartig tanzten Sterne vor seinen Augen, bevor er ohnmächtig auf den staubigen Boden sackte und tiefschwarze Nacht ihn umhüllte.

* * *

Matthiesen bemerkte als Erster, dass Pieper nicht mehr bei ihnen war. Kein einziges Zeichen mehr vom Gottesmann.

»Wir haben den Pastor verloren. Das Beste wird sein, wenn wir zurückgehen, ansonsten verirren wir uns noch vollständig in diesem Labyrinth. Ohne Pieper finden wir hier nicht wieder heraus«, sagte er zu seinen Kollegen.

Sie leuchteten den Gang ab, aus dem sie gerade gekommen waren. Nichts. Nur einer der vielen weißen Markierungspfeile, der diesmal nach links wies. Pönitz stimmte zu umzukehren. Sie wunderten sich immer noch über dieses Scheppern. Im Bunker geisterte jemand herum, aber wer und warum? War ihnen irgendwer gefolgt oder gab es eine natürliche Ursache?

Mittlerweile vernahmen sie kein Geräusch mehr. Sie lauschten. Totenstille. Die Männer machten sich auf den Rückweg, um Pieper zu suchen.

* * *

Die Tür des Rettungswagens schloss sich und das Gefährt setzte sich in Bewegung. Als das Fahrzeug die Kührener Straße erreichte, schaltete der Fahrer das Blaulicht an.

Die drei Kommissare schauten dem rot-weißen Kastenwagen hinterher, mit dem Pastor Pieper in die Preetzer Klinik gebracht wurde.

Schnell hatten sie im Bunker gemerkt, dass der Geistliche sich nicht mehr hinter ihnen befand, und waren umgekehrt. Irgendetwas war faul an der ganzen Sache.

Nachdem sie einige Zeit im Labyrinth der Gänge umhergeirrt waren, fanden sie Pieper. Er saß, mit dem Rücken an die Wand gelehnt, auf dem Boden und wirkte ziemlich mitgenommen. Blut tropfte von einer Platzwunde am Kopf. Zum Glück war Pieper bei Bewusstsein und er erzählte ihnen in knappen Worten, was passiert war.

Pönitz gab ihm ein sauberes Stofftaschentuch, das Pieper unter einem schmerzerfüllten Stöhnen auf die Verletzung presste. Seine Nase sah ebenfalls ziemlich lädiert aus, getrocknete Blutreste hafteten noch an ihr. Matthiesen vermutete ein gebrochenes Nasenbein. Zudem würde der Gottesmann auch ein ordentliches Veilchen davontragen.

Bereits im Tunnel versuchten sie, einen Notruf abzusetzen, bekamen aber keinen Empfang. So schleppten sie Pieper zum Eingang zurück und irrten dabei einige Zeit durch die Dunkelheit. Nur wenig später traf der Notarzt ein, der es für besser hielt, den Pastor ins Krankenhaus einzuweisen, um ihn dort weiterzubehandeln.

Pönitz informierte die Spurensicherung. Björn Krüger wollte sofort zum Bunker eilen. Außerdem bekamen sie Unterstützung von zwei Mitarbeitern des Preetzer Bauhofes und sogar der Bürgermeister rückte an.

Pönitz und seine Kollegen wollten nun unbedingt wissen, ob sich ein Versteck oder irgendetwas anderes hinter einer der zugemauerten Türen verbarg. Der Kriminaloberrat wollte jeden Zentimeter dieses verflixten Bunkers durchsuchen. Er vermutete, dass sich hier etwas verbarg.

Als Erstes wollten sie allerdings den Zugang mit der SS-Runenmarkierung öffnen. Dazu mussten sie erneut in den Bunker hinabsteigen. Mittlerweile kannten sich die Männer in dem Gewirr der Gänge einigermaßen aus und kritzelten Markierungen an die porösen Wände. Schnell fanden sie den zugemauerten Zugang mit den SS-Runen, den sie als Erstes öffnen wollten. Einer der Arbeiter trug einen Vorschlaghammer bei sich.

Dicke Ziegelsteine und ein äußerst widerstandsfähiger Zement erschwerten die Arbeit. Nach gut einer halben Stunde schafften sie den Durchbruch, sodass eine Person hindurchklettern konnte. Matthiesen stieg zuerst durch das Loch in die Finsternis. Seine Taschenlampe erleuchtete den Raum. Wahrscheinlich das erste Licht nach über siebzig Jahren. Die Luft darin roch wesentlich stickiger als in den Gängen. Der Hauptkommissar erkannte in einer Ecke aufgestapelte Feldbetten. Daneben befanden sich fünf stattliche Holzkisten, auf denen ein Hakenkreuz und der Schriftzug »Deutsche Wehrmacht« prangten. Die Deckel waren immer noch fest verschlossen.

»Ich brauche eine Brechstange!«, rief er durch das Loch.

Nur eine Minute später kletterte Jan Paul ebenfalls hindurch. Dabei verdreckte sein schwarzer Anzug vollends, was ihn allerdings völlig kaltließ. Er schaute sich um und pfiff begeistert durch die Zähne. Sein Gesicht strahlte vor Abenteuerlust.

»Verdammte Scheiße! Wenn das nicht…«

Jan brach mitten im Satz ab. Er ging zu den Kisten und setzte ohne zu zögern die Brechstange am Deckel der obersten Kiste an. Das Holz war alt und die Nägel ziemlich verrostet. Zusammen hebelten sie den Deckel ab und warfen die Bretter auf den Boden. Sie leuchteten in die Kiste. Was sie darin zu sehen bekamen, verschlug ihnen die Sprache.

Im Lichtkegel ihrer Taschenlampen funkelte es.

Gold.

Es befanden sich tatsächlich Goldbarren darin. Grob geschätzt mussten es annähernd fünfzig Stück sein. Auf jedem der schweren Barren befanden sich Reichsadler und Hakenkreuz. Zudem stand dort »Deutsche Reichsbank – 999/1000 Gold«.

Wenn sich in den anderen Kisten ebenfalls solch eine Menge von Goldbarren befand, dann handelte es sich hierbei um einen Fund von unermesslichem Wert.

Sie hatten tatsächlich den Nazischatz entdeckt.

Kapitel 30

Der Schatz entpuppte sich als Sensation. Innerhalb kürzester Zeit verbreitete sich die Nachricht wie ein Lauffeuer. Die Telefone in der Bezirkskriminalinspektion Kiel klingelten ununterbrochen, sodass Pönitz sich gezwungen sah, um siebzehn Uhr eine Pressekonferenz abzuhalten. Er hasste solche Veranstaltungen. Die Vertreter der Presse gingen ihm immer wieder gehörig auf die Nerven, aber die Öffentlichkeit lechzte geradezu nach Informationen.

Momentan saß die gesamte Crew im Besprechungsraum, um sämtliche Vorkommnisse zu besprechen. Sogar die Staatsanwältin Dörte Bullhaupt war anwesend. Zur Verwunderung aller lobte sie die Männer für ihren Fund.

Obwohl dieser Fall ziemlich unübersichtlich schien, begann sich der Nebel doch etwas aufzulösen.

Pönitz hielt ein Brainstorming ab und resümierte:

Egon Stromberg war Friedrich Stramm, daran gab es keinen Zweifel mehr. Der ehemalige SS-Offizier hatte sich anscheinend nach dem Krieg abgesetzt und war für einige Jahre nach Südamerika verschwunden. Nachdem er meinte, dass genug Gras über die Sache gewachsen sei, kehrte er als Egon Stromberg nach Deutschland zurück und baute mit dem Nazigold, das er inzwischen aus verschiedenen Verstecken geholt hatte, sein Hamburger Gangsterimperium auf. Sein perfider Plan ging anscheinend auf.

Irgendwie hatten Stramm und andere ehemalige SS-Offiziere einen Teil der Goldreserven des Nazireichs in ihre Gewalt gebracht. Höchstwahrscheinlich hatten sie die Reichsbank betrogen und es war ihnen in den Wirren kurz vor Kriegsende gelungen, den Schatz an sich zu reißen. Sie mussten über unermessliche Machtbefugnisse verfügt haben. Zudem musste eine einflussreiche Nazigröße aus dem Regierungsapparat mit ihnen unter einer Decke stecken. Jedenfalls verschwand das Unterseeboot spurlos und mit ihm das Gold. Wohin? Das wusste nur der einzige Überlebende dieses perfiden Plans: Friedrich Stramm alias Egon Stromberg.

Die Reichsbankkisten, darunter auch die, welche die Kripo jetzt im Bunker entdeckt hatte, waren nie wieder aufgetaucht. Es blieb ein Wunder, dass Stromberg und seine Kumpane auch diesen Schatz nicht bereits vorher geborgen hatten, oder Egon Stromberg hatte dieses Gold ganz einfach nicht aus der Preetzer Unterwelt holen wollen. Es blieb ein Rätsel, das wohl niemals gelöst werden würde.

Nach Egon Strombergs Tod mussten seinem Sohn diverse Unterlagen aus dem Nachlass in die Hände gefallen sein und er hatte sich, zusammen mit seinem Sohn Victor, auf die Suche nach dem Gold gemacht. Egon Strombergs Hamburger Komplizen musste dies aufgefallen sein und sie hatten Vater und Sohn umgebracht.

Auch Oberleutnant Krauskopf musste von der Sache gewusst haben, hatte sich irgendwie darin verstrickt und wurde deswegen ebenfalls ermordet.

Was für skrupellose Menschen mussten das getan haben. Eiskalte Killer. Die Beamten wussten genau, dass sie wahrscheinlich niemals hinter die Kulissen dieser mafiagleichen Strukturen blicken würden, in die nicht einmal V-Männer hineinkamen. Auch wenn sie es täglich mit krimineller Energie zu tun bekamen, diese Welt würde für die Männer immer ein Geheimnis bleiben.

Pönitz hoffe, dass es Wiebke Knoops Aussage ermöglichen würde, diese Bande zu zerschlagen.

Der Kriminaloberrat schaute auf die Uhr. In einer Stunde würde die Pressekonferenz beginnen. Zu seiner Unterstützung wollte auch Dörte Bullhaupt daran teilnehmen. Nachdem die beiden einander immer näher beschnuppert hatten, klappte die Zusammenarbeit sogar relativ gut. Pönitz hoffte, dass dieser Bullterrier doch nicht so bissig war, wie anfangs gedacht.

Man würde sehen.

Kapitel 31

Matthiesen drückte sich erfolgreich davor, an der Pressekonferenz teilzunehmen. Immer noch plagte ihn die Erkältung. Er konnte sogar kurzzeitig aus der *Blume* verschwinden, um sich am Exerzierplatz einen Imbiss zu genehmigen und sich in einer Apotheke Medikamente zu holen. Außerdem telefonierte er mit Malin und berichtete ihr vom Abenteuer im Bunker. Auf dem Rückweg zur Bezirkskriminalinspektion klingelte sein Smartphone.

»Hier ist Traute Meyerhof. Erinnern Sie sich an mich? Wir haben vor ein paar Tagen miteinander gesprochen. Ich bin die Tochter von Ferdinand Lüdders, dem alten Mann, der in der Ostsee Selbstmord begangen hat. Erinnern Sie sich?«

Matthiesen wunderte sich. Natürlich erinnerte er sich an die Frau, doch sie klang sehr leise, besorgt, fast schon ängstlich.

»Was kann ich für Sie tun, Frau Meyerhof?«, fragte er.

»Sie haben mir Ihre Visitenkarte dagelassen und zu mir gesagt, dass ich mich jederzeit an Sie wenden dürfte, wenn etwas ist.«

Traute Meyerhof schluchzte. Irgendwas bedrückte sie.

»Erzählen Sie mir, was los ist«, forderte er sie vorsichtig und mit ruhiger Stimme auf.

Matthiesen überquerte gerade die Fleethörn, als es anfing zu nieseln.

»Ich … ich … glaube«, stotterte sie, »dass mein Bruder … etwas mit den Morden … an diesen Marineoffizieren zu tun hat. Ich habe davon in der Zeitung gelesen.«

Matthiesen wurde hellhörig. Sie hatten zwar den Schatz, aber immer noch nicht den oder die Täter gefunden.

»Wie kommen Sie darauf?«

»Manfred ist in den letzten Tagen so merkwürdig. Seit Vaters Selbstmord ist es noch schlimmer geworden. Er ist kaum noch zu Hause. Er kümmert sich zwar mit mir zusammen um die Beerdigung, aber irgendetwas ist merkwürdig ... und dann habe ich heute Nachmittag auch noch zufällig etwas Furchtbares gefunden ... Ich kann gar nicht verstehen, wie das möglich ist ... bitte helfen Sie mir, ich habe schreckliche Angst!«

»Sind Sie auf dem Bauernhof?«

»Ja, natürlich. Manfred ist fort und ich glaube, dass er wieder etwas Schreckliches anstellen wird. Bitte kommen Sie ... schnell ... ich weiß nicht mehr, was ich tun soll.«

Hinnerk versprach ihr, in einer Stunde bei ihr zu sein. So schnell er konnte, rannte er zurück zur Blumenstraße. Dort angekommen, kamen ihm gerade die Reporter entgegen. Die Pressekonferenz war beendet. Schnell lief er die Treppe hinauf und fand die versammelte Crew im Besprechungsraum.

Er berichtete vom Telefonat mit Traute Meyerhof. Pönitz meinte, dass sie sofort mit der aufgeregten Frau reden sollten. Er wäre momentan unabkömmlich, weil er noch ein Interview für die abendliche Sendung des *Schleswig-Holstein-Magazins* geben musste.

Matthiesen und Paul machten sich sofort auf den Weg in die Probstei. Unterwegs stellten sie immer wieder Vermutungen an, was Traute Meyerhof ihnen mitteilen würde.

Gab es doch noch einen Dritten, der in dieser Angelegenheit mitmischte, so, wie es Pönitz bereits mehrfach vermutet hatte?

* * *

Sie erreichten den Hof am Rögen gegen neunzehn Uhr. Inzwischen regnete es wie aus Kübeln, die Temperatur kletterte immer weiter nach unten und auch der Wind nahm stetig zu. Im Autoradio teilte der Sprecher mit, dass sich das nächste Tief im Anzug befand und die Kieler Bucht gegen Mitternacht erreichen würde. Man rechnete mit einer schweren Sturmflut.

Die beiden Kommissare stiegen aus und rannten zur Haustür, wo Traute Meyerhof bereits wartete. Sie führte die Männer ins Wohnzimmer. Wie bereits bei ihrem ersten Besuch, wunderte Matthiesen sich über die vielen Jugendbücher und die ausgeprägte Sammlung über nordamerikanische Indianer.

»Sie haben mir erzählt, dass Sie glauben, Ihr Bruder hätte was mit dem Mord an Jörg Stromberg zu tun?«, begann Matthiesen das Gespräch.

Traute Meyerhof begann leise zu weinen und nickte fast unmerklich.

»Er hat mir heute erzählt, dass er nicht mehr kann und dass er sich umbringen will, genau wie mein Vater. Manfred wirkte völlig verzweifelt, so kenn ich ihn gar nicht. Er weinte und sagte, dass er diese Last nicht mehr tragen kann. Immer wieder passiert etwas, was mit dem Gold zu tun hat, und er hätte Menschen ermordet und …«

Sie vergrub ihr Gesicht in den Händen und weinte. Jan und Matthiesen sahen sich verwundert an.

»Beruhigen Sie sich, Frau Meyerhof, und erzählen Sie uns alles der Reihe nach.«

Sie wischte sich die Tränen aus dem Gesicht und nickte. Als sie anfing zu berichten, zitterten ihre Hände.

Beim Aufräumen war ihr heute Vormittag eine Kiste in die Hände gefallen, in der sie verwirrende Tatsachen über ihren Vater fand. Ferdinand Lüdders entpuppte sich als jemand völlig anderes. Niemals hätte sie gedacht, dass ihr Vater einmal eine andere Identität besessen hatte, berichtete sie.

Traute Meyerhof hatte Dokumente entdeckt, die ihn als Johann von Stackeldorf auswiesen, der 1919 in Ostpreußen geboren wurde und auf seltsamen Wegen zu Ferdinand Lüdders geworden war. Sie konnte kaum verstehen, was sie dort alles las, und fühlte sich wie in einem Albtraum. Eine Welt, von der sie immer gedacht hatte, dass sie in Ordnung sei, geriet innerhalb kürzester Zeit aus dem Ruder. Selbst mittlerweile schon sechsundsechzig Jahre alt, hätte sie niemals gedacht, dass so etwas möglich sei.

Als ihr Bruder Manfred mittags nach Hause kam, stellte sie ihn zur Rede. Manfred schaute sie erschrocken an. Er ging zum Kühlschrank und holte eine Flasche Weizenkorn heraus, die er mit einem Zug halb leer trank. Allein dies sei schon ungewöhnlich gewesen, meinte Traute Meyerhof, denn normalerweise mied Manfred den Alkohol.

Er habe dann angefangen zu weinen und es sei nur so aus ihm herausgesprudelt. Manfred wusste schon lange vom Vorleben seines Vaters. Als Kind habe er sogar beobachtet, wie sein Vater einen Mann erschlug. Dies sei für ihn völlig in Ordnung gewesen, denn der Fremde hatte seinen geliebten Vater angegriffen. Es war Notwehr gewesen. Trotzdem ließ Lüdders den Leichnam verschwinden. In den nächsten Jahrzehnten tauchten immer wieder Leute auf, die einem Goldschatz auf der Spur waren, den Ferdinand Lüdders aber schon vor langer Zeit in der Ostsee versenkt hatte.

Manche dieser Glücksritter verschwanden bald wieder. Vier von ihnen aber suchten hartnäckig nach Spuren des Goldes. Manfred, inzwischen ein erwachsener und extrem kräftiger Mann, hatte jeden dieser Beutegeier umgebracht und verschwinden lassen. Zuerst hatte er völlig skrupellos gehandelt, nun jedoch quälten ihn zunehmend häufiger Gewissensbisse, obwohl sich die meisten dieser Leute als gewissenlose Gangster entpuppten.

Vor ein paar Wochen waren zwei weitere Männer aufgetaucht. Sie trafen den alten Lüdders allein auf dem Hof an. Manfred erzählte Traute, dass die beiden ihren Vater verprügelt hatten, um an das Versteck des Goldes zu kommen. Bewusstlos hatten sie den alten Lüdders in der Scheune zurückgelassen. Als Manfred nach Hause kam, fand er seinen Vater dort vor und half ihm ins Haus. Ferdinand Lüdders berichtete seinem Sohn, dass diese Männer vor Gier völlig außer sich gewesen waren.

Aber der Alte hatte sich das Autokennzeichen merken können und Manfred machte sich auf die Suche nach den Übeltätern. Doch er brauchte nicht lange zu suchen. Eines Abends tauchte Jörg Stromberg auf dem Hof auf und hielt Manfred eine Pistole vors Gesicht. Es gelang dem kräftigen Bauern, Stromberg zu überwältigen. Während des Handgemenges lösten sich mehrere Schüsse, Manfred wurde von einem Streifschuss am Oberschenkel getroffen. Irgendwie kam er an einen Zimmermannshammer heran und schlug Stromberg damit den Schädel ein. Noch in der gleichen Nacht transportierte er den leblosen Körper auf sein Boot und versenkte ihn in der Ostsee.

»Was für ein Boot besitzt Ihr Bruder?«, fragte Matthiesen, obwohl er die Antwort bereits wusste.

»Es ist ein blaues, knapp zehn Meter langes Bruijs-Vlet-Motorboot. Sein ganzer Stolz. Es heißt *Seeperle* und Manfred verbringt jede freie Minute auf dem Schiff.«

Matthiesen kannte das Boot. Die Vision im Eckernförder Hafen. Immer wieder sah er es in seinen Träumen explodieren. Manfred Lüdders entpuppte sich tatsächlich als Mörder.

»Hat Ihr Bruder Ihnen auch etwas von Victor Stromberg erzählt?«

Traute Meyerhof nickte und fing wieder an zu weinen.

»Er hat auch ihn umgebracht, mehr gab er nicht preis. Sie können sich gar nicht vorstellen, wie furchtbar ich mich fühle. Erst diese Geschichte mit einem Vater, der ein ganz anderer Mensch war, als ich immer geglaubt hatte, und nun noch diese Ungeheuerlichkeit von meinem Bruder. Ich weiß nicht mehr, was ich denken soll. Ich bin völlig verwirrt.«

»Hat Ihr Bruder einen Spitznamen?«, erkundigte sich Jan.

Traute Meyerhof nickte stumm und wies mit der Hand auf die Bücherwand.

»Manfred hat alles gelesen, was jemals über Indianer geschrieben wurde, und sammelt Literatur dazu. Seit seiner Kindheit liest er gern und verschlang alles zu diesem Thema. Schon in der Grundschule nannten seine Mitschüler ihn den Indianer, das ist bis heute so geblieben. Auch ich ertappe mich immer wieder dabei, ihn so zu nennen. Indianer.«

Die Kommissare warfen sich einen schnellen Blick zu. Beide dachten das Gleiche. Als sie Wiebke Knoop das erste Mal besuchten, berichtete sie von einem Mann, der Indianer hieß. Thomas Fischer hatte kurz vor seinem Tod jemanden treffen wollen, der sich Indianer nannte.

Somit hatten sie auch den Mörder von Thomas Fischer gefunden. Was für eine ungeheuerliche Story tat sich hier auf!

»Wo befindet sich Ihr Bruder momentan?«

»Ich habe zu ihm gesagt, dass er zur Polizei gehen soll, um sich zu stellen, sonst wird doch alles nur noch schlimmer. Aber er ist einfach losgestürmt wie ein Bulle. Ich glaube, dass er zur *Seeperle* gefahren ist. Das Boot liegt im Jachthafen von Marina Wendtorf. Das Schiff war schon immer sein Rückzugsort. Ich habe große Angst, dass er sich etwas antut.«

Plötzlich schepperte es. Das Geräusch kam aus der Küche.

Traute Meyerhof schaute erschrocken auf, erhob sich und ging Richtung Küche.

»Manfred?«, rief sie besorgt.

Keine Antwort. Kurze Zeit später hörten sie einen Motor aufheulen. Ein Fahrzeug beschleunigte und verließ mit durchdrehenden Reifen den Hof. Matthiesen und Jan rannten aus dem Haus und sahen noch die Rücklichter des Wagens. Sie waren anscheinend von Manfred Lüdders belauscht worden, und dieser suchte nun das Weite.

Nur wenige Sekunden später saßen sie im BMW und Paul startete den Wagen, doch als er beschleunigte, ruckte das Fahrzeug unsanft und schüttelte die Männer durch. Sie kamen kaum vorwärts.

Schnell stiegen sie aus und begutachteten die Bescherung. Beide Vorderreifen waren platt. Zerstochen. Jan Paul haute vor Wut die Faust aufs Autodach und fluchte. Die Rücklichter von Lüdders' Range Rover verschwanden in der Dunkelheit.

Kapitel 32

Matthiesen rief Pönitz an und schilderte ihm die Lage. Der Kriminaloberrat versprach, dass man sie schnellstmöglich von dort abholen würde. Außerdem wollte er Streifenwagen zum Jachthafen in Marina Wendtorf schicken, um Lüdders dort abzufangen. Sicherheitshalber würde er auch noch die Wasserschutzpolizei informieren.

Den Männern blieb nichts anderes übrig, als zu warten. Dieser Kerl hatte sie einfach ausgetrickst.

Bereits nach fünfzehn Minuten fuhr ein Streifenwagen auf den Bauernhof. Annika Ehlers, die Polizistin aus der Schönberger Dienststelle, saß am Steuer und wurde von einem älteren Kollegen begleitet. Matthiesen und Paul stiegen in das Fahrzeug und baten Ehlers, nach Marina Wendtorf zu fahren. Auf dem Weg unterrichteten sie die Kollegen, was auf dem Hof passiert war.

Sie brauchten nur etwas über eine Viertelstunde, um nach Marina Wendtorf zu kommen. Bereits von Weitem konnten sie die Blaulichter am Eingang des Jachthafens erkennen. Drei Streifenwagen standen dort. Pönitz kam sofort auf sie zu. Matthiesen wunderte sich, dass sich der Kriminaloberrat bereits ebenfalls hier befand.

»Wir haben die Piers abgesucht, aber weder von Lüdders noch von seinem Boot etwas gefunden. Die Kollegen müssen weit vor Lüdders hier gewesen sein. Ich denke mal, dass sich sein Boot nicht im Jachthafen befand. Aber wo sollen wir diesen verflixten Kahn suchen? Vielleicht ist er aber auch gar auf seinem Boot, sondern versteckt sich irgendwo an Land.«

»Das glaube ich nicht«, vermutete Matthiesen. »Seine Schwester meinte, dass er die *Seeperle* über alles liebt und sie sein Rückzugsort ist. Ich glaube, dass das Boot an einem anderen Platz lag und er inzwischen auf der Ostsee ist.«

»Dorthin können wir ihm nicht folgen, zudem nimmt der Sturm immer mehr zu«, meinte Pönitz resigniert. »Ich habe mit der Küstenwache telefoniert. Sämtliche Schiffe sind im Einsatz. Eins vor Fehmarn und ein anderes in der Eckernförder Bucht. Es würde ewig dauern, bis die hier sind. Zudem liegt die *Falshöft* wegen eines Schadens an der Nockenwelle in der Werft im Trockendock. Es ist zum Verrücktwerden.«

Matthiesen fingerte sein Smartphone aus der Lederjacke. »Ich weiß, wer uns helfen kann.«

Der Hauptkommissar schilderte jemandem am Telefon sein Anliegen und beendete das Gespräch.

»Meine Herren, wir werden erwartet«, sagte Matthiesen triumphierend.

Die Männer stiegen in Pönitz' Wagen und Matthiesen wies den Oberrat an, nach Laboe zu fahren.

»Herr Matthiesen, würden Sie uns bitte erklären, was Sie vorhaben?« Pönitz wirkte verärgert, startete aber den Motor.

»Ich habe mit Klaus Paulsen gesprochen, dem Vormann der *Berlin*«, antwortete Matthiesen. »Er willigte sofort ein, uns zu helfen, und sie machen das Schiff bereits seeklar.«

»Verflixt und zugenäht. Fantastisch«, rief der Kriminaloberrat und haute sich dabei auf den Oberschenkel. »Eine Verfolgung mit der DGzRS, na dann!« Er trat aufs Gaspedal.

Die Ostsee zur Rechten, rasten sie durch die Nacht, gefolgt von einem weiteren Streifenwagen. Es regnete kaum noch, dafür pustete es immer heftiger. Matthiesen vermutete, dass der Wind inzwischen mit sieben Beaufort blies. Das würde ein ziemlich turbulenter Ostseetörn werden.

Nach zehn Minuten fuhren sie am Laboer Ehrenmal und dem Museumsschiff U 995 vorbei. Als sie in Laboe auf der Pier anhielten, sahen sie bereits die hell erleuchtete *Berlin.*

Der 1985 in Dienst gestellte Seenotrettungskreuzer würde bald ausgemustert werden, aber die alte Lady tat immer noch treu ihren Dienst und war ein zuverlässiges Schiff, das bisher jedem Sturm trotzte.

Die Kommissare kletterten auf das Boot und wurden vom Vormann Klaus Paulsen begrüßt. Dieser führte sie ins Innere des Schiffes. In der Messe drückte Paulsen jedem von ihnen einen Becher heißen Kaffee in die Hand und fragte, was denn genau los sei.

Pönitz gab dem Vormann einen kurzen, aber detaillierten Bericht. Während er sprach, spürten sie, wie ein Ruck durchs Schiff fuhr. Der Schiffsdiesel wurde gestartet und dreitausendvierhundert Pferdestärken traten in Aktion. Nur wenige Augenblicke später legte die *Berlin* ab. Als sie den Hafen verließen, krängte das Boot bereits ordentlich in der See. Sieben Windstärken und annähernd drei Meter hohe Wellen ließen das Schiff hin und her tanzen.

Pönitz' Gesicht wurde immer käsiger, sodass Matthiesen den Bericht fortsetzen musste.

»Also, dass ich mit der *Berlin* mal auf Verbrecherjagd gehen würde, das hätte ich mir niemals träumen lassen«, resümierte Paulsen und grinste, als er sich an Pönitz wandte. »Immer schön geradeaus gucken und nicht auf den Boden, sonst füttern Sie bald die Fische. Wer schon mal seekrank gewesen ist, der weiß, dass man in dem Zustand nur noch sterben will. Aver dat geiht vorbi!«

Der Kriminaloberrat saß inzwischen auf einer Bank und sah aus wie ein Häufchen Elend.

Die *Berlin* preschte mit Volldampf in die Kieler

Bucht. Das Schiff fiel in jedes Wellental und wummerte danach mit voller Wucht gegen die Brecher. Paulsen führte Matthiesen und Jan auf die Brücke des Kreuzers. Pönitz saß zusammengekauert auf der Bank, vergrub sein Gesicht in die Hände. Einer der Seenotretter stellte ihm eine Spuckschüssel auf die Knie, für den Oberrat war es ein Höllenritt.

Die beiden Kommissare und der Vormann gingen auf die Brücke.

Paulsen wies auf den Bildschirm des Radars. Er meinte, dass sich momentan nur wenige Schiffe in der Kieler Bucht befänden. Einige größere Pötte liefen in der Fahrrinne Richtung Kanalschleusen. Diese könne man aber ausschließen. Allesamt Containerschiffe oder Tanker. Viel zu groß. Der Vormann zeigte auf einen kleinen Punkt auf dem Monitor, der sich etwa zwei Seemeilen voraus in nordöstliche Richtung bewegte. Das einzige kleinere Fahrzeug. Der Vormann vermutete, dass es sich dabei um das Boot handelte, das sie suchten. In etwa einer halben Stunde würden sie es einholen.

Einer der Seenotretter erschien auf der Brücke und lächelte. »Schönes Schietwetter heute«, sagte er. »Ihr Chef kotzt sich unten gerade die Seele aus'm Leib. Armer Kerl.«

Matthiesen tat Pönitz bereits leid, aber momentan konnten sie sich nicht um ihn kümmern. Wahrscheinlich würde der Oberrat niemals wieder Schiffsplanken betreten.

Die *Berlin* stampfte schwer gegen den Sturm an. Nach zwanzig Minuten reichte Paulsen Hinnerk ein Fernglas und machte ihn auf kleine Positionslichter steuerbords voraus aufmerksam. Der Hauptkommissar konnte durch das Glas ein schemenhaftes Boot erkennen, das gegen die Wellen ankämpfte. Es sah aus, als wenn die Jacht kaum vorankäme, obwohl die *Seeperle* nur eine Seemeile vom Ufer entfernt an der Küste entlangfuhr.

»Dort ist es zu flach für die *Berlin*«, meinte Paulsen. »Wir müssen unser Beiboot, die *Steppke,* zu Wasser lassen und mit ihr versuchen, an die *Seeperle* heranzukommen. Ich schicke Sie mit zwei meiner Männer dort rüber, aber Sie müssen sich einen Überlebensanzug anziehen, sonst ist das bei dem Wetter viel zu gefährlich.«

Ein Seenotretter half ihm beim Anziehen des Anzugs, was sich bei dem starken Wellengang als gar nicht so einfach herausstellte. Matthiesen fühlte sich darin zuerst wie ein Michelin-Männchen, konnte sich aber dennoch verhältnismäßig gut bewegen. In eine der wasserdichten Außentaschen des Overalls steckte er seine Dienstwaffe, hoffte aber insgeheim, dass Lüdders sich nicht wehren würde.

Sie planten, mit dem Beiboot an die *Seeperle* heranzufahren. Matthiesen und ein Mitglied der Crew sollten übersetzen. Der Hauptkommissar würde versuchen, den Flüchtigen festzunehmen. Der Seenotretter, ein schlanker Dreißigjähriger, der Stig hieß, sollte danach die Jacht zurück in den Hafen von Laboe steuern.

Auf dem Weg zum Heck der *Berlin*, wo sie in die *Steppke* umsteigen wollten, meinte Stig augenzwinkernd, dass ein Übersetzen von Boot zu Boot bei dem Wetter ein reines Kinderspiel sei. Hinnerk konnte ihm nicht so ganz glauben.

Zu dritt kletterten sie in das acht Meter große Beiboot und verschlossen die Luken. Klaus Karkhof, der Seenotretter, der das Boot steuerte, erzählte, dass die *Steppke* fast unsinkbar sei. Auch wenn sie in den Wellenbergen durchkenterten, was er bei diesem Sturm aber für unmöglich hielt, würde sich die *Steppke* immer wieder aufrichten. Aber um in solch eine Gefahr zu kommen, brauchten sie mindestens ein paar Windstärken mehr. Klaus und Stig grinsten sich an. Seemannslatein. Matthiesen freundete sich mit der Situation nur langsam an. Ihm war mehr als mulmig und er dachte an Malin.

Plötzlich sauste die *Steppke* vom Heck der *Berlin* und tauchte fast vollständig in der Ostsee unter, kam aber sofort wieder an die Wasseroberfläche. Klaus Karkhof startete den Motor und steuerte auf die *Seeperle* zu, die nur noch dreihundert Meter von ihnen entfernt ihren Kurs lief.

Beide Schiffe taumelten wie Spielbälle auf den hohen Wellen. Stig verband Matthiesens Überlebensanzug mit einem Sicherheitsseil. Falls er über Bord ging, wäre das eine zusätzliche Lebensversicherung.

Sie befanden sich inzwischen fast längsseits der *Seeperle*. Stig öffnete die Luke am Heck. Matthiesen taumelte dorthin und versuchte sich an jedem möglichen Griff festzuhalten. Als sie direkt neben der Jacht lagen, griff Hinnerk die Reling der *Seeperle*.

»Good luck!«, rief Stig und klopfte Matthiesen aufmunternd auf die Schulter. Dieser spannte die Muskeln an und schwang sich auf das andere Deck hinüber.

Genau in dem Moment, als der Hauptkommissar sich in der Luft, zwischen den beiden Booten über der tosenden See befand, explodierte die Welt. Matthiesen sah noch eine riesige Feuerwand auf sich zurasen, dann verschwand sein Bewusstsein in einer absoluten Dunkelheit.

Zweites Zwischenspiel

Ich kann nicht mehr. Immer wieder kommen diese Hundesöhne, diese verfluchten Nazischweine.

Nimmt es denn niemals ein Ende? Jeden Einzelnen dieser Brut habe ich erledigt, aber war es richtig? Ich weiß es nicht. Ich fühle mich alt. Ich kann einfach nicht mehr.

Diesen Kerl in Strombergs Wohnung habe ich nur bewusstlos geschlagen. Hätte ich den auch töten sollen? Gehörte der auch zu den Drecksäcken?

Als ich diesen großen Marineoffizier Krauskopf fertigmachen wollte, lag der schon tot in seinem Auto. Dieser Knallkopp hatte sich selbst umgebracht.

Ich kann nicht mehr. Nimmt es denn nie ein Ende? Immer wieder.

Und dann findet Traute auch noch Papas Unterlagen. Verdammt. Gerade Traute, meine geliebte Schwester. Nun ist alles vorbei, jetzt gibt es keinen Ausweg mehr.

Aber ich habe vorgesorgt. Meine Seeperle *und ich, wir werden gemeinsam untergehen. Niemand wird mich kriegen. Schon vor Jahren habe ich das Zeug von diesem Typen im Rotlichtviertel gekauft und in der* Seeperle *verbaut. Fünfzig Kilo Semtex. Plastiksprengstoff. Nun ist der Zeitpunkt gekommen. Nun werde ich gehen. Ich fahre in diesen verdammten Sturm hinaus und niemand wird mich finden. Niemand! Aus und vorbei!*

* * *

Manfred Lüdders steuerte sein Schiff in die hohen Wellen der Ostsee hinaus. Irgendwann drehte er sich um und erkannte, dass ihm ein Schiff folgte.

Diese Schweine werden mich niemals kriegen, *dachte er.*

Als er das nächste Mal zurückblickte, erschrak er. Das Boot hatte ihn erreicht und einer dieser Mistkerle wollte an Bord der See-perle *springen.*

Nicht mit mir, ihr Halunken! Nicht mit mir!

Dann drückte er auf den roten Knopf neben dem Steuerrad.

Kapitel 33

Er hörte nicht einmal eine Detonation, sah nur kurz die Feuerwand auf sich zurasen und dann traf ihn die Wucht der Explosion. Alles wurde schwarz. Als Matthiesen wieder erwachte, spürte er Seewasser auf seinem Gesicht, doch es war nicht kalt, nein, es war kochend heiß. Sein Gesicht brannte. Alles fühlte sich an wie in einem dichten Nebel. Die Wellen hoben ihn immer wieder an und danach fiel er zurück in ein Wellental. Der Überlebensanzug hielt ihn über Wasser. Sämtliche Körperteile taten ihm weh, die Schmerzen waren unerträglich. Er versuchte zu schreien, aber es gelang ihm nicht. Das Meer gurgelte und der Wind brüllte wie ein wildes Tier. Es rauschte in seinen Ohren. Immer wieder schluckte er Wasser und erbrach sich, kämpfte gegen die Müdigkeit an.

Warum bin ich so müde, so müde? Malin, hilf mir! Sterbe ich jetzt, war das alles? Meine Kinder …

Irgendwann hüllte ihn eine schwarze Wolke ein und er verlor das Bewusstsein.

* * *

Auf der *Berlin* beobachteten sie gespannt die Annäherung der *Steppke* an die *Seeperle*. Als Matthiesen hinübersprang, hielten sie den Atem an und erschraken zutiefst, als plötzlich ein riesiger Lichtblitz die beiden Boote einhüllte. Sie sahen, wie die *Steppke* mehrere Meter aus den Wellen gehoben wurde, sich überschlug und kieloben ins Wasser zurückkrachte.

Das Beiboot richtete sich sofort wieder auf, doch die *Seeperle* war spurlos verschwunden.

»Verdammte Scheiße! Wat weer dat denn?«, hörten sie

Klaus Karkhofs Stimme aus dem Lautsprecher des Funkgerätes. Keiner antwortete. Alle starrten nur gebannt auf die tosende See hinaus.

Paulsen reagierte als Erster und schrie besorgt ins Mikrofon.

»*Steppke*, ist bei euch alles in Ordnung? Sind alle wohlauf? Menschenskinners, Klaus … Stig, meldet euch!«

Schweigen und Knistern im Lautsprecher. Jan biss sich nervös auf die Unterlippe. Die *Seeperle* war eindeutig explodiert. Aber warum?

»Hier *Steppke*«, meldete sich Karkhof. »Mit Stig und mir ist alles okay, aber …«

Rauschen, Knistern.

»… aber der Kommissar ist weg. Seine Sicherheitsleine ist bei der Explosion gerissen und er ist verschwunden. Außerdem sind zwei Bullaugen herausgerissen und die Deckswand ist eingedrückt, aber wir sind so weit manövrierfähig. Was auch immer hier für eine verflixte Scheiße passiert ist, unser Motor funktioniert zum Glück und wir machen uns auf die Suche nach dem Mann.«

Paulsen sprach bereits in ein anderes Funkgerät und informierte die Zentrale *Bremen Rescue Radio*. Sie benötigten so schnell wie möglich Verstärkung, um Matthiesen in der drei Grad kalten und aufgewühlten See zu finden. Ein Hubschrauber musste her.

Pönitz erschien auf der Brücke, die Explosion hatte ihn aufgeschreckt. Als er hörte, was passiert war, erbleichte er noch mehr.

Sämtliche Scheinwerfer der *Berlin* suchten nach dem Vermissten. Jedem einzelnen der Seenotretter stand die extreme Anspannung ins Gesicht geschrieben

Jan Paul und Pönitz schauten ebenfalls mit Ferngläsern auf die raue Wasseroberfläche, doch von ihrem Kollegen keine Spur. Die Wellenberge türmten sich haushoch auf und brachen wieder zusammen. In einiger Entfernung kreuzte die *Steppke* unermüdlich durch die Fluten und suchte nach dem Vermissten.

Ein Schiff der Bundesmarine stieß zu ihnen und bot Hilfe an. Eigentlich befand sich die *Burghausen*, ein Minenjagdboot der Kulmbach-Klasse, auf dem Weg zum Tirpitzhafen, um dort den Sturm abzuwarten, aber nun beteiligte sie sich an der Suche nach dem Verunglückten. Eine halbe Stunde später traf auch endlich der SAR-Hubschrauber ein.

Kurz danach erhielten sie eine Meldung von der *Burghausen*. Der Ausguck des Minenjagdbootes hatte etwas entdeckt und lotste die *Steppke* zu dieser Position.

Warten. Endloses Warten, so erschien es den Männern auf der *Berlin*. Doch es waren nur fünfzehn Minuten vergangen, als Karkhof sich meldete.

»Wir haben ihn und er atmet selbstständig«, knisterte es aus dem Lautsprecher.

Im Brückenhaus der *Berlin* brach Jubel aus und die Männer umarmten sich vor Freude.

»Es sieht allerdings nicht gut aus. Er ist ohne Bewusstsein und hat Wasser ohne Ende geschluckt. Seine Verletzungen scheinen ziemlich schwer zu sein. Ich vermute, dass er mehrere Frakturen hat und überall Verbrennungen. Wir kommen jetzt zur *Berlin* zurück.«

Zehn Minuten nach dem Funkspruch wurde die *Steppke* an Bord der *Berlin* gehievt. Sie brachten Matthiesens leblosen Körper in die Messe, die sie inzwischen zum Behandlungsraum umgebaut hatten. Die Seenotrettungskreuzer der DGzRS waren mit einer umfangreichen medizinischen Ausrüstung ausgestattet. Paulsen und seine Männer erkannten schnell, dass die Verletzungen lebensbedrohlich waren, und sie beschlossen, ihn möglichst schnell mit dem Helikopter auszufliegen.

Der körperliche Zustand des Hauptkommissars wurde so weit stabilisiert, dass sie ihn in einen Transportkorb legen konnten. Wenig später kreiste der SAR-Hubschrauber über der *Berlin*. Die Seenotretter entpuppten sich als professionelle Helfer. Vorsichtig und mit einer unglaublichen Präzision zog man Matthiesen mit einer Winde hinauf und der Hubschrauber verschwand kurze Zeit später in den Sturmwolken.

Nach einer weiteren Stunde legte die *Berlin* in Laboe an. Alle schauten betroffen drein. Von der Station der Seenotretter aus rief Pönitz im Universitätskrankenhaus an, doch niemand konnte ihm Auskunft geben. Die beiden Kripobeamten dankten den Männern der DGzRS für ihre Hilfe und verabschiedeten sich von ihnen.

Jan Paul steuerte den BMW Richtung Preetz, denn sie wollten Malin persönlich vom Unglücksfall informieren. Danach würden sie sie ins Krankenhaus begleiten. Ein harter Gang für die beiden Kommissare, aber sie mussten ihn selbst erledigen und sie taten sich verdammt schwer damit.

Kapitel 34

Malin wirkte gefasst, als Pönitz ihr berichtete, was vorgefallen war. Die Hände zitterten und Tränen liefen über ihre Wangen. Sie wollte nicht warten, sondern sofort in die Klinik. Von unterwegs aus rief sie Willi an, der sich ebenfalls schnellstmöglich auf den Weg nach Kiel machen wollte.

Im Universitätskrankenhaus teilte ihnen ein Arzt mit, dass Hinnerk bereits im OP sei. Die erste Diagnostik sei abgeschlossen und es sah nicht gut aus. Hinnerk hatte eine schwere Gehirnerschütterung, mehrere Frakturen am rechten Oberschenkel, zudem Brüche am Oberarm sowie ein stumpfes Bauchtrauma. Außerdem vermuteten sie, dass mehrere Lendenwirbel angebrochen seien. Der Doc meinte, dass die Operation sicherlich noch mehrere Stunden dauern würde. Danach könnte er genauere Angaben machen. Er verschwand wieder hinter der Tür mit der Aufschrift *OP – Zutritt verboten.*

Keiner von ihnen wollte nach Hause fahren und sie setzten sich in einen Warteraum. Als Jan sich seinen zweiten Kaffee aus dem Automaten holte, trafen Willi und Kuddel ein. Pönitz berichtete, was passiert war.

Warten, unendliches Warten. Die Minuten wurden zu Stunden, und die Stunden dehnten sich endlos. Draußen dämmerte es bereits und der reguläre Klinikalltag begann, da wurde die Tür aufgestoßen und ein Arzt in frischer grüner OP-Kleidung kam auf sie zu. Er stellte sich als Oberarzt Dr. Matthias Stehnkuhl vor.

Stehnkuhl meinte, dass es eine seiner schwierigsten Operationen gewesen sei, räumte dem Patienten aber gute Chancen für die Rekonvaleszenz ein. Allerdings mussten sie ihn vorerst in ein künstliches Koma versetzen und es würden weitere Operationen folgen.

Stehnkuhl erklärte, dass der Überlebensanzug einen großen Teil der Explosion absorbiert hatte. Ohne solch einen dicken Anzug wäre Hinnerk höchstwahrscheinlich durch die Druckwelle und die enorme Hitze umgekommen. Zum Glück erwiesen sich die inneren Verletzungen als nicht sehr schwerwiegend. Einige Frakturen hatten sie bereits chirurgisch versorgt, aber es müssten noch weitere Eingriffe folgen. Wie es an der Wirbelsäule aussah, würde eine Computertomografie ergeben. Erfreulicherweise entpuppten sich die Verbrennungen als nicht ganz so schlimm, wie zuerst vermutet. Wahrscheinlich hatte das kalte Ostseewasser sie sofort gekühlt. Stehnkuhl räumte allerdings ein, dass die Genesung höchstwahrscheinlich langwierig werden würde.

Der Mediziner gestattete nur Malin den Besuch auf der Intensivstation. Als sie in den Raum kam, erschrak sie. Überall hingen Leitungen und Schläuche an Hinnerks Körper. Mehrere Geräte piepten leise. Die Augenlider des Kommissars zuckten. Malin fiel auf, dass er keine Wimpern und Augenbrauen mehr hatte. Ihr Bauch krampfte sich zusammen und ihr Herz schien zu zerbrechen. Der Mann, den sie so sehr liebte, lag dort und rührte sich nicht mehr.

Sie ging zum Bett. Behutsam küsste sie ihn auf den Mund und setzte sich zitternd auf einen Hocker. Vorsichtig nahm sie Hinnerks Hand.

»Wehe, du verlässt mich, du blöder Gauner. Lass mich ja nicht allein …, sonst …«, flüsterte sie, dann brach ihre Stimme.

Sie weinte nicht laut, nur eine einzelne Träne lief über ihre Wange.

Epilog

Zweiter Weihnachtsfeiertag

Eine Krankenschwester hatte bereits vor geraumer Zeit das Tablett vom Mittagessen abgeräumt. Heute Nachmittag wollten ihn alle besuchen, Malin, seine beiden Kinder und Willi. Weihnachten im Krankenhaus, etwas Besseres konnte sich Hinnerk gar nicht vorstellen.

Über zwei Wochen lang hatten die Ärzte ihn im künstlichen Koma gehalten. Er konnte sich an nichts mehr erinnern. Dieser riesige Feuerball, der auf ihn zuraste, war das Letzte, was sich in sein Gedächtnis, im wahrsten Sinne des Wortes, eingebrannt hatte.

Seine Rekonvaleszenz schritt gut voran, wenngleich er es als viel zu langsam ansah. Der ersten Operation folgten vier weitere, bis die Chirurgen alle Frakturen wieder gerichtet hatten. Auch die beiden angebrochenen Lendenwirbel wurden per Kyphoplastie chirurgisch behandelt.

Nun, nach sechs Wochen, waren einige der Fremdmaterialien bereits wieder aus seinem Körper entfernt. Zwei externe Fixateure steckten noch in seinem Oberschenkel. Diese sollten in der nächsten Woche herausoperiert werden. Danach durfte er nach Hause. Im Januar würde er eine Rehabilitationsmaßnahme antreten. Die Ärzte meinten, dass es noch lange dauern würde, bis er wieder vollständig hergestellt sei.

Es klopfte an der Tür.

Pönitz' Gesicht erschien im Türspalt. Er lächelte und kam hinein.

»Moin. Frohe Weihnachten!«

Pönitz setzte sich neben Hinnerks Bett. Er trug ein kleines, in Weihnachtspapier eingewickeltes Päckchen bei sich.

»Wie geht es Ihnen, verehrter Kollege?«

»Also wenn diese verdammten Stahldrähte endlich weg sind, könnte es nicht besser sein«, erwiderte er ironisch. »Dann bin ich nächste Woche wieder auf dem Fahrrad und radle zur Dienststelle.«

Pönitz lachte und überreichte Matthiesen das Geschenk. Dieser bedankte sich und bat Pönitz, es zu öffnen. Zum Vorschein kam ein zehn Zentimeter großes Modell der *Berlin*, mitsamt Beiboot *Steppke*. Hinnerk schmunzelte und bedankte sich.

»Ich habe erst gestern mit Vormann Paulsen telefoniert und soll von ihm und seiner Crew die besten Genesungswünsche ausrichten. Auch alle Mitarbeiter der Dienststelle senden Ihnen die besten Grüße«, sagte der Oberrat.

»Vielen Dank. Wie läuft es im Präsidium?«

»Momentan eher ruhig. Frau Bullhaupt biestet zwar noch des Öfteren herum, aber langsam gewöhnt sie sich an uns und wir uns an sie«, erzählte der Oberrat. »Außerdem haben wir Zuwachs bekommen. Fredericke Knutsen. Eine junge Kommissarin, direkt von der Polizeischule. Sie scheint ganz nett zu sein und wird gut zu uns passen. Momentan erledigen wir massenhaft Schreibkram.«

Hinnerk nickte, er freute sich darüber, etwas aus der *Blume* zu hören.

»Bevor ich es vergesse: Dies kam letzte Woche mit der Post. Ich glaube, das wird Sie interessieren.«

Pönitz kramte in seiner Sakkoinnentasche und holte eine Postkarte heraus, die er Hinnerk reichte. Das Bild zeigte eine Ente, die aussah wie ein italienischer Mafioso und eine dicke Zigarre rauchte. *Humor hat sie ja,* dachte Hinnerk, drehte die Karte um und las.

Liebe Mitarbeiter der Kieler Mordkommission,

es geht mir sehr gut. Endlich, nach so vielen Jahren. Ich darf

Ihnen nicht sagen, wo ich mich befinde, aber ich möchte Ihnen allen danken. Sie haben mir sehr geholfen. Endlich kann ich ohne Angst leben. Und ich habe tatsächlich mit dem Rauchen aufgehört.

Herzliche Grüße

Wiebke Knoop

Hinnerk schaute verwundert auf.

»Sie hat dem Bundeskriminalamt sehr geholfen. Ihre Aussage reichte aus, um genug Beweise zu sammeln, dass diese Organisation zerschlagen werden konnte. Erst vor einigen Tagen gab es dazu mehrere Razzien in Hamburg, Kiel und weiteren Städten. Einer dieser Gangster hat nach der Festnahme gesungen wie ein Vögelchen. Wir wissen nun genau, wer von den Typen Oberleutnant Krauskopf auf dem Gewissen hat. Diese Kerle sitzen bereits alle in Untersuchungshaft. Das war einer der größten Schläge gegen das organisierte Verbrechen seit Langem.«

»Weiß man, wer Pastor Pieper im Bunker niederschlug?«

»Negativ. Wir werden wohl niemals herausbekommen, wer in der Preetzer Unterwelt herumgegeistert ist.«

»Und Manfred Lüdders und seine *Seeperle*?«

»Fast spurlos verschwunden. Polizeitaucher haben nur wenige Trümmerteile gefunden. Ansonsten, alles fast pulverisiert. Die Jacht muss eine schwimmende Bombe gewesen sein. Sie haben bei der Sache großes Glück gehabt, mein Lieber.«

Hinnerk nickte versonnen. Ja, das hatte er. Er war dem Teufel tatsächlich noch mal von der Schippe gesprungen.

Nachdem Pönitz sich verabschiedet hatte, lehnte sich Matthiesen zurück und nickte ein.

Im Raum zwischen wachen und schlafen sah er zum letzten Mal die blaue Jacht explodieren, doch der Feuerball konnte ihm nichts mehr anhaben und verpuffte.

Er würde weiterleben, doch diese Vision beschäftigte ihn immer wieder. Wie war so etwas möglich? Es gab mehr Dinge zwischen Himmel und Erde, als man sich vorstellen konnte.

Irgendwann wurde er durch Lärm geweckt. Vor der Tür palaverten bekannte Stimmen. Er hörte, wie die Menschen, die er liebte, lärmend den Krankenhausflur hinaufkamen. Vernahm die Stimmen von Malin, Madita, Bengt und Willi. *Nur der verrückte Kakadu fehlt noch,* dachte Hinnerk. Jeden Moment würden sie lautstark hereinstürmen und ihn in Beschlag nehmen. Der Hauptkommissar lächelte.

Er lebte. Schwer angeschlagen, aber er lebte, und er freute sich auf alles, was die Zukunft ihm noch zu bieten hatte.

Anmerkungen

Diese Geschichte, egal ob Gegenwart oder Vergangenheit, entspringt vollständig meiner blühenden Fantasie. Alles ist erstunken und erlogen.

Einige Dinge möchte ich allerdings noch anmerken.

U 796 ist niemals in Dienst gestellt worden. Mit dem Bau des Bootes wurde im Januar 1943 auf der Kieler Germaniawerft begonnen. Das Schiff wurde nie fertiggestellt. Ich habe bewusst ein Unterseeboot gewählt, das nie wirklich zu einem Einsatz ausgelaufen ist, um jegliche Verwechslungen oder Irrungen betreffs der Mannschaft zu vermeiden. Die vielen Männer, die in solchen Booten umkamen, und natürlich auch diejenigen, die Opfer durch sie wurden, sollen in Frieden auf dem Meeresgrund ruhen.

Mein Vater ist als junger Mann auf so einem Unterseeboot gefahren, hat dieses Kriegsmartyrium durchgemacht und zum Glück überlebt. Ich weiß aus seinen Erzählungen, wie furchtbar es auf so einem stählernen Sarg gewesen sein muss.

* * *

Gelbohr-Rabenkakadus leben in Südost-Australien. Sie kommen nicht besonders häufig vor, sind aber in keinerlei Weise vom Aussterben bedroht. Ihre Haltung in Gefangenschaft ist fast nur auf Australien beschränkt, da die australische Regierung die Ausfuhr streng regelt, und das ist auch gut so. Sie unterliegen dem internationalen Artenschutzgesetz. Meiner Meinung nach gehören solche Tiere ausschließlich in die freie Wildbahn und nicht in Gefangenschaft.

* * *

Das Bunkersystem in Preetz, welches sich von der Kührener Straße bis zum Birkenweg/Bahnlinie sowie vom Zappenweg bis über den Drosselweg hinaus erstreckt, gibt es tatsächlich. Ich durfte mir in Begleitung von Pastor Christoph Pfeifer (er möge mir den »Pastor Pieper« verzeihen) diese größtenteils zugeschüttete und verschlossene Bunkeranlage ansehen. Ich muss gestehen, dass ich mich dort unten nicht besonders wohl gefühlt habe, trotzdem war es sehr beeindruckend. Wofür die Nationalsozialisten in einer kleinen Stadt wie Preetz ein so großes unterirdisches System erschufen, konnte mir niemand sagen. Es bleibt wahrscheinlich ein Rätsel.

* * *

Zudem hoffe ich, dass mir die Frauen und Männer der Deutschen Gesellschaft zur Rettung Schiffbrüchiger nicht übelnehmen werden, dass ich zwei ihrer Schiffe zur Verbrecherjagd missbraucht habe. Die »alte« *Berlin* ist inzwischen in den Ruhestand gegangen und wurde durch ein modernes Schiff mit dem gleichen Namen ersetzt. Ich wünsche dem Schiff und seiner Besatzung sowie allen anderen Schiffen der DGzRS allzeit gute Fahrt und eine glückliche, gesunde Heimkehr.

Ich schätze diese Organisation sehr und habe großen Respekt vor den Seenotrettern. Sie fahren raus, wenn andere reinkommen. Ich halte sie für eine der wichtigsten Institutionen an den Küsten.

Ihnen, und allen Seenotrettern weltweit, gilt meine allergrößte Hochachtung.

Jörg Rönnau

Jörg Rönnau ist geboren und aufgewachsen in Plön/ Holstein (Baujahr 27. Mai 1961). Nach seiner Ausbildung zum staatlich examinierten Krankenpfleger ist er mehr als 30 Jahre an verschiedenen Krankenhäusern in ganz Schleswig-Holstein tätig gewesen. Rönnau ist glücklicher Ehemann und Vater von zwei inzwischen erwachsenen Kindern (Tochter und Sohn). Er lebt zusammen mit seiner Frau und zwei »völlig durchgeknallten« Katzen in einem kleinen Haus am Rande der Holsteinischen Schweiz in der Nähe von Kiel/der Ostsee. Seine Hobbys sind das Lesen, die Arbeit im Garten, das Fotografieren und das Radfahren. Rönnau beschreibt sich als leidenschaftlichen Plattsnaker.

Danksagung

Zuerst möchte ich allen Leserinnen und Lesern danken. Nur durch ihr Interesse ist es uns Schreiberlingen möglich, das zu tun, was wir gerne machen, nämlich Geschichten erzählen.

Danke an alle privaten Testleser, die mit ihrer Kritik, den Anregungen und Tipps nicht mit Gold zu bezahlen sind.

Danke an meine Verlegerin, Frau Petra Mattfeldt, und das gesamte Team des Maximum Verlags, die mit mir zusammen dieses Projekt auf die Beine gestellt haben.

Danke an meinen Lektor, Herrn Dr. Rainer Schöttle, für die nette und produktive Zusammenarbeit.

Und natürlich danke an meine Frau Iris. Sie steht quasi in vorderster Front, muss sich jede Sequenz anhören und ist meine schärfste Kritikerin. Zudem muss sie all meine Marotten und Macken aushalten, und das ist bei einem »Holsteiner Sturkopp«, wie ich es bin, nicht leicht. Sie hat mein tiefstes Mitgefühl und ich liebe sie.